ARMANDO LUCAS CORREA

Armando Lucas Correa es un escritor, editor y periodista galardonado que ha recibido numerosos premios de la National Association of Hispanic Publications y de la Society of Professional Journalism. Es el autor de *La viajera nocturna*, *La hija olvidada* y del bestseller internacional *La niña alemana*, que ha sido publicado en catorce idiomas. Vive en Nueva York con su pareja y sus tres hijos. Visita ArmandoLucasCorrea.com.

EL SILENCIO EN SUS OJOS

EL SILENCIO EN SUS OJOS

ARMANDO LUCAS CORREA

VINTAGE ESPAÑOL

Penguin
Random House
Grupo Editorial

Primera edición: febrero de 2024

Publicado bajo acuerdo con Atria Books, una división de Simon & Schuster, Inc.
Copyright © 2024, Armando Lucas Correa
Copyright © 2024, Penguin Random House Grupo Editorial USA, LLC.
8950 SW 74th Court, Suite 2010
Miami, FL 33156

Publicado por Vintage Español,
una división de Penguin Random House Grupo Editorial USA, LLC.
Todos los derechos reservados.

Esta es una obra de ficción. Los nombres, personajes, lugares y sucesos son producto de la imaginación
del autor o se utilizan de manera ficticia. Cualquier parecido con personas reales, vivas o fallecidas,
eventos o lugares es puramente casual.

Impreso en Colombia / *Printed in Colombia*

ISBN: 979-8-89098-059-5

24 25 26 27 28   10 9 8 7 6 5 4 3 2 1

Para mi madre

No vemos las cosas como son, las vemos como somos.

—Anaïs Nin, *La seducción del minotauro*

Todo se desarrollará en presencia de esa mirada…
De esa mirada que no puede ver nada… Esa mirada
de testigo muerto…

—Yukio Mishima, *El templo del pabellón dorado*

1

EL DÍA QUE CUMPLÍ OCHO AÑOS, EL MUNDO SE DETUVO. EL ROSTRO de mi madre se convirtió en una mueca de dolor. El de mi padre se esfumó para siempre.

Han pasado dos décadas desde entonces; mi madre murió el día que yo cumplí veintiocho años. Ahora no es más que un puñado de cenizas confinado en una urna de cristal y yace en un mausoleo de mármol.

Debo haber olvidado mi bastón blanco en el auto, así que camino apoyada del brazo de Antonia, que ha estado a mi lado desde el día en que nací. A los ojos de los demás, soy una ciega, pero yo puedo percibir más de lo que ellos se imaginan. Dejamos atrás el cementerio, al que no pensaba regresar. Como mi madre me aseguraba a menudo en sus últimos días, no estará sola, sino acompañada de cientos de miles de almas, en una parcela cercana a las avenidas Heather y Fir, escuchando día y noche "Blue in Green". Ha llegado el momento de valerme por mí misma.

Conozco de memoria las avenidas del cementerio, los números de las parcelas, las hileras de bóvedas y las esculturas de ángeles cabizbajos que parecen bailarinas exhaustas. He visitado el mausoleo de la familia Thomas con mi madre en más de una ocasión. Mi padre descansa allí también. Una década después de su fallecimiento, mamá y yo emprendimos la restauración del panteón, como si intuyera que otra muerte estuviese a punto de ser anunciada. Nunca supe para cuál de las dos estaba preparando el nicho. En aquel entonces, tenía dieciocho años y la esperanza de que mis días de oscuridad llegaran a su fin. Me equivoqué.

Hay un corto trayecto en coche desde Woodlawn, el cementerio amurallado del Bronx, hasta la casa que Antonia comparte con Alejo, su marido.

—Estarás bien, Leah —me tranquiliza Antonia mientras cierra la puerta del coche—. Te veré mañana. Te quiero.

El conductor continúa por la autopista, con el río Hudson a la derecha al entrar en Manhattan. En unos minutos estaré en Morningside Drive, en la entrada de ladrillos del Mont Cenis, el viejo edificio cubierto de hiedra donde vivo. Empiezo a contar las calles, los semáforos, las esquinas que conducen al apartamento que es mi refugio, mi isla dentro de otra isla. Unos minutos antes de llegar, ordeno la cena por teléfono.

Cuando el coche se detiene, le doy las gracias al conductor, saco el bastón de aluminio doblado, lo extiendo, subo los seis escalones de la entrada y me apresuro hacia el ascensor. No quiero cruzarme con ninguno de mis vecinos ni con Connor, el conserje del edificio. Lo último que quiero escuchar son comentarios amables o condolencias. Terminaría amargada.

Al entrar en el apartamento, me siento invadida por una ola de cansancio fría y densa. En el salón principal, abro las enormes puertas francesas que dan al balcón con vistas al parque de Morningside. Me llega el rumor de la tarde aún suspendida, a los lejos escucho un relámpago. Una brisa me despeina, pero a mis ojos las hojas de los árboles permanecen inmóviles, como si batallaran contra una fuerza superior. En la esquina de la avenida, una anciana con un perro mira al pavimento; un hombre lee en el banco bajo la farola de bronce; el guardia de seguridad de la Universidad de Columbia permanece atento como un soldadito de plomo en su garita. Nada se mueve.

Abrumada por el olor de las primeras gotas de lluvia sobre las hojas secas, cierro las puertas. Al otro lado del cristal, la anciana y el hombre han desaparecido; el guardia sigue allí, incólume. Un taxi amarillo se disuelve en la brevedad de un suspiro. Para la mayoría, esas imágenes se olvidan al instante. Para mí, que soy ciega del movimiento, lo que los médicos llaman akinetopsia, permanecen indelebles en mi mente como viejas fotografías.

Cuando era pequeña, mamá y yo compartíamos un ritual de silencio. Nunca alzábamos la voz. Nos sabíamos de memoria los gestos de la otra y cada una percibía hasta el más mínimo murmullo. Mi madre se acostumbró a hablarme sin moverse, con el cuerpo callado. Los códigos del lenguaje se reducían a verbos conjugados como imperativos: *siéntate, camina, acuéstate, levántate.* Esas eran las órdenes del día.

Ahora busco los tratados sobre la akinetopsia —una palabra derivada del griego que solía recordarme una frase del anime japonés que leía cuando era niña— y junto a los escáneres cerebrales, los resultados de las resonancias magnéticas y los encefalogramas, los tiro al cesto de reciclaje. A todos los he hecho desaparecer.

De pequeña, imaginaba que el cerebro era un enorme gusano que se expandía para crear los distintos lóbulos. Imaginaba el lóbulo occipital, el centro de procesamiento visual, arrugado como una pasa, acorralado por los lóbulos parietales y frontales.

Imaginé cómo mis sentidos del olfato y el oído se imponían a los demás sentidos, que iban perdiendo protagonismo hasta casi desaparecer por completo.

Es el legado de haber pasado dos décadas vigilada por un enorme imán que intentaba leer mi mente y descubrir por qué rechazaba el movimiento. A veces, también fantaseaba con que un caballero de armadura brillante me despertaba con un beso, pero al abrir los ojos, plagados de imágenes estáticas que se cernían sobre mí como un velo, me arrepentía de aquellos sueños que acaban convirtiéndose en pesadillas. Sabía que mi vida no era un cuento de hadas.

Durante meses, los médicos me mantuvieron recluida en un hospital de Boston, donde se dedicaron meticulosamente a investigar la manera en que había decidido, contra mi voluntad, percibir el mundo. Las voces de mi madre y de Antonia se mezclaban con las de los médicos. "Su habla no está afectada. Su sentido del olfato, tampoco. La niña oye muy bien. Perdió la vista", le dijo Antonia a mamá. "Puede ver un poco". Lo único que mis ojos no podían entender era el movimiento. A veces pensaba que todos los que me rodeaban habían muerto. Al principio, los dolores de cabeza esporádicos eran como si alguien me taladrara el cráneo, pero luego fueron desapareciendo a medida que me acostumbraba a ellos. El día que acepté la quietud, dejé de sentirlos.

Antonia no dejaba de preguntarse a dónde había ido a parar la chica alegre y vivaracha que yo había sido. En el hospital, ella y mi madre se sentaban cerca de mi cama y conversaban sobre mí como si, además de ciega, también me hubiese quedado sorda. Un día me di cuenta de que susurraban para que yo no pudiera entenderlas. Pero no sabían que, con el tiempo, mis oídos se habían agudizado. Ahora, hasta el más leve suspiro o murmullo llegaba a mí con la nitidez con que los elefantes perciben las frecuencias más bajas. Una vez le oí decir a mi madre que mi mirada se iba apagando poco a poco. Empecé a distanciarme de las figuras en movimiento, de las que tenían vida, hasta que los libros se convirtieron en mis únicos amigos. No necesitaba nada más.

Cuando salí del confinamiento, mi madre dedicó su vida a cuidarme, me llevó a innumerables consultas con expertos, buscando desesperada el acto decisivo que me devolviera de mi sueño. Le explicaron que estaba en una especie de coma visual, pero le dejaron claro que el daño cerebral era reversible. Algún día, quizás en un futuro no muy lejano, podría recuperar las veinticuatro imágenes por segundo que el campo visual necesita para percibir el movimiento. *Podría.*

Mamá se convirtió en mi maestra y aprendí a sumar, restar, multiplicar y dividir fracciones complejas con rapidez sorprendente. Me animó a apasionarme por los mundos lejanos y la historia que podía encontrar en las páginas de los libros. Con la esperanza de que recuperara la capacidad de ver el movimiento, se negó a que el sistema escolar de la ciudad, o mis médicos, me etiquetaran como discapacitada.

Al estar tan dedicada a mí, y como no conocíamos a nadie más con mi enfermedad, su círculo social se redujo. Era hija única, como yo, de padres mayores. Había perdido a su padre cuando tenía veinte años, y su madre falleció poco tiempo después. "Tienes que tener hijos joven", me decía siempre. "Si no, los dejarás solos a una edad muy temprana, como hicieron mis padres conmigo".

Nuestras vecinas, la señora Elman y su compañera, Olivia, se convirtieron en nuestra familia, y Antonia, que me ha cuidado desde niña, bendita sea, se quedó como lastre de mi madre. Aunque discrepaban en muchas cosas, formaban un buen equipo. Antonia colmó el apartamento de estampitas de la mártir cristiana Santa Lucía, a la que, según la leyenda, le habían sacado los ojos. Por las noches, Antonia me contaba historias sobre los sacrificios de la santa y cómo se había convertido en la patrona de los ciegos en una isla italiana muy alejada de Manhattan.

Desde que tengo uso de razón, mi mundo ha girado en torno a mi madre, Antonia, el doctor Allen, la señora Elman y Olivia. Esas son las personas más importantes de mi vida.

Al escuchar el zumbido del intercomunicador, corro a la puerta para saludar al repartidor. No necesito el bastón mientras avanzo por el pasillo con los ojos cerrados. Abro y lo espero envuelta en el olor a sol que siempre le precede. La campanilla del ascensor anuncia su llegada a mi piso y mi corazón empieza a acelerarse. Sonrío, respiro hondo, y cuando vuelvo a exhalar, ahí está con mi cena el chico con el que sueño cada noche y al que espero cada tarde. Es el chico de la sonrisa amable y la sombra de la barba incipiente, las cejas espesas, las pestañas largas, la frente oculta bajo los rizos rebeldes que siempre acicala al salir del elevador.

Con él delante, mantengo los ojos bien abiertos, porque sé que si los cierro, desaparecerá, dejando tras de sí solo el aura de sol y sudor con que lo recibo cada día. Quiero conservar esa imagen solo para mí.

—Señorita Leah, aquí tiene su pedido —me dice.

Aunque no veo el movimiento de sus labios, cada una de sus palabras es como una caricia.

Estiro la mano derecha y él me coloca la bolsa en la muñeca, asegurándose de que no se deslice. Siento sus dedos tibios en mi antebrazo.

No debo cerrar los ojos. Si lo hago, desaparecerá, como siempre, me digo mientras una ráfaga de aire me agrede las pupilas y la necesidad de parpadear me llena los ojos de lágrimas.

—Llame si necesita algo más. Buenas noches —dice el chico de las tardes.

Escucho sus palabras de despedida y oigo su voz alejarse. Las puertas del ascensor se abren, se cierran y comienza a descender; oigo el timbre cuando llega al vestíbulo. Luego oigo cerrarse la puerta automática y las pisadas del chico que se aleja a toda prisa aunque, según mis ojos, sigue frente a mí, en la puerta de mi casa, envolviéndome con su alegría. Hasta que parpadeo y, cuando vuelvo a abrir los ojos, ha desaparecido.

Camino de vuelta a la cocina, dejo la comida en la meseta de piedra blanca y regreso a las puertas de cristal, pero no miro afuera. Pienso en él observándome desde la acera, todavía sonriéndome a mí, ahora una huérfana.

Y entonces me doy cuenta: por primera vez en mi vida estoy sola en este apartamento lleno de recuerdos. Algunos de ellos, estoy segura, será mejor olvidarlos.

¡Mamá! Quiero gritar, pero no puedo. Ya era hora de que descansara. Es lo que he estado repitiéndome desde que abandoné el cementerio.

Me alejo de la ventana, soñando que el chico sigue abajo, esperando por una señal mía para invitarlo a pasar.

Pongo la cena sobre la mesa: sopa de tomate, un panecillo, una pera y una tableta de chocolate negro, la mitad de todo lo cual me llevaré a la cama. Los viernes suelo cenar con la señora Elman y Olivia, las ancianas del quinto piso, que son como abuelas para mí, pero hoy me excusé de antemano, sabiendo que regresaría agotada del cementerio. Mamá había dejado muy claro que solo nos quería a Antonia y a mí en su despedida. Se negaba a tener un velatorio de llantos y oraciones. Y así fue.

La habitación de mi madre es ahora mía. Esta noche pienso dormir allí por primera vez, a pesar de una vaga sensación de aprensión que me tiene desorientada. Me preocupa que las alucinaciones, que empezaron cuando era adolescente, regresen. Para prepararme, he convertido el dormitorio en una fortaleza, con murallas de libros que me aíslan del apartamento colindante o de las voces que se filtran del patio interior del edificio. Durante el día, disfruto la agudeza de mi oído, pero en la noche es una tortura, y con los años la sensibilidad se ha ido acentuando. Por eso, incluso cuando la temperatura está bajo cero, enciendo el aire acondicionado para bloquear cualquier atisbo de sonido exterior.

Al salir el sol, los sonidos se calman. La luz del día amortigua no solo las voces de los vecinos, los llantos de los bebés, los ladridos de los perros y las sirenas de las ambulancias que van y vienen del hospital de la esquina, sino también los sonidos del roce de los cuerpos con los abrigos, los pasos furtivos y la respiración entrecortada del inquilino del primer piso, destinado a morir de un infarto durante sus siestas de mediodía, si es que su apnea puede ser un indicio.

Mi sentido del olfato es otro superpoder, si se le puede llamar así (después de todo, vivo en Nueva York). Cada uno de mis vecinos tiene un olor distinto que soy capaz de detectar en la distancia. Al entrar al ascensor, puedo saber si el señor Hoffman, que huele a naftalina, ha entrado o salido hace unos minutos, o si los niños del quinto piso han vuelto a jugar con los botones. También sé si el shih tzu de la señora Segal se ha limpiado el hocico mojado en la alfombra, o si la hija adolescente de la señora Stein fumó marihuana la noche anterior.

Me acuesto y miro la enorme columna de libros que mamá me ha dejado. Esta noche estoy absorta en *El cuento de un hombre ciego*, de un autor japonés del que nunca habíamos escuchado. Mamá encargó en un misterioso sitio web una edición en inglés que tardó más de dos meses en llegar. Desde la primera página quedé fascinada con la historia del masajista invidente en el Japón medieval que se convierte en confidente de una joven noble bella y solitaria.

Me concentro en las palabras y cierro los ojos antes de pasar cada página. Cuando vuelvo a abrirlos, la siguiente está lista. Para mí, leer es un proceso de constante parpadeo. Cierro el libro pasada la medianoche, es hora de escuchar música. Tal vez "Blue In Green", la melodía favorita de mi madre, pero el sueño me vence.

Un olor me despierta de madrugada. Es una sutil fragancia de bergamota, una combinación de cítricos y té negro. En un segundo, el olor masculino me remonta a un pasado que no puedo definir. Un aroma que me transporta a mi infancia y me aterroriza. Me siento observada. Creo sentir la respiración de alguien. ¿Estoy soñando?

Todavía medio dormida, me pongo a pensar y trato de reconstruir un rostro que se me escapa. La esencia me resulta familiar, pero no pertenece a ninguno de mis vecinos. Es un desconocido.

Siento que el hombre se me acerca, el pulso se le acelera, el corazón le galopa con fuerza. ¿Qué debo hacer? ¿Gritar? ¿Encender la luz? Debe ser una pesadilla.

Reconstruyo la rutina que repetí antes de acostarme. No, no dejé abierta la ventana de la escalera de incendios. Estoy segura de que cerré la puerta principal. No hay dinero en efectivo en el apartamento.

Entonces, ¿qué podrían querer? ¿Las joyas de mamá? ¿Quizás la laptop? Que se lleven la laptop. Todas las posibilidades que se me ocurren pasan por mi mente. Alguien podría haberme seguido hasta casa, rastreado mis pasos, pero en ese caso, me habría dado cuenta enseguida. Ese extraño olor que aún no puedo ubicar, una mezcla de bergamota…

Me estremezco. Una corriente de aire frío se cuela bajo las sábanas, recorre mi cuerpo y se posa sobre mis hombros. No puedo dejar de temblar.

Abro los ojos despacio y confirmo que sí, que estoy despierta. Esta presencia —quien sea o lo que sea— no es una pesadilla. Permanezco inmóvil, boca abajo, y me hago la dormida.

Hay un extraño en la habitación.

2

Antonia abre la puerta de la entrada con sigilo, para no despertarme. Todos los sábados a las ocho de la mañana, invadía el apartamento con su perenne olor a pan recién horneado, como si su vida transcurriera en una cocina. Antonia toca a la puerta de la habitación y entra. Todavía estoy en la cama, temblando, con los ojos enrojecidos.

—¿Otra pesadilla? —pregunta, abriendo las cortinas para dejar entrar la poca luz que llega del patio.

Se sienta a mi lado, me toma las manos heladas e intenta darme un poco de calor.

—¿Qué le ha pasado a mi niña? —pregunta, pero yo permanezco en silencio, con los labios temblorosos.

Entonces, sin pensarlo, me desahogo:

—Anoche entró un hombre a mi cuarto.

—Leah, ¿estás tratando de asustarme con tus pesadillas?

—Antonia, estaba despierta, lo olí.

—¿Quién tiene llave del apartamento? ¿Solo ese inútil del súper y yo? —Furiosa, Antonia se levanta y alza la voz—: Voy a hablar con él ahora mismo.

—No fue Connor.

—¿Cómo puedes estar tan segura?

—El que entró olía a bergamota.

—¿A cítrico? ¿A naranja?

Antonia parece molesta.

—No era colonia; estaba mezclada con un olor que aún no puedo precisar, y en su aliento había rastro de café rancio. Connor siempre tiene aliento etílico, enmascarado con chicle de menta. Y otra cosa: por mucho que se duche, la piel de Connor siempre huele a nicotina.

—Tal vez si cambias las cerraduras se van las pesadillas.

—Antonia, yo me encargo. Antes de ir a Book Culture hablaré con Connor. La cerradura de la ventana de la escalera de incendios no funciona bien, pero no creo que alguien haya intentado entrar por la parte delantera del edificio. El guardia de seguridad de Columbia siempre está ahí fuera.

—¿Qué quieres decir? ¡Cualquiera podría entrar por la escalera de incendios! Ese guardia siempre está medio dormido. ¿Seguro que no estabas soñando?

Antonia hace una pausa, preocupada.

—Si estás segura, deberíamos denunciarlo a la policía.

—¿Por qué? ¿Para que los asistentes sociales digan que no soy capaz de valerme por mí misma? Sabes que vienen a verme dos veces al mes. Si se enteran de que he puesto una denuncia no me dejarán quedarme aquí sola y acabarán mandándome a una residencia. ¿Es eso lo que quieres para mí?

—Leah, no tienen poder para hacer algo así. Solo vienen dos veces al mes para ayudarte por tus limitaciones. Fue algo que tu madre coordinó.

Salgo de la cama y me detengo en el pasillo antes de encerrarme en el baño; el eco de la bergamota resuena en mi mente. Antonia permanece sentada en mi cama. La conozco demasiado bien. Está barajando todas las posibilidades: el repartidor de comida, que parece inocente a primera vista, pero podría estar ocultando algo; el contador que supervisa mi fondo fiduciario, en quien nunca ha confiado; Connor, un hombre soltero, que todo el mundo sabe que está saliendo con una mujer casada del Upper East Side; el exterminador, que de alguna manera sedujo a la *au pair* danesa del segundo piso.

—No puedes seguir llenando el dormitorio de libros, Leah. Atraen el polvo y eso te hace daño. Por mucho que limpie, no puedo hacer milagros.

La escucho hojear los libros que están abiertos en la mesita de noche.

—¿*El cuento de un hombre ciego*? ¿Por qué te regalan esto? —sisea entre dientes—. ¿En qué estaba pensando Emily al regalarte todos estos libros?

—Ya sabes cómo era mamá —alzo la voz desde el baño.

Si algo heredé de mi madre fue su pasión por los libros. Juntas, devorábamos todo lo que caía en nuestras manos. Ahora que ya no está, los que me ha dejado son mis guías de supervivencia. A veces pienso que era ella la que no percibía el movimiento. Sus ojos eran los míos, y el tiempo, que para ella se detuvo el día que me golpeé la cabeza, para mí era un torbellino. Siempre quise ser como ella, vivir como ella, enamorarme de un actor como ella y viajar como ella soñaba, aunque nunca pudo hacerlo, por mi culpa.

—*La luz que no puedes ver*, *Blindness*, *The Country of the Blind*, *In Praise of Shadows*… Estoy segura de que Emily nunca leyó ninguno de estos. Van a volver loca a Leah. Ay, Olokun, deja a mi niña en paz… —murmura Antonia.

Levanta las manos por encima de la cabeza, agitándolas con bravura, como si quisiera ahuyentar a los espíritus malignos que siempre ha temido. Cuando mueve las manos, está convencida de que desaparecen también para mí.

Desde que murió mamá, Antonia ha traído a todos sus santos con los que dice haber salido de Cuba en un bote cargado de almas en pena que pesaban más que la misma embarcación. De niña me contaba que, de no haber sido por Elegguá, la Virgen de la Caridad del Cobre y San Lázaro, los tiburones la habrían devorado en medio del golfo cuando se hundió el barco. "Cerré los ojos y dejé que las olas me llevaran, que el mar me tragara. Al fin y al cabo, soy hija de Yemayá, la diosa del mar", solía decir. "Cuando desperté, vi a un hombre con los ojos más hermosos que una podría soñar. Ese hombre, muerto de sed, me sostenía; flotábamos juntos. Los guardacostas americanos ya estaban a nuestro alcance. ¿Cómo podía entonces no casarme con él? Además, a mis treinta y cinco años y sin familia en este país, no creo que tuviera muchas opciones". Como ambos eran negros, explicaba, en vez de irse a Miami se vinieron a Nueva York, ya que por lo menos aquí estaban más acostumbrados a ver gente de todos los colores y de todas partes del mundo. "Con mis santos vine de mi isla y con mis santos me iré cuando me toque pasar a un mundo mejor", le gusta repetir.

Junto con los santos y las vírgenes, Antonia trajo también sus esencias y hierbas sagradas: "Tu papá siempre me hacía caso. Íbamos juntos al herbolario y yo le preparaba mis 'mejunjes' para sacarlo de sus depresiones".

Mi baño está bien surtido de frascos ámbares llenos de aguas celestiales de una pequeña tienda en Brooklyn. Obatalá Rain

Water, para llenarme de paz, claridad y visión; Oggún Fire Water, para el coraje, la protección y la fuerza, y su favorita, Oshún Yemayá Ocean River Water, para el amor, la abundancia y la fertilidad.

De niña, recuerdo a Antonia en la cocina junto a una pequeña olla de hierro con agua hirviendo, mezclando piedras de cristal de colores, hierbas y ramitas secas. Imaginaba a Antonia como una especie de alquimista capaz de transformar cualquier metal en oro. Cuando el agua estaba a punto de evaporarse, apagaba el fuego, cubría aquella poción con una gasa blanca y la dejaba reposar durante horas.

Si papá se retorcía de dolor de cabeza, Antonia le colocaba en la frente aquel paño blanco, húmedo y caliente. La casa se inundaba del olor penetrante de un bosque en llamas, y el líquido ámbar se guardaba en un frasco de cristal etiquetado con un letrero escrito a mano: NO TOCAR. Una vez, vi a Antonia dejar caer unas gotas de aquel brebaje en el té que le hacía beber a papá.

Al principio, mi madre contrató a Antonia porque hablaba español y quería que yo aprendiera la lengua de Cervantes. Mantuvo a Antonia porque aportaba amor y orden a una casa que no siempre era estable. Mamá había estudiado literatura hispanoamericana en la Universidad de Columbia, e incluso eligió mi nombre por su amor al tema. Ella y mi padre se decidieron por Leah, en honor a una tía lejana de papá. Para mi madre, el nombre tenía la ventaja añadida de sonar muy parecido al verbo *leer* en español. A mí me habría gustado llamarme Emily, como mi madre, y como su madre antes que ella.

Por fin escucho a Antonia dirigirse a la cocina para preparar el desayuno. Luego la siento moviendo los muebles del salón y levantando la pesada alfombra con su base insonorizada. Según ella, debajo se esconden espíritus malignos.

—Todo esto lo que hace es esconder el polvo… —la oigo murmurar—. De todas formas, mi niña apenas se mueve… Si sus pasos molestan a la mujer de abajo, que se aguante. Este no es lugar para que Leah viva. De esta casa hay que irse.

Para Antonia, mamá hizo mal en sobreprotegerme después del accidente.

—Déjala vivir, déjala que sea independiente —le repetía—. La tienes cautiva desde que se golpeó la cabeza. Eres tú quien la ha dejado ciega, cuando sabes que nuestra niña puede vernos muy bien.

Antonia nunca ha sido capaz de pronunciar el nombre de mi enfermedad. A veces intenta deletrearlo, dividiéndolo en sílabas: a-ki-ne-top-sia. ¿No podían haber inventado uno más simple, para que los humanos pudiéramos pronunciarlo como Dios manda? Incluso llegó a pensar que mamá se lo había inventado todo. Ahora entiende lo que es —un trastorno neurológico que afecta la percepción—, y se preocupa menos porque considera que, al final, todo cuanto nos rodea no es más que una ilusión. Cada uno se inventa su historia y, con ella, su destino.

Entro al salón con el pelo aún húmedo, respiro profundo y siento que llevo conmigo una ligera fragancia a algodón y agua limpia. Si Antonia se sorprende al ver lo que traigo puesto, no dice nada. Sonríe. Es que a veces me gusta ponerme las chaquetas de papá, sus camisas blancas y holgadas, así siento que aún me acompaña.

—El agua caliente te ha sentado bien —me dice mi querida Antonia—. Te ha devuelto los colores. Mira esos cachetes y esos labios que rojos están —y me acaricia la barbilla con su mano áspera.

Desayuno de pie en la meseta de la cocina.

—Lo primero que vas a hacer es hablar con Connor.

La abrazo, le doy un beso y salgo a buscar mi bastón.

—No olvides ponerte la chaqueta. Nunca te puedes fiar de la primavera.

Le guiño un ojo. Ella sabe muy bien que rara vez salgo de casa sin la chaqueta de lana marrón de papá.

—Puedo quedarme a dormir contigo. Alejo trabaja en el turno de noche —dice en voz alta, para que pueda escucharla al final del pasillo.

No se acostumbra a la idea de que puedo escuchar hasta el más mínimo susurro.

—No te preocupes —le grito—. Me aseguraré de que Connor cambie las cerraduras hoy mismo.

3

Desde el vestíbulo, puedo sentir la presencia de Connor fuera, en la acera. En la primera imagen, está de espaldas a mí con una escoba; en la segunda, está apagando un cigarrillo en el suelo; en la tercera, sonríe, con los ojos vueltos hacia mí, con vestigios de humo aun flotando a su alrededor.

Escucho un "buenos días" y despliego mi bastón antes de dirigirme hacia la escalera de entrada.

—Hola, Connor. ¿Crees que podrías llamar al cerrajero? —pregunto sin mirarle, por miedo a que su imagen se disuelva—. Quiero cambiar la cerradura lo antes posible. Solo necesito tres llaves: una para Antonia, la de repuesto para el edificio y una para mí.

—Esta tarde tendrás la cerradura cambiada —me responde con su acento irlandés.

Hubo un silencio incómodo.

—Sabes que siempre puedes contar conmigo para lo que necesites. Especialmente ahora que tu madre no está más.

Me es difícil tomarme en serio cualquier cosa que Connor diga o haga. Tiene más o menos mi edad, es unos centímetros más alto que yo y lleva pantalones cortos que le llegan a las rodillas. Vive solo en el sótano.

Una vez me dijo que a él también le gustaba leer, pero que nunca se había gastado un dólar en un libro. "¿Para qué?", me decía, "si los vecinos dejan los suyos, que ya no quieren, en una estantería cerca de las lavadoras. A veces son novelas policíacas; otras, biografías de famosos. Lo único que no leo son libros de autoayuda", aclaraba, "porque me aburren".

Aunque sus botas están grasientas y sus pantalones cortos manchados y arrugados, sus camisas siempre están planchadas, limpias y abotonadas hasta el cuello. Se corta el pelo al rape, no porque se esté quedando calvo, me dijo una vez, sino porque tiene unos rizos rebeldes que le dan demasiado trabajo.

No estoy segura de cómo pudo atraer a una mujer casada del Upper East Side para tener una aventura, pero si los rumores son ciertos, me alegra que al fin tenga a alguien en su vida.

—Gracias, Connor. Antonia está arriba. Se quedará a esperar al cerrajero.

Continúo por Morningside Drive hasta la calle 115. En la esquina, golpeo la punta de mi bastón contra la acera antes de cruzar. Calculo que el coche más cercano está a más de sesenta pies. Sigo adelante, y cuando llego a la calle 113, bajo los andamios del hospital que están convirtiendo en un edificio residencial, distingo un olor a alcohol, sudor rancio y orina.

—Ahí viene la cieguita —le escucho decir a uno.

Tres indigentes acampan regularmente en esta cuadra.

—Por lo visto, necesita un buen plato de comida. Si sigue así se la llevará el viento.

Sonrío y les doy los buenos días, como siempre.

A la entrada de Book Culture, en la calle 112, me detengo con la cara vuelta hacia la catedral de Saint John the Divine y dejo pasar unos segundos antes de abrir la puerta de la librería. He llegado a mi santuario y la conmoción de anoche comienza a desvanecerse. Lo primero que intento es bloquear mis sentidos. El asalto de conversaciones susurradas y la mezcla de olores me desorientan al principio, pero van disminuyendo una vez que subo las escaleras hasta mi rincón favorito. Me espera un sillón de cuero marrón desgastado, junto a la ventana que da a la tras-tienda. Mark me lo reserva todas las mañanas, aunque me gusta menos ahora, que han instalado allí la nueva sección infantil de la librería.

Lo saludo sin mirar su largo cuello, su barba negra, sus gafas oscuras de acetato y su sombrero de caza irlandés. Sea cual sea la estación, siempre va vestido con una camiseta negra de mangas largas y lleva la cabeza cubierta, como si quisiera esconderse. En la primera imagen, Mark me mira, sorprendido, con la boca entre-abierta, como si no esperara verme. Su corazón se acelera porque quiere besarme —o eso es lo que me gusta decirme a mí misma— y empieza a correrle el sudor por la frente. En la segunda imagen, Mark está avergonzado, con los ojos bajos. En la tercera, Mark le sonríe a la estudiante rubia que lo ayuda los sábados.

—Te he dejado un libro en la silla —le oigo decir en la pri-mera imagen, mientras golpeo los escalones del segundo piso con mi bastón, y mis Keds dejan un ruido sordo al golpear el suelo.

Mark estudia escritura creativa en Columbia. Se dedica a mu-chas cosas: actuación, fotografía, arte y diseño de sitios web. Antes de entrar a la universidad, formaba parte de un grupo de teatro experimental. Ahora solo habla de libros que desafían estruc-turas y moldes, como *The Raw Shark Texts* e *Invisible Monsters*.

También le fascinan los libros sobre la muerte, y últimamente está obsesionado con *The Undertaking* y *Stiff*. Le entusiasman los juegos de palabras ingeniosos, y una vez me dijo que para él una idea no es más que el resultado de un trastorno semántico. Cuando me dispongo a marcharme, lo que suele ocurrir en algún momento después del mediodía, siempre sale con alguna cita al azar ("¡Destruye las imágenes de control! ¡Destruye las máquinas de control!"), sin atreverse nunca a decir lo que espero: *¿Te acompaño a casa? ¿Salimos?*

Mark es mi amigo o, al menos, me lo imagino. Mejor dicho, es mi único amigo. Quizás algún día me invite a salir, a tomar un café; pero no se atreve, y yo tampoco. Solía sentarse conmigo cuando terminaba su turno, en silencio, distante, y pasábamos horas así. Se levantaba de vez en cuando y recogía los libros que los clientes dejaban fuera de lugar. Al principio, sentía que me vigilaba, y lo poco que hablaba conmigo parecía un interrogatorio. Entonces, cuando le contaba sobre mi trastorno neurológico, me miraba a los ojos, como si intentara penetrar en mi cerebro, comprender mi enfermedad, ayudarme. Con el tiempo, se convirtió en un experto en akinetopsia; me hablaba en términos científicos e incluso me dijo que en algún lugar del universo debía existir una especie con el poder de no ver el movimiento. Siempre está inquieto: no puede dejar de moverse, aunque sabe que, cuando se mueve, su cara se me disuelve. Mark no quiere que yo defina su rostro.

Una vez me atreví a hablarle de mi padre. "Un actor, como tú", creo que le dije. En ese momento, no le aclaré que había muerto ni expliqué cómo había sucedido.

Desde hace unos meses, Mark dejó de pasar tiempo conmigo. Vive refugiado tras su escritorio. Al terminar su turno se va sin despedirse. "Tengo exámenes finales", susurra. Parece tener un examen cada día. Mark huele levemente a culpabilidad.

Desde el día que mamá ingresó al hospicio, empecé a refugiarme en un rincón de la librería después de cada visita. Mark me dejaba sola. Él sabía que yo sufría viendo a mi madre perdida en otra dimensión, sin siquiera reconocerme, solo reaccionando al dolor.

Hay noches en las que lo he visto merodeando fuera de mi edificio. De pie en una esquina, luego sentado en un banco, bajo los robles, como un centinela. Nunca me ha rozado, ni siquiera me ha dado la mano. Cuando quiere darme un libro, lo deja a un lado, como si temiera invadir mi espacio, o como si mi enfermedad fuese contagiosa.

—Así que esa es tu cieguita que lee —le oigo decir a su compañera de trabajo.

No importa que yo tenga al menos seis años más que ella. Estoy en el sillón, pero los escucho desde arriba.

—No te burles —le responde Mark—. Es una chica perfectamente normal.

Abro los ojos. Las tres imágenes han desaparecido. Se me ocurre que "la cieguita que lee" es el nombre perfecto para mi perfil de Instagram. Incluso podría funcionar para las historias que quiero empezar a publicar. Aunque @anormalgirl podría ser mejor. Es lo que soy a ojos de Mark.

No. Seré @BlindGirlWhoReads.

Ahora estoy rodeada de niños que flotan. Madres apoyadas en las estanterías, algunas hipnotizadas por sus teléfonos, otras sosteniendo bebidas calientes de Starbucks. Alguien está amamantando, pero la imagen se disuelve en un halo de luz y el llanto de un niño.

Tomo el libro que Mark me reservó, *House of Leaves*, y lo coloco a un lado, sobre una torre de libros por leer —mi *tsundoku*, como la llaman los japoneses—, la mayoría recomendados por él, y que nadie toca, ni siquiera después que cierra la librería. Empiezo a leer *El cuento del hombre ciego*, retomando la lectura donde la dejé anoche, cuando la mano de un niño le hace sombra a la página. Levanto los ojos, pero la mano ya no está allí.

La voz brota de la nada.

—¿Cómo puedes leer? Creía que las letras tenían formas o puntos, como las que leen los ciegos tocando líneas en las páginas.

—¡Joe! ¡Deja a la señorita en paz! Lo siento —exclama una voz, supongo que de la madre de Joe.

Cierro los ojos y, cuando vuelvo a abrirlos, la mujer está de pie frente a mí con una sonrisa apenada y el niño de la mano.

—No se preocupe, no pasa nada. A ver Joe… ¿Puedes leer este párrafo?

—Claro que puedo. Sé leer.

El olor a cereales y miel se mezclaban en el aliento del pequeño.

—Todavía no sabe leer; solo está aprendiendo algunas frases —explica la madre.

Es invisible para mí, pero su voz está impregnada de cafeína, cacao en polvo y desodorante de talco. Hace gestos que no logro distinguir.

Joe continúa:

—Una vez vimos a una chica ciega leyendo un libro en blanco que tenía puntitos. El tuyo no tiene puntitos. Tu libro tiene letras de verdad.

—Joe, te dije que dejaras a la muchacha en paz.

—Pero ¿cómo va a leer, si es ciega? —insiste el niño con voz apagada.

Su imagen permanece en mi retina.

4

DE VUELTA AL MONT CENIS, EL PASILLO DEL TERCER PISO ESTÁ SOM-
brío. Connor no ha cambiado las bombillas de ninguno de los
extremos y la señora Bemer, del número 31, insiste en cubrir la
única ventana con una hilera de macetas con plantas de hiedra del
diablo que luchan por sobrevivir bajo la tenue luz que proviene
del patio interior. Afirma que lo hace para evitar que la gente hus-
meara desde allí su dormitorio, donde mantiene una vela eléctrica
siempre encendida en el alféizar.

Antonia asegura que las plantas están ahí para impedir que se
vea la siniestra abolladura del techo de cobre del sótano, donde
está la lavandería. Si se mira con atención, aún puede distinguirse
la silueta grabada en el metal por la caída del cuerpo de la señora
Orman. Quién sabe si fue ella misma la que saltó o fue lanzada
del sexto piso hace diez años. Su marido quedó libre de cargos
porque, según Antonia, la cárcel no está hecha para los ricos:
"Siempre pueden permitirse los mejores abogados, que acaban
convirtiendo a la víctima en culpable".

Un testigo declaró haber oído una discusión entre ambos y
estaba a punto de llamar al 911 cuando la voz de la mujer se trans-
formó en un alarido que se escuchó a la redonda.

De pronto, según el testigo, hubo un silencio. A los pocos segundos, un estruendo. Al final de las investigaciones, la muerte de la mujer fue sellada como suicidio. Al parecer, tenía un historial de trastornos mentales.

A la señora Orman la recuerdo cariñosa, una buena mujer. Cuando era niña, me cuidó en varias ocasiones, mientras mi madre hacía alguna diligencia. A veces me quedaba con ella en su apartamento, que olía a humedad y de noche me provocaba escalofríos. A veces, la señora Orman prefería venir a nuestro apartamento y leíamos juntas. A su marido, decía, no le gustaba leer, y no permitía libros en su casa. Al menos eso es lo que recuerdo, junto con el dolor perenne de sus ojos. Fui la última en verla aquel día. Pobre señora Orman…

Desde el día en que murió la señora Orman comenzaron a despertarme las pesadillas. Por un tiempo, me veía en la ventana de su apartamento, mareada y asustada. Al menos la señora Orman había dejado de sufrir.

—¿Cómo diablos podrá seguir viviendo en ese apartamento el señor Orman? Y con la huella de su esposa muerta en el techo del sótano. Hay cada loco… —suele decir Antonia.

Encuentro en el buzón la llave de la cerradura nueva. Es más grande que la anterior y requiere más esfuerzo para abrir la puerta. Pero no importa. Si yo tengo problemas con la llave, también los tendrá un intruso.

Cada vez que Antonia limpia, el olor de los desinfectantes, detergentes y los productos a base de alcohol me desorienta y me provoca un dolor persistente en el nervio occipital. Esta vez, me doy cuenta de que se ha centrado en el dormitorio y el pasillo —incluso en el pomo de la puerta— para purgar hasta el último rastro del ser, real o imaginario, que me atormentó. Sin olores, los sonidos tendían a amplificarse aún más; las conversaciones de fondo terminaban abrumándome. Una sinfonía de palabras sin sentido, altavoces que se superponen unos a otros, empiezan a llegar a mi apartamento desde arriba y desde abajo, a través de las ventanas de la cocina que dan al patio interior, donde todas se mezclan en una especie de discordia:

Vamos a poner el apartamento en venta.

Haz lo que quieras. Aquí ya nada es mío. ¿Me vas a poner en venta a mí también?

No podemos hacer frente a los gastos que este apartamento genera. Con el dinero que tenemos ahorrado podríamos vivir muy cómodamente.

¿Y cuándo se acabe?

¿A esta hora tomando otro café? No te quejes luego.

Tú te bebes una botella de vino cada noche y yo no te digo nada, así que déjame en paz.

¿Por qué tengo que repetirlo todos los días? ¡Lávate los dientes!

¿De dónde saca el dinero la mujer que se ha mudado al lado de la ciega, si no la veo salir a trabajar?

¿Por qué no puedes llamar a Leah por su nombre? La mujer que se mudó está separada de su marido. La junta de la cooperativa la aprobó. No la he visto, pero Connor dice que a veces sale del apartamento llorando. Pobrecita.

He oído que su marido es Michael Turner, un multimillonario. Se cansó de ella. La muy tonta había firmado un acuerdo prenupcial.

Entonces escucho un leve gemido procedente del apartamento de al lado. Me concentro para acallar las demás conversaciones y siento a mi nueva vecina caminar hacia la pared que compartimos. El llanto cesa y contengo la respiración. Capto el silencio.

Una persona sin esencia no es de fiar. Estoy convencida de que el olor es lo que define el alma.

Hasta que no me llegue el olor de mi vecina, no tendrá rostro ni cuerpo para mí.

El llanto cesa, pero sé que ella continúa ahí, quizás también intentando escuchar, para descubrir quién vive al otro lado de la pared. Nerviosa, voy a mi habitación, protegida por los libros, por el frío y por el zumbido constante del aire acondicionado. Antes de volver al libro sobre el masajista ciego, intento una vez más sintonizarme con los sollozos ahogados de la vecina.

Me veo a mí misma en ella: sola en ese vasto apartamento. La diferencia es que no recuerdo la última vez que lloré. No he derramado una sola lágrima desde la muerte de mi madre. Tampoco recuerdo haber llorado el día que papá dejó este mundo. De vez en cuando me traicionan las lágrimas, pero nunca son causadas por la emoción. A veces, cuando mantengo los ojos abiertos para retener una imagen, mis ojos se inundan. Es una reacción física.

Después de leer alrededor de una hora, me levanto para ir al baño y noto una vibración intermitente procedente del apartamento colindante. Apago la luz. Quizás la chica ha dejado el teléfono en el pasillo, y las ondas que transmitía deben haber pasado a través de los listones de roble del suelo. Me acerco a la pared y me aseguro de no hacer el menor ruido. La vibración se detiene.

—Te dije que no volvieras a llamarme. Me estás haciendo daño, ¿no lo ves?

Sigue un silencio, interrumpido por más llanto. Siento su respiración agitada, sus lágrimas, incluso los temblores. Percibo el pánico que le ha provocado la voz al otro lado de la línea.

—Ni se te ocurra volver… Nunca te perdonaré lo que hiciste anoche… ¡No vuelvas aquí! He seguido adelante, no te necesito. Déjame en paz. ¿No lo entiendes? No hay nada que arreglar. No me interesa tu dinero… ¡No me interesa nada que tenga que ver contigo!

Siento su desesperación, y tiemblo con ella, como si la voz del hombre pudiera dañarme a mí también.

—Dame la llave. No puedo seguir mudándome cada dos meses. La próxima vez pediré ayuda, de quien sea.

Respiro hondo, intentando recuperar el olor a bergamota del otro lado de la pared, pero es en vano. Los desinfectantes de Antonia han borrado hasta el último vestigio. ¿Acaso el intruso de anoche se había equivocado de puerta? ¿Quizás rebuscó entre las llaves del despacho de Connor en el sótano y tomó la del número 33 en lugar de la del 34? No era a mí a quien buscaba: buscaba a mi vecina.

Al parecer, ambas estamos en peligro. Un psicópata amenaza a todo el edificio. ¿Qué debo hacer?

—¡Te voy a denunciar! —exclama la voz desde el otro lado del muro.

Entonces siento el teléfono rebotar contra el suelo de madera. Sobresaltada, ahogo un grito y la chica me escucha, estoy segura. Al menos, deja de sollozar. La puedo imaginar con las manos en la pared, la cara húmeda por las lágrimas, intentando averiguar quién está al otro lado. ¿Será él, que la llama desde el apartamento contiguo?, se preguntará. Imposible.

Escucho la respiración entrecortada de mi vecina y, vagamente, percibo el aroma de las lágrimas que comienzan a secarse. Esto me permite, por primera vez, empezar a construir un retrato hablado, aunque todavía enmascarado por una bruma oscura. Silencio. No puedo distinguir si la chica siente calma o pavor al darse cuenta de que un extraño la ha estado escuchando. Solo sé que continúa apoyada a la pared que nos separa. Yo también.

5

ES LUNES POR LA MAÑANA Y VOY ANDANDO A VER AL DOCTOR ALLEN. Había planeado cancelar mi cita, pero temía levantar sus sospechas. Desde que mi madre ingresó en el hospicio, he querido reducir mis consultas con el neuropsicólogo de semanales a mensuales. No tengo pretexto, pero ya encontraré uno. Mi madre le dejó claro al señor Baird, el administrador de mi fideicomiso, que las consultas con el doctor Allen eran obligatorias. Afortunadamente, el señor Baird no parece muy interesado en mí. Aunque el doctor Allen prometió que nunca le daría al señor Baird un informe negativo sobre mí, no estoy del todo convencida, así que voy a verlo.

Por suerte, anoche descansé. Con la nueva cerradura instalada y cierta seguridad de que el intruso con olor a bergamota no me buscaba a mí, sino a mi vecina, mis temores han disminuido. Sin embargo, antes de salir del apartamento o irme a la cama, ahora permanezco de pie en el pasillo durante unos minutos y luego me siento en el piso, a la espera de una llamada de teléfono, un gemido, una presencia. Ayer no escuché ni un solo ruido en el apartamento de al lado. Tal vez mi vecina, después de todo, haya decidido mudarse.

Mi teléfono suena al doblar la esquina entre Riverside Drive y la calle 116. Sé que es Antonia y que debo contestar. De lo contrario, se preocupará y se presentará en el apartamento, o llamará a la policía.

—Hola, Antonia. Antes de que digas nada, nadie más va a entrar en mi apartamento. Tengo cerradura nueva.

—Leah, sé que a veces puedes notar cosas que otros no, mi amor. Es un don de Dios que te ayuda a compensar lo que has perdido. Pero también tienes una imaginación extraordinaria.

—¿Así que sigues pensando que lo imaginé? Pues si estás tan segura de que lo soñé, ¿por qué te molestaste en limpiar las paredes del pasillo, el techo, los picaportes? Ni un solo centímetro escapó a tu desinfectante. Te deshiciste hasta de la última molécula del intruso.

—Para borrarlo de tu memoria, mi niña. Es tu mente la que te traiciona. Deja de pensar, Leah, deja de leer, deja de inventar historias. Pero bueno, te llamaba para decirte que no faltes a tu cita con el doctor Allen.

—Antonia, estoy aquí, fuera de su oficina.

—Cuéntale sobre el hombre que entró a tu cuarto.

—Ese hombre no volverá otra vez.

—¿Cómo puedes estar tan segura?

—Porque escuché a mi vecina. Dejó a su marido, y él se le apareció en su apartamento el viernes, en mitad de la madrugada. ¿Crees que es solo una coincidencia? Apuesto a que por error cogió mi llave de la oficina de Connor en el sótano.

—Coincidencia o no, deberías contarle todo esto al doctor.

—Tengo que subir, si no va a pensar que he vuelto a cancelar mi cita.

Estoy harta de que me traten como a una ciega. Desde que mamá murió, he jurado ser independiente. Quiero casarme, tener hijos. Aún tengo esperanzas de que un día no muy lejano se reviertan los daños que me causó la hemorragia cerebral que sufrí a los ocho años y vuelva a ver el mundo en movimiento.

El edificio del doctor Allen parece una especie de templo medieval, aunque sin dioses ni santos. Los arcos góticos del vestíbulo de mármol oscuro, el portero uniformado, el conserje que maneja el ascensor con rejilla de bronce, me hacen sentir como si acudiera a una entrevista en uno de los círculos del infierno de Dante. Cada vez que atravieso el umbral, siento escalofríos.

El despacho del doctor ocupa dos habitaciones de un majestuoso apartamento familiar que mira al río Hudson y a la anodina silueta de Nueva Jersey. El puente George Washington se divisa a lo lejos. La recepcionista no llega hasta las diez; como de costumbre, han dejado la puerta entreabierta para mí, la primera paciente del día.

La sala de espera es una biblioteca consagrada al estudio de la psique humana. El título amarillento de la Universidad de Harvard cuelga en un sitio prominente, rodeado de un marco barroco de madera con detalles dorados, junto a licencias para el ejercicio de la especialidad expedidas por la ciudad y el estado de Nueva York.

Sé que mi caso aparece en uno de los volúmenes que cubren las estanterías, porque mamá le dio permiso para estudiarlo y escribir sobre mí veinte años atrás. Al principio, era divertido acompañar al doctor Allen a sus clases en Columbia y responder a las preguntas de sus colegas y alumnos. A veces, incluso filmaban mis acciones mundanas, como caminar por una habitación, aunque con cables infinitos conectados a mis terminaciones nerviosas.

A veces me insertaban un dispositivo en las pupilas que les permitía ver exactamente cómo percibía el mundo. Hasta que me negué a volver. Estaba harta de que me trataran como a un conejillo de Indias. Aun así, mamá insistió en llevarme a las sesiones privadas semanales con la esperanza de que el doctor Allen encontrara una cura mágica para mí.

El olor a madera y vaselina para el pelo me hacen regresar de mis pensamientos. Cierro los ojos, y al abrirlos ahí está el doctor Allen, con pantalones oscuros y una chaqueta de cuadros marrones y verdes. Lleva una camisa amarillenta y una corbata gris deshilachada. El pelo canoso peinado hacia atrás, la nariz roja.

—Ya era hora, ¿no, Leah? Hace un mes que no te veo.

Mientras se acomoda en su sillón Eames, me acerco al sofá que está junto a la ventana. Miro los barcos que navegan por el Hudson. Ambos permanecemos en silencio durante varios minutos, lo que me sorprende. Suele ser él quien hace la primera pregunta: "¿Cómo has estado?" Hoy parece decidido a que sea yo quien comience la batalla. Me siento y dejo pasar más tiempo, embelesada por un velero que permanece inmóvil en las aguas congeladas del río.

—Ahora duermo en la habitación de mamá. Estoy más cómoda allí, y es más tranquilo.

—¿Has cambiado algo?

—Por supuesto. Tengo todos mis libros allí.

—¿Solo libros?

—¿Qué más necesito?

—¿Te ayudó Antonia?

—Sí, Antonia viene más a menudo a ayudarme.

—¿Y las trabajadoras sociales?

—Volverán a aparecer en algún momento.

Siento al doctor levantarse y rebuscar en uno de los archivos metálicos. Abro y cierro los ojos en su dirección y lo distingo con un expediente de hojas desordenadas y una etiqueta en letras mayúsculas: AKINETOPSIA. Una vez al año me somete a una prueba ocular y a escáneres cerebrales, como si mi padecimiento fuera una enfermedad degenerativa. Toma un papel y empieza a escribir. Siento deseos de sacar mi libro y comenzar a leer para consumir la hora, pero decido que no merece la pena desafiarlo. Qué ganaría con hacer algo así. *Sé adulta*. Pienso en mencionarle al hombre con la esencia de la bergamota, pero también lo evito. No quiero parecer vulnerable.

Preferiría contarle al doctor que tanto Mark, de Book Culture, como el repartidor de comida a domicilio me han invitado salir; solo que no puedo decidir a cuál decirle que sí. O que para el año que viene quiero casarme y convertirme en mamá. Pero permanezco callada, mirando los barcos anclados en el Hudson.

—Tengo una vecina que no hace más que llorar —le digo finalmente.

Al menos, no mentí. Y quizás sea la manera de convencer al doctor Allen de que hay otras mujeres más necesitadas, más débiles que yo.

—¿La conoces? —responde intrigado.

—Todavía no. La oí llorar y discutir por teléfono con su marido.

—¿Estabas espiándola?

Me río y me recojo el pelo.

—Me paso la vida espiando a la gente. No puedo evitarlo. Acabo de escuchar a su esposa, doctor, por ejemplo. Se bañó en perfume de violetas y salió del apartamento… Ah, y también se puso sus gotas para la alergia.

—Nunca dejas de sorprenderme, Leah. ¿Te preocupa estar siempre… espiando?

Vacila, pero su pregunta no me molesta.

—Por supuesto que no. He aprendido a vivir con ello. Escucho lo que quiero, cuando quiero. Son solo sonidos, a menudo llevan olores con ellos. Si me concentro, como en este momento, puedo distinguirlos. Si me lo propongo, puedo oír todo lo que pasa detrás de estas paredes.

El médico se aclara la garganta y se sonroja. Por un segundo, parece haber perdido el control.

—No se preocupe, aún no puedo leer la mente.

Mantengo la mirada fija en el Hudson y el velero. Saco mi teléfono y, sin mirar, enfoco la imagen y tomo una foto. En ella no aparece el barco, solo el río de aguas violentas.

—¿Te gusta tomar fotos?

—Me he abierto una cuenta en Instagram.

—¿Cómo te llamas ahí?

—BlindGirlWhoReads.

—Interesante.

—No es una cuenta privada, puede seguirme.

Sé que no lo hará. El doctor Allen vive en otro mundo; no conoce ni entiende las redes sociales.

—Desde mi balcón, hago fotos de las imágenes que creo antes de que se desvanezcan. Pero a veces llego demasiado tarde. Mi teléfono no es tan rápido como yo.

El doctor Allen toma nota.

—Puedo cuidar de mí misma, puede estar seguro de eso.

—Lo sé, Leah, siempre he tenido fe en ti.

—He aprendido a utilizar el sonido para medir a qué distancia están los objetos, las personas, los autos. Me oriento mucho mejor con los ojos cerrados que abiertos. Puedo ver en la oscuridad lo que nadie más puede distinguir. Puedo escuchar lo que es imperceptible para los otros.

—Estoy seguro de que te has vuelto más independiente desde que tu madre fue hospitalizada, de que tus habilidades han aumentado. Como eres débil visual, tus otros sentidos se han ido agudizando, se han intensificado. Pero no hace falta que te lo diga… ¿Vendrás de nuevo el próximo lunes? ¿A la misma hora?

—Pensé que podríamos vernos cada dos semanas, o tal vez una vez al mes… Pero vendré el próximo lunes, lo prometo.

Al salir de la consulta, veo a la recepcionista escondida detrás de una pila de expedientes. Huele a laca.

Ya en la puerta, digo en voz baja:

—Nos vemos el próximo lunes.

Confío en que ella también está entrenada para escuchar hasta el más mínimo susurro.

6

CUANDO SALGO DE LA CONSULTA DEL MÉDICO, PUEDO OLER LA TORmenta. En unos minutos, la lluvia arreciará y una cascada de agua se arremolinará a lo largo de Broadway, arrastrando todo a su paso. La gente correrá a refugiarse.

Me detengo en la esquina de Broadway con la calle 116. Los transeúntes parecen tan estáticos como las esculturas grecorromanas del pórtico que da acceso al campus de la Universidad de Columbia. Empiezo a contar los segundos mientras respiro el aire, cargado de señales del vendaval que se avecina. Percibo el cambio de color de los semáforos: verde, amarillo, rojo, verde de nuevo. Los estudiantes aceleran el paso cuando el conteo del semáforo peatonal llega a cero, pero yo ya lo he calculado. A partir de ese momento, aún dispongo de seis segundos para llegar al otro lado antes de que los taxis amarillos irrumpan en Broadway.

Y entonces llega la lluvia. Levanto la cara, aún con los ojos cerrados, y dejo que el agua fría me acaricie. La sensación es agradable, parpadeo y dejo que las gotas reboten en mis ojos inútiles. Lleno mis pulmones de aire húmedo.

—Deja que te ayude —me dice una estudiante.

Asiento con la cabeza, la chica me toma del brazo y dejo que me acompañe a cruzar la calle, mientras los demás a nuestro alrededor le abren paso a la chica del bastón blanco.

—Gracias, eres muy amable —le digo en voz baja.

—Te vas a empapar. ¿Vives lejos?

—Unos pasos y estaré en casa, no te preocupes.

Quiero rodar con la lluvia, que me bañe, quiero que me dejen sola y en paz. Me acerco a la escultura de bronce del Alma Mater. A mi alrededor noto que todos corren como si fueran a derretirse bajo la lluvia.

—¿Estás perdida?

Esta vez es un chico, con acento dominicano.

—No, estoy bien, solo disfrutando de la lluvia.

El chico se ríe. Tal vez debería guardar mi bastón y abrir los ojos. Así nadie me interrumpirá, no pareceré perdida ni despertaré compasión. Pero si lo hago, terminaré desorientada y necesitaré una mano firme que me guíe de vuelta hacia el este.

De repente, alguien me cubre con un paraguas. Siento el calor de un cuerpo a mi lado e intento distinguir su olor, pero no puedo. La lluvia embota mi olfato. Sin embargo, siento que es alguien conocido.

—Te vas a resfriar…

Al oír su voz, empiezo a temblar. La lluvia ha borrado su olor a sol y a multitud. Es el repartidor de comidas.

Abro los ojos: una muchacha a punto de caerse por las escaleras; dos chicos sostenidos en un salto al esquivar el charco; una cortina de gotas, como bolas de cristal que se niegan a descender, detenidas en el tiempo y el espacio. En esta primera imagen, el repartidor no sonríe.

Todos huyen de la lluvia, pero él no. Su aliento, su sudor y la lluvia confieren a su cuerpo un sutil aroma almizclado.

—¿Quieres quedarte con mi paraguas? De todas formas, ahora tengo clases.

Lo que me gustaría es acompañarte a tu clase, y luego ir a tomar un café juntos, o ¿por qué no vienes conmigo a Book Culture? O, mejor aún, ¿a mi apartamento, donde podemos secarnos los dos? En lugar de eso, niego con las manos, sin mirarle. No necesito el paraguas.

Un trueno nos hace saltar.

—Buena suerte. Que tengas un buen día…

Su voz se apaga en un pestañazo.

Parpadeo, y tanto el chico como su paraguas han desaparecido. Entonces lo veo en la escalera, con una pierna levantada para saltar dos escalones a la vez. Cierro los ojos y vuelvo a abrirlos, y estoy frente a la imagen de un cuerpo borroso que deja una estela de luz, como si comenzara a disolverse. Por mi culpa se ha mojado, y ahora estará tiritando toda la tarde.

Con mi bastón, acelero el paso como todos los demás y huyo de las nubes oscuras que amenazan con desplomarse.

Me detengo al llegar a la cafetería de Ámsterdam y la calle 116 para pedir un sándwich de atún y chocolate caliente para llevar a casa. Debería pedir dos e invitar a mi nueva vecina. ¿Por qué no? Debo ser amable con la mujer que llora, sola como yo, abandonada y sin familia. Sería bueno que compartiéramos una comida y comenzar a conocernos.

De vuelta al edificio, subo las escaleras hasta el tercer piso y me detengo al final del pasillo, donde las puertas de ambos apartamentos se juntan en ángulo recto: el número 33 y el número 34.

Saco la llave y vacilo. Levanto la mano derecha y tanteo la puerta de mi vecina con el dedo índice, buscando el botón de un timbre que no consigo localizar. Suspiro y entro a mi aparta-mento. De todos modos, no he pedido otro sándwich.

Cierro la puerta tras de mí con dos vueltas a la llave en la cerradura. Si mi vecina está en casa, me habrá oído entrar. Dejo el almuerzo en la cocina y permanezco quieta en el pasillo. Evito cualquier ruido. Intento escuchar hasta el más mínimo movi-miento a través del muro. Nada. Hoy no hay lágrimas ni sollozos. Vuelvo a estar sola.

7

LA LLUVIA NO CESA. LOS OLORES SE TRANSFORMAN Y EL SONIDO DE las gotas sobre la caja metálica del aire acondicionado resuena en el interior del apartamento. El ruido constante me obliga a moverme de un sitio a otro, hasta que me detengo en el pasillo y olfateo los olores como un rastreador de fantasmas. Lo bueno del rugido de la tormenta es que ahoga las conversaciones de los vecinos. Todo se reduce a un zumbido, y decido aprovechar el caos sonoro para emprender un proyecto doméstico: vaciar el armario del comedor.

Después que mamá, paralizada por el dolor, ingresara en el hospicio, donde la acompañé día y noche durante varias semanas, decidí cambiar todas las alfombras del apartamento y pintar las paredes de un blanco suave y etéreo. Hicieron falta varias capas de pintura para borrar el verde enebro de los tres dormitorios, el gris del vestíbulo, el amarillo repugnante de la cocina y el ocre oscuro del comedor. A mi madre le encantaba el color, pero yo sabía que ella no volvería. Ahora, durante el día, el reflejo de la luz contra las paredes atempera los sonidos. De noche, es más fácil refugiarse en la oscuridad.

Ordené sábanas blancas, almohadas firmes, toallas de un azul cálido. También cambié la vajilla, así como los cubiertos y los vasos: desaparecieron los hilos de oro, los ramos de flores entrelazados sobre la porcelana antigua. Quería todo limpio y sencillo. La ropa y los zapatos de mamá pasaron al depósito del sótano hasta el día en que decida donarlos al Salvation Army o a quien más los necesite. El único lugar del apartamento donde aún no había hurgado era el armario del comedor. Ya era hora.

Abro una gaveta, saco una caja pesada y la pongo sobre la mesa, esperando encontrar fotos familiares o cartas, pero todo está relacionado con mi enfermedad. Tomo otra caja y encuentro lo mismo. No hay recuerdos familiares, solo un pañuelo de encaje raído en una cajita forrada de terciopelo rojo.

—El viernes le llevaré el pañuelo a la señora Elman —digo en voz alta, en un intento por alejar los pensamientos del pasado. Pero antes saco el móvil y fotografío el pañuelo, aún en su caja de terciopelo. También grabo una imagen de las láminas oscuras —radiografías de mi cerebro— y un cúmulo de papeles que explican mi padecimiento.

Una brisa perezosa recorre la cocina, el comedor y el salón. Las muñecas que mamá compraba compulsivamente y con las que nunca jugué están ahora en una bolsa de basura que desprende un olor repugnante. Tengo que deshacerme de ella. En otro rincón se amontonan más libros que ya no me interesan.

Me acerco a las puertas de cristal para capturar la lluvia con mi iPhone. Mientras enfoco con ojos silenciosos las gotas que se aferran al cristal, escucho que se abre la puerta del número 34.

En silencio, salgo veloz al pasillo e intento conectar los olores y la resonancia, buscando el eco de un quejido, prestando atención a cada paso, a cada movimiento, analizando el peso del cuerpo que se desplaza sobre las alfombras, y de repente tengo la certeza de que quien está dentro del apartamento 34 no es mi vecina. Intento de nuevo concentrarme, muevo el sonido de la lluvia a un segundo plano, y me deslizo hasta el suelo, contra la pared, para poder sentir las vibraciones a través de los listones de roble. Siento un escalofrío. Quien está en el 34 es el marido de la mujer que llora. Ha regresado a buscarla, a llevársela consigo. No sabe que, desde que la acosara por teléfono, mi vecina huyó. Me pregunto si debería gritar, pedir ayuda, quizás llamar a Connor.

Los pensamientos se agolpan en mi cabeza y me provocan un vértigo que me obliga a sentarme. *¿Quién le ha dado derecho a entrar en el piso? Si es él quien paga el alquiler, tal vez tenga una llave. Esa pobre chica debe sentirse atrapada. ¿Y si la tiene atada? Eso explicaría por qué el apartamento ha estado tranquilo.*

Empiezo a contar cada vez que inspiro y espiro, reteniendo el aire en mis pulmones el mayor tiempo posible. Consigo calmarme, mantener bajo control los latidos de mi corazón, que se aceleran cada vez más.

Lo siento salir y cerrar la puerta con un giro de llave. Corro hacia mi puerta y me quedo allí, olfateando las rendijas como un animal desesperado. Cierro los ojos y en ese instante logro confirmar lo que temía: es el hombre de la bergamota.

Me alejo de la puerta sin hacer el menor ruido. Temo que detecte el pánico agazapado tras el metal y la madera.

No tengo por qué tener miedo. Él no me busca a mí; no hay razón para que use la llave equivocada. Además, he cambiado las cerraduras, me repito hasta el cansancio.

Me acerco de nuevo a la puerta. De pronto, al sentir que me observan a través de la mirilla, doy un salto hacia atrás, incapaz de reprimir un grito.

¿Pensará que su mujer está aquí conmigo? ¿Y por qué iba a estarlo?

El olor a bergamota empieza a colarse por las rendijas, como si estuviera decidido a perseguirme e intimidarme, como si intentara susurrarme al oído, levemente pero con firmeza: *Deja en paz a mi mujer. Si no quieres meterte en problemas, deja de espiarla.*

La voz imaginada, mezclada con bergamota, penetra en mi piel y alcanza mis terminaciones nerviosas. Tiemblo, sin saber cómo sacudirme esa presencia sin rostro, hasta que le oigo bajar las escaleras muy despacio, como si quisiera torturarme.

Corro hacia las puertas francesas y las abro de par en par. La lluvia salpica la alfombra. El custodio en su garita y un coche rojo son las únicas imágenes que detecto. Parpadeo varias veces, pero lo único que veo es al guardia. No hay rastro del hombre de la bergamota. Puede que haya bajado al sótano y haya salido por la puerta que da a la calle 116, lo que me habría impedido ver su imagen.

El hombre ya no está, pero el vestigio de la bergamota permanece en mi puerta.

8

A MEDIDA QUE PASA EL TIEMPO, TENGO LA SENSACIÓN DE QUE QUIE-
nes me rodean han ido perdiendo su olor. He empezado a confundir el de Antonia con el del doctor Allen, también los de mis vecinos. Incluso el de Connor comienza a disolverse.

Con el perfume penetrante de la maldita bergamota, junto al sonido del peso del intruso al moverse sobre el suelo de madera, e incluso la velocidad con la que se dirigió a las escaleras, he conseguido delinear el rostro del hombre, o más bien su figura, como si estuviera frente al bosquejo de su retrato hablado. Me he convertido en su víctima. Es alto y delgado, joven, de extremidades largas, con dedos gruesos y mano firme. No es musculoso. Sospecho que tiene el pelo ralo. Quizás lleva la cabeza rapada y la cara bien afeitada. Imagino que lleva una camiseta oscura, posiblemente negra, pantalones de textura suave y zapatos de piel con suela de goma. No lleva reloj ni anillos, nada metálico. Si me esfuerzo, quizás pueda distinguir algo más, pero estoy agotada. Tengo fe en mi olfato y en mi oído, pero no en mi estado de pánico.

En la cama, bajo el edredón de plumas y con el aire acondicionado encendido a tope, repaso las imágenes de mi página de Instagram: la portada del libro sobre el japonés ciego, varias puestas de sol tomadas desde las puertas francesas que dan al parque Morningside, las corrientes del Hudson. La fotografía de las gotas de agua en el cristal de la ventana está lista para ser añadida. Escribo "Lluvia" y la hago pública.

Necesito que la chica del 34 regrese para poder hacerme una idea más clara de ella; necesito unos cuantos sollozos más o, mejor aún, tropezarme con ella en el pasillo o en el ascensor para concluir el boceto de su retrato hablado. La presiento con el pelo largo y oscuro y la tez pálida. Descalza, con un vestido holgado, sin maquillaje. Intuyo que ella y el hombre de la bergamota se atraen, que en realidad no están alejados. Él la desea y ella disfruta ser deseada.

También necesito enfrentar al hombre, incluso rozarlo, si es posible. Así podré leerlo mejor, descubrir su verdadero propósito. Quién sabe si, con la muerte de la chica, él podría heredar una gran fortuna a través de un seguro de vida. ¿Y si mis vecinos, unos entrometidos, se equivocan? ¿Y si es ella la que es rica? ¿Y si el marido perdió todo su dinero y ahora vaga por las calles, sin rastro de lo que una vez tuvo?

Estoy segura de que mi vecina no volverá al Mont Cenis. Quizás tras esa última llamada quedó tan aterrorizada que decidió huir a otro barrio, a otra ciudad; quizás incluso a otro estado, a otro país.

Vuelvo a Instagram y veo que, debajo de la imagen de "Lluvia", he recibido mi primer comentario —*Te gusta observar a la gente, ¿verdad?*— escrito por @star32. Hago clic en el perfil, pero aparece en blanco, con un círculo negro donde debería estar su foto. La única cuenta que sigue es la mía, y no ha publicado ni un solo *post*. Más abajo comienzan a aparecer los comentarios de mis seguidores habituales:

Aquí también llueve.

¿A qué huele la lluvia?

No salgas, cuídate.

*Va a llover hasta el jueves. Vamos a tener un buen fin de semana,
gracias a Dios.*

Necesitamos tu selfi.

¿Cómo puedes hacer fotos si eres ciega?

¿Vives sola?

La ciega que mejor ve.

¿Por qué nunca publicas fotos tuyas?

¿Lo que se ve desde tu ventana es East Harlem?

Reviso los comentarios a mis entradas anteriores y no encuentro otros de @star32, hasta que llego a la portada de *A Blind Man's Tale* en inglés. El último comentario, recién añadido, es de @star32: *Voy a leer este libro para entenderte mejor.* No hay nada que sugiera que se trata del hombre bergamota, me repito más de una vez. Cualquiera podría haberme dejado un comentario así, no tiene nada de sospechoso. ¿Debería bloquearlo? Me doy cuenta de que, quienquiera que sea, podría haber creado una cuenta nueva para acosarme.

Todos espiamos, ¿no? Es humano. No hay razón para que lo tome como algo personal.

Cierro la aplicación, apago el teléfono e intento concentrarme en la lectura. No puedo.

Pasada la medianoche, veo una gota de sangre en el pasillo de la vecina, como si flotara, ingrávida, entre las paredes. Me veo a mí misma, aún dormida en la cama, ovillada bajo una nube blanca. De repente, la gota de sangre comienza a expandirse sin control, cubriendo el suelo de madera. Ahora estoy tumbada sobre un charco de sangre viscosa y aún tibia. Me miro las manos, que también están manchadas de sangre. Palpo mi cuerpo para comprobar si estoy herida, si la sangre me pertenece. Nada. Ni siquiera un rasguño.

Me despierto vencida.

9

LA LLUVIA CONTINÚA. MI VECINA NO HA REGRESADO, TAMPOCO EL hombre de la bergamota. Sus perfiles empiezan a desvanecerse en mi memoria. Él podría haberme hecho daño si hubiese querido, pero no lo hizo. La mujer que llora, en cambio, es un enigma que estoy decidida a descifrar.

La pesadilla me inquietó. Si la sangre no era mía, entonces debía ser de mi vecina. Si fuese necesario, le preguntaría a Connor su nombre, la localizaría e iría a buscarla. Tal vez esté en peligro, la hayan secuestrado o esté herida.

Se me ocurre que debí haber llamado a la puerta cuando la sentí sollozar desesperada. Debería haberla protegido, pero ya es demasiado tarde. Mi vecina ha huido y tendré que vivir con la culpa de no haberla socorrido. Me siento responsable de lo que pueda haberle sucedido a la vecina a la que nunca conocí.

Se ha hecho un poco tarde para mi cena de *sabbat* con la señora Elman, así que subo corriendo las escaleras hasta el quinto piso sin mi bastón.

—Ya estábamos preocupadas. Pensábamos que no ibas a venir —me saluda Olivia en la puerta.

La abrazo antes de que desaparezca. Siempre trae consigo un aroma de agua de violetas mezclado con la canela de los postres que prepara.

Los cuatro apartamentos de cada piso del Mont Cenis tienen la misma distribución. Los dos de los extremos son idénticos. Los del centro, ligeramente más pequeños. El mío es uno de los centrales; el de la señora Elman está en el lado que mira a la calle 115. Todos los apartamentos tienen vistas al parque.

El pasillo de la señora Elman parece más estrecho que el mío porque está flanqueado a ambos lados por estanterías del piso al techo llenas de libros forrados en cuero con letras doradas y cubiertos de capas de polvo. Llego al salón; densas cortinas de damasco cubren cualquier vestigio de luz natural.

En la primera imagen, la señora Elman está sentada junto a la puerta de cristal, con las manos borrosas, siempre inquietas, como si buscara algo o acariciara la cretona del sillón; los ojos fijos en el espacio, con una sonrisa vaga en el rostro. A pesar de sus noventa años, conserva una postura erguida sin ser rígida. Sale a pasear todas las mañanas con las primeras luces del día del brazo de Olivia, se sienta a descansar en los bancos del parque y contempla el Boston Ivy que devora la fachada del Mont Cenis.

Cierro los ojos y doy un paso cauteloso hacia la anciana. La señora Elman siempre huele a olvido. Le beso la mejilla y coloco el pañuelo de encaje entre sus dedos, marchitos y nudosos por la artritis.

—¿Era de tu madre?

Su voz era aguda y dulce a la vez.

—Lo encontré y pensé en ti.

Olivia está detenida con una fuente humeante en la entrada de la cocina. A mis ojos, permanece allí unos segundos, aunque ya la siento caminar hacia la mesa.

"La cena está lista", la oigo decir en la primera imagen, con el plato a punto de caerse de la mesa. El vapor es sólido, estático. Al parpadear, Olivia sostiene a la señora Elman en medio del salón. Con los ojos cerrados, me levanto y voy a la cocina por la bandeja de verduras asadas.

Escucho el ruido de las sillas del comedor arañando el suelo de madera y a la señora Elman acomodándose en una de ellas. Después de dejar la bandeja, me dirijo al sitio de la mesa donde siempre me siento. Desde allí contemplo el salón, que en la oscuridad parece invadido por la hiedra de la fachada. La tapicería de los muebles de caoba es verde musgo; manteles de encaje, alfombras y fotografías de la familia Elman cubren todas las superficies posibles.

Los Elman son supervivientes del Holocausto que llegaron a Estados Unidos procedentes de un campo de concentración. No estaban hechos el uno para el otro, solía decir, pero la necesidad incitó al amor. Después de los estragos de la guerra, se dedicaron a trabajar tanto que se olvidaron de crear una familia.

Olivia, por su parte, nació en la República Dominicana, y cada vez que la señora Elman se quejaba del pasado, le decía que ella venía de algo peor que la guerra: la pobreza. Había venido a este mundo a pasar trabajo, sobrevivir y cuidar de las familias de los demás, decía. Nunca ha tenido hijos ni se ha casado. Es unos diez años más joven que la señora Elman, aunque sus arrugas son tan profundas que ambas parecen de la misma edad. Es difícil imaginar lo que ocurrirá cuando muera una de las dos.

Tomo con cuidado la jarra de agua y lleno el vaso a mi derecha. Veo que el líquido, ámbar a la luz de las velas, flota como una masa gelatinosa.

—Deja que te ayude —le digo a Olivia cuando se sienta, lanza un gemido, vuelca su vaso y derrama agua sobre el mantel.

—La cintura me está matando —se queja, apretando los dedos sobre los párpados y frunciendo los labios.

—Ya te he dicho antes que debemos llamar al médico —responde la señora Elman.

Comienzo a servir la sopa cuando Olivia me arrebata el cucharón.

—Rina, me duele la cintura desde el día en que nací. ¿Cómo esperas que ahora no me duela? Con los años, los dolores se agudizan.

Mantengo los ojos cerrados. Sus acentos, uno de España y el otro de Europa del Este, me resultan agradablemente familiares. Imagino que un día Antonia y yo seremos como Olivia y la señora Elman, aunque Antonia es mucho mayor que yo. Tendría que cuidar de ella, y la sola idea de tener a alguien que dependiera de mí me hacía feliz.

—Connor me mencionó que cambiaste las cerraduras —comenta la señora Elman, fingiendo indiferencia—. Se ofreció a cambiar la mía también. ¿Hay alguna razón para ese gasto innecesario? ¿Deberíamos estar preocupados aquí en el Mont Cenis?

—Me siento más segura con la nueva cerradura. Ahora vivo sola. Me pareció lo correcto.

Decido no hablarles del intruso. Para qué asustarlas.

—No sabes cómo era este barrio antes de que tú nacieras. No creerías todos los crímenes siniestros que vi desde la ventana del comedor. Ahí, frente a mis ojos, en ese parque que hoy parece tan sereno y seguro.

El ceño de la señora Elman se suaviza.

—Ahora estamos protegidos por la universidad. Incluso tenemos a un guardia que vigila la esquina.

—Cada vez que alguien nuevo se instala en el edificio, nos ponemos un poco nerviosas, pero no hay por qué preocuparse: la nueva inquilina es una chica indefensa —dice Olivia, entrecerrando los ojos.

—¿La conoces? ¿La has visto, Olivia?

Siento la ansiedad en mi voz y deslizo la mirada a mi plato de sopa.

—El otro día la vimos a primera hora de la mañana, cuando salimos a pasear. Estaba de pie junto a la ventana entreabierta, mirando hacia el parque. La saludé con la mano, pero enseguida retrocedió —responde la señora Elman.

Siento que me sonrojo.

—¿Ocurre algo? —pregunta la señora Elman.

—¿Cuándo fue eso? ¿La has visto con alguien?

—Por lo que he oído, se está divorciando —interviene Olivia—. Es un poco antipática, si me preguntas. No sé por qué no nos devolvió el saludo.

—Ella no sabía quiénes éramos, Olivia. ¿Qué habrá pensado al ver a un par de ancianas sentadas en un banco, agitando las manos? Podríamos haber estado saludando a alguien más en el edificio.

—Era obvio que la estábamos saludando a ella —responde Olivia—. Entra y sale del edificio con la cabeza gacha, como si no quisiera que nadie la viera o la recordara.

—Creo que su marido le ha hecho una visita —interrumpo, y enseguida me arrepiento.

—¿Cómo lo sabes?

Esta vez es Olivia quien muestra curiosidad.

—Una noche oí a un hombre en su apartamento —admito.

—¿No podría haber sido una mujer? ¿No era ella?

—Era un hombre, nadie más estaba en el apartamento —digo, y vuelvo a callarme.

Dejo la servilleta sobre la mesa y aparto el plato.

—No has comido nada. Si sigues así vas a desaparecer.

—Suenas como mi madre, Olivia.

—Lo único que hizo tu madre fue protegerte —replica la señora Elman.

—Mi vecina está pasando por un momento difícil. La siento llorar por las noches. Bueno, la he oído sollozar. Y discutir con su marido.

—¿Así que has estado escuchando sus conversaciones?

—No lo puedo evitar, ustedes lo saben. Oigo voces todo el tiempo. Las de mi nueva vecina, las de los del piso de arriba, las de los de abajo. Percibo todo lo que dicen a mi alrededor, da igual que haya paredes, techos, apartamentos entre nosotros… —suspiro, exasperada.

—Un divorcio nunca es fácil, ¿verdad, querida? —continúa la señora Elman.

—¿Cómo podría saberlo, Rina? Leah nunca ha estado casada.

—Me parece que está pidiendo ayuda —les digo, interrumpiéndolas.

—Pronto hará un mes que Emily nos dejó —interviene la señora Elman, cambiando de tema.

Así es como suelen transcurrir nuestras conversaciones. Si la señora Elman y Olivia no consiguen resolver un problema, pasan a otro.

—A tu madre le costó mucho trabajo morirse, la pobre… —comenta Olivia—. Lo único que la mantuvo luchando contra el cáncer fuiste tú, mi querida niña.

—Habría estado más aliviada si le hubieran dicho desde el principio que no necesitaba ver más de lo que veo. Puedo moverme bien, aunque todo a mi alrededor esté detenido.

—Se preocupaba por ti, no quería que la gente te molestara ni te hiciera daño.

—Nadie presta atención a las ciegas.

Sonrío, tratando de aligerar el ambiente.

—Hiciste lo correcto, Leah, cambiando la cerradura. —Probablemente la señora Elman me escucha triste al hablar de mi madre—. Creo que le pediré a Connor que cambie la nuestra también.

—No nos fiamos de esa mujer —pensó Olivia en voz alta.

—¿Por qué?

—Porque es muy guapa —me contesta y se ríe.

Es hermosa. Ahora lamento aún más no haberla visto nunca. Después de cenar, les leo algunas páginas, como hago habitualmente, y pronto se adormecen en sus sillones. Abren los ojos, sonríen y vuelven a dar cabezazos.

Bajo de nuevo las escaleras hasta mi apartamento y, al llegar al cuarto piso, siento que alguien sale del ascensor del tercero. Me detengo. Deben ser mi vecina o el hombre de la bergamota, porque los vecinos de los apartamentos 31 y 32 nunca utilizan el ascensor los viernes después de la puesta de sol.

Presto atención y advierto que los pasos se dirigen al final del pasillo, donde mi apartamento se une con el 34. Estoy segura de que es la mujer, no el hombre de la bergamota. Respiro hondo, con la esperanza de percibir el más leve indicio de un sollozo o una lágrima. Me doy cuenta de que la mujer debe haberme sentido en las escaleras porque ahora se mueve con rapidez. Abre apresuradamente la puerta y se refugia en el interior. Cuando llego al tercer piso, el portazo deja una ráfaga fría que queda suspendida frente a mí. Al acercarme a la puerta del ascensor, que permanece abierto a mis ojos, aunque siento que se cierra, me envuelve la esencia de la bergamota. En ese instante, puedo distinguir a medias un brazo y unas botas gastadas de cuero negro. Cierro los ojos y me concentro. *Quizás ahora ella esté a salvo. Ya se fue, no nos va a molestar. ¿Era él?*

Llego al final del pasillo, convencida de que todo va a estar bien. Al pasar por delante de su puerta, siento que me observan a través de la mirilla. Me propongo sonreír, pero no lo hago. Entro en mi apartamento sin detenerme junto a la pared contigua. Voy directo a mi habitación, agotada.

Esta noche, al menos, no se escuchan ruidos a través de las paredes.

Mañana iré a Book Culture, me digo. *Regreso a mi rutina.*

Dejo el libro junto a la almohada y caigo en un sueño profundo, sin pesadillas.

10

EL SOL VUELVE CON TODA SU FUERZA, BORRA LOS VESTIGIOS DE LA lluvia, diluye los sonidos y me deja expuesta a las figuras que se desvanecen a mi paso, como manchas luminosas. Mientras camino hacia la librería, me atormenta de nuevo el presentimiento de que algo nefasto va a ocurrirle a la mujer sin rostro. ¿Y si el hombre de la bergamota le hizo daño anoche y abandonó su cuerpo en el apartamento? Me corresponde a mí salvarla, protegerla. Soy su testigo, tal vez el único.

Entro a Book Culture y, como siempre, intento controlar mis sentidos. La primera imagen que veo es la de Mark, que sonríe. Casi siempre deja lo que esté haciendo cuando llego. En la segunda, ya está a mi lado, pero de espaldas a mí. Utilizo mi bastón para subir al segundo piso.

—Hoy estarás más cómoda —me dice Mark, a mi lado en la escalera—. No tenemos actividades infantiles, nadie te va a molestar. Solo hay una mujer arriba.

—Gracias… Aún no he tenido tiempo de leer *House of Leaves* —le respondo, avergonzada.

—¿Sigues con *El cuento del hombre ciego*? —me pregunta, y siento que se hace a un lado para que pueda sentarme en el sillón.

—Sí, pero ya casi lo termino.

En mi mente, le oigo susurrar: *Quiero leer todo lo que tú lees. Quiero ver el mundo como tú lo ves.* Imagino que primero siento su aliento en mi cuello, y luego su lengua.

—Estoy pensando en ir a la Florida —dice.

—¿La Florida? —pregunto, sorprendida por la noticia.

—A Palm Beach. Hace tiempo que no visito a mis abuelos.

Siempre habla de sus abuelos, nunca de sus padres. Es probable que sus padres estén muertos, como los míos. ¿Quizás quiere pedirme que viaje con él?

Hay clientes esperándolo en el mostrador. Le hace un gesto a una chica. El gesto queda congelado en mí. Su brazo levantado, su cuerpo disuelto. El brazo es todo lo que me queda de Mark. Parpadeo, estoy sola.

Al abrir los ojos, ya baja las escaleras.

Compruebo que mi columna de libros continúa en su sitio junto al sillón, y mantengo los ojos cerrados por un rato. Cuando los abro, veo a una mujer junto a la ventana. Estamos solas aquí arriba, rodeadas de estanterías. Un rayo de luz ilumina una lágrima que corre por su mejilla.

De repente, abro y cierro los ojos más de una vez y me asalta una corazonada: es la mujer que llora. Es mi vecina, me repito para convencerme, aunque no es como la imaginaba. Es pequeña y delgada, como yo, pero su pelo es castaño ceniza, cortado por encima del hombro.

Lleva una blusa morada sin mangas, enfundada en unos pantalones negros holgados.

Sus botas de piel oscura parecen costosas. Me levanto, avanzo hacia ella con cautela, y detecto un aroma de lavanda. Cuando parpadeo, está frente a mí, con expresión de intentar descifrarme.

La lágrima se ha secado. Su piel es suave y hermosa. Usa carmín y tiene delineados los ojos.

—Creo que somos vecinas —me dice sin rodeos.

Giro para buscar mi bastón blanco y ganar tiempo. Ahora, que por fin estamos cara a cara, no sé qué decir. Localizo el bastón junto al sillón. Debo aparentar ser un manojo de nervios. Lo soy.

—Leah, me llamo Leah Anderson —respondo, con los ojos cerrados—. Vivo en el apartamento de al lado.

—Soy Alice. —Su voz es firme, como me hubiese gustado que sonara la mía—. Me mudé hace unas semanas. Te he visto salir del edificio, pero no sabía que vivías en el 33.

Con los ojos cerrados, recojo mi bastón.

—Si quieres, podríamos volver juntas al edificio —me atrevo a decirle, esperando no resultar demasiado atrevida.

—Mejor aún, podríamos tomar algo antes, ¿Quizás un café? —responde Alice con entusiasmo.

Asiento con la cabeza, emocionada. Ojalá hubiera sido yo quien tomara la iniciativa. Después de todo, ella es la recién llegada. La que está en problemas.

No veo a Mark por ninguna parte. Ha desaparecido sin despedirse. Sentí como si hubiera comenzado a desvanecerse.

Quizás se ha aburrido de mí.

Alice me toma del brazo cuando salimos a la calle y yo la guío. Luego me detengo, con los ojos cerrados, esperando a que cambie la luz del semáforo. Nos sentamos en una de las mesas que hay fuera de Le Monde y ambas pedimos café con leche. Alice pide también un cruasán.

—Te vi llorando; por eso me acerqué. ¿Estás bien?

—¿Eso significa que puedes ver, entonces?

—Hay muchos tipos de ceguera —respondo.

—Lo cierto es que pareces independiente… Eso debe ser muy agradable.

La voz de Alice es interrumpida por fragmentos de conversaciones que llegan del interior del restaurante, el ladrido de un perro, una mujer que discute con su hijo adolescente en la esquina. Me frustra haber perdido el control de la conversación, pero cuando abro los ojos, veo que ella no parece considerarme indefensa, lo que me hace sentir más segura.

—Van a tardar en atendernos aquí —digo.

—¿Cómo lo sabes?

—Escuché a uno de los camareros decir que la gente que se sienta fuera solo pide café; prefieren a los clientes que se sientan dentro y gastan más dinero en comida.

—Entonces, ¿es cierto que la falta de un sentido agudiza los otros?

—Alguna ventaja tiene que haber.

Sonrío. Quiero añadir que detecto los olores más insignificantes. Que puedo hacer un retrato hablado, incluso, sin haber visto a una persona. Pero no quiero agobiarla.

Estamos intercambiando números de teléfono cuando llega el camarero con nuestros cafés.

—¿Hubo un tiempo en que podías ver? —me pregunta.

—En realidad, puedo ver. Ahora mismo veo que te estás tomando el café. Pero cuando bajas la taza y la dejas sobre la mesa, sigo viéndote con la taza cerca de los labios, congelada, hasta que vuelvo a cerrar los ojos. Lo que no percibo es el movimiento.

Parpadeo de nuevo e imagino a Alice desmenuzando su cruasán con la precisión de un cirujano. Deja la masa y mordisquea con delicadeza la capa dorada y crujiente del exterior. Quiero ver cada detalle, cada movimiento. Abro y cierro los ojos hasta el cansancio para no perder ni más ingenuo de sus gestos.

Me gustaría iniciar una conversación; debo parecerle nerviosa, insegura. Y ella debe sentirse incómoda. *Alice, podemos permanecer en silencio todo el tiempo que quieras.*

—Aquí hacen los mejores cruasanes. ¿No crees? —pregunta.

Pero ninguna de los dos quiere hablar de cruasanes. Me gustaría que me contara del hombre que la atormenta.

—¿Estás bien? —le pregunto, y al instante me arrepiento.

Me doy la vuelta y veo a un chico que nos observa. Es muy guapo. Sonrío. Me vuelvo hacia ella, parpadeo y encuentro una sonrisa congelada en sus labios. Cierro los ojos.

—Si quieres, podemos quedar el lunes y dar un paseo.

—Me gustaría mucho —le contesto.

11

—LA CONOCÍ.

El doctor Allen toma notas en su expediente. Veo que quiere hacerme una pregunta, pero se contiene.

—A mi vecina —le explico—. Ella no mencionó su divorcio, y yo terminé hablando de mi ceguera.

—¿Cómo te sentiste?

Giro para captar una imagen del doctor: escribe cabizbajo, los hombros encorvados.

—Le dije que podía verla.

—¿Y escucharla a través de las paredes?

Ahora siento sus ojos clavados en mí, si bien su imagen inclinada sobre el cuaderno permanece. Me levanto, me acerco a la estantería y tomo un volumen dedicado a la akinetopsia.

—Veinticuatro imágenes por segundo, es todo lo que necesito. Veinticuatro imágenes... ¿Cree que algún día podré recuperarlas, doctor Allen?

—Puedes ver, Leah.

—Ya sabe lo que quiero decir. Cuando escuchaba los sollozos de Alice a través de nuestras paredes, sentía que me necesitaba,

74

que podría protegerla, pero al final siempre tengo que parpadear para sobrevivir.

—¿Por qué te necesitaría?

—¿No lo entiende? Obviamente está pasando por algo grave. Estaba llorando cuando la vi en la librería. Estoy harta de sentir que todo el mundo debe ayudarme, de que la gente sienta pena por mí.

—Nadie siente pena por ti. ¿No serás tú quien siente compasión por ti misma?

De repente, me siento mareada y me dejo caer en el sillón con la respiración agitada.

—Siempre con lo mismo.

—Si quieres, podemos continuar la semana que viene —sugiere el doctor Allen.

—Alice está muy asustada. Hubo un par de días en los que pensé que estaba bien. Pero no creo que lo esté. Solo se hace la valiente.

—¿Y qué podrías hacer por ella?

—No lo sé, pero tengo que ayudarla.

—¿Ella sabe que vives al lado y que puedes oír sus conversaciones?

—Sabe que somos vecinas. Le dejé muy claro que puedo escuchar todo lo que sucede a mi alrededor, sin importar la distancia. Pensé que se iba a asustar, pero no, estaba interesada. Interesada en mí. Fue algo muy…

Mi teléfono vibra. Miro la pantalla. Es un mensaje de Alice: *¿Nos vemos después del mediodía?*

Aparto el teléfono y en ese instante me arrepiento de haber hablado de ella con el buen doctor Allen. Soy una mujer adulta y no necesito su opinión si lo único que deseo es conocer mejor a mi vecina, ofrecerle la protección que sin dudas necesita. Ser su testigo si fuese necesario. Al menos ahora sé que está a salvo. No vi ningún signo de abuso durante el tiempo que pasamos juntas el otro día, ni cortes ni moretones. Está claro que no la secuestraron durante esos días en que su apartamento estuvo tranquilo. Nada resultó ser tan grave como lo había imaginado.

—Deberías tener más cuidado.

—¿Cuidado? ¿En qué sentido?

—No debes seguir espiando conversaciones ajenas.

—Ya le he dicho que no espío a nadie.

—Alice podría sentirse acosada.

—Me imagino que, a partir de ahora, Alice medirá bien lo que dice y dónde lo dice —respondo, al tiempo que me levanto y vuelvo a colocar el libro en el anaquel.

—Puedes tomarlo prestado, si lo deseas.

—No tengo nada más que aprender sobre la akinetopsia. ¿De qué me serviría leer sobre mis propias limitaciones?

Silencio. El doctor Allen está midiendo cada palabra que digo, de la misma manera que yo lo hago con las imágenes que se congelan en mi mente.

—He estado escribiendo —le digo, sintiéndome atrevida.

No me apresuro a parpadear para ver su reacción, pero estoy segura de que sonríe.

—A veces oigo voces. Es como si mi madre me dictara lo que escribo —continúo.

—Me parece estupendo que escribas. Eres una excelente lectora; seguro que también serás una buena escritora.

—Es una historia de amor. Una chica, un chico… Es mi historia.

—¿Significa que has conocido a un joven?

—Es ficción. Pero yo soy la heroína. Su nombre es Leah.

—¿Y la Leah de tu historia puede ver?

—No puede ver el movimiento. Soy yo quien la guía. Algún día espero publicarlo. Quizás usted pueda descargarlo en Internet.

Terminada por fin la sesión, recojo mi bolso y despliego mi bastón. Ojalá pudiera bajar por las escaleras, pero como la consulta del doctor Allen está en el decimosexto piso, espero por el ascensor, sin dudas el más lento de la ciudad. Oigo el tintineo de la campana al detenerse en cada piso hasta que la rejilla de bronce se abre frente a mí. Dentro, aparece el botones, cabizbajo, que controla los mandos con una mano; una mujer de pelo blanco y collar de perlas; un viejo sudoroso y sin afeitar que tira de la correa de su mascota. Escucho los ladridos, pero el perro es solo una nube blanca y brillante que no deja de moverse. Mi presencia lo ha inquietado. Su dueño tira de él cuando roza con su hocico mis piernas, pero el perro sigue en lo suyo, decidido a captar mi olor. Lo siento revolverse frenéticamente a mis pies. No logro distinguirlo ni por un segundo.

12

VOY A ENCONTRARME CON ALICE. SALGO DEL EDIFICIO AÚN CON EL cabello mojado. Necesitaba refrescarme después de la consulta con el doctor Allen. El día está soleado. Una ráfaga de viento levanta mi vestido de algodón azul. Decido no utilizar el bastón y, una vez en la esquina, me dejo guiar por los ruidos que me circundan. Cruzo la calle hacia Morningside Park con los ojos abiertos y me siento a esperarla en uno de los bancos que miran al edificio. Puedo ver las ventanas de cristal de nuestros apartamentos colindantes. El de Alice conserva el marco original de 1905. El mío tiene los nuevos paneles de aluminio que mamá mandó a instalar hace unos años, después de que el edificio fuera azotado por un huracán que inundó el bajo Manhattan. Alice y yo habíamos quedado en encontrarnos aquí, en el banco. Tiene cinco minutos de retraso. Cuento cada segundo que pasa. Me siento ansiosa.

Con la mirada todavía en el tercer piso, no vi cuando Olivia salió del edificio. Logro divisarla en la esquina, camino al mercado de Broadway. Probablemente me haya saludado al salir. Le digo adiós, pero ya es tarde. Dobla la esquina de espaldas a mí, con las piernas pesadas.

Detenida en Olivia, también perdí la llegada de Alice. Me sorprende su imagen cerca de la caseta del guardia de seguridad de Columbia. Sé que faltan pocos segundos para tenerla frente a mí, cerca del banco.

—¿Ya te has aventurado a atravesar el parque Morningside? —le pregunto.

—Aún no. Hagámoslo —responde juguetona, y me toma del brazo.

Siento su aroma refrescante a jabón de lavanda.

Bajamos los escalones empinados del parque. Al llegar al primer descanso, Alice se detiene, asegurándose —tuve esa impresión— de que no nos siguen.

—¿Nos sentamos en algún sitio? ¿Comemos algo? —propone.

—Bajemos hasta la calle 110 —le respondo.

Cada rincón de Morningside Heights está grabado en mi memoria. Cada edificio, cada irregularidad en el pavimento, todas las zonas donde se congregan los vagabundos, cuya presencia mamá solía advertirme. Recuerdo bajar aquellas escaleras empinadas, que parecían interminables, en hombros de papá. Juntos nos convertíamos en un gigante invencible. Nos escondíamos detrás de los árboles, hablando en voz muy baja para que ni siquiera las hormigas pudieran escucharnos. Luchábamos contra enemigos imaginarios, sombras y animales salvajes que proliferaban de noche en el parque. Más tarde, con mamá, fue diferente. Ya en el parque no había enemigos contra los que batallar. Ahora solo tenía que aprender a vencer los obstáculos y evitar a los desamparados.

—Cuando era pequeña, mi madre solía decirme que nuestro barrio era la frontera entre el peligro y la seguridad. El parque es la línea divisoria —le comento a Alice.

—¿Te molesta la luz? —me pregunta.

—Me muevo mejor a oscuras.

—¿En la oscuridad?

—Vamos a ver: en una película hay veinticuatro imágenes por segundo; así es como se percibe el movimiento en la pantalla. Yo solo puedo grabar una imagen cada vez. Por eso prefiero caminar con los ojos cerrados. Si tus ojos se aferran a una imagen incluso después de que todo a tu alrededor haya cambiado, la vida se complica.

Después de bajar la escalinata y atravesar la avenida, llegamos a uno de mis lugares habituales, el Café Amrita, al norte del Parque Central, y nos sentamos al fondo, donde reina la tranquilidad.

—¿Desde cuándo lo padeces? —insiste Alice.

—Desde que tenía ocho años —respondo, mientras reviso el menú—. Creo que deberíamos pedir antes de que la cafetería se atiborre. Este sitio no tardará en llenarse de estudiantes. Los *paninis* son realmente buenos.

—Lo siento. Espero no incomodarte haciéndote tantas preguntas.

—No, en absoluto. Es agradable hablar con alguien de mi edad. Casi siempre comparto con gente un poco mayor —bromeo.

Me mira con curiosidad, y aclaro:

—Quiero decir que, aparte de la mujer que me ayuda en casa, Antonia, que tiene sesenta años, paso mucho tiempo con Olivia y la señora Elman, en el piso de arriba. La señora Elman tiene unos noventa años. Olivia es más joven, pero no mucho. Las adoro. Son como mi familia.

—Sí, sé lo que quieres decir. Mi marido es mayor que yo, y pasamos la mayor parte del tiempo con amigos de su edad y sus esposas. No sabes lo reconfortante que es hablar de otra cosa que no sean bienes raíces, actos benéficos, cirujanos plásticos y de las vacaciones en St. Barts —sonríe—. ¿Cuántos años tienes?

—Veintiocho.

—¡Tenemos la misma edad! Por alguna razón pensaba que eras más joven que yo. ¿Mi consejo? Nunca te cases. Te envejece.

Sentada frente a ella, de espaldas al restaurante, me concentro en la quietud del cuerpo de Alice. Tiene la frente ancha y despejada, el cerquillo corto peinado hacia un lado. Lleva unos pequeños pendientes de perlas de río. Una fina cadena de oro descansa sobre su clavícula. Tiene los labios carnosos y lleva un carmín rosa pálido. Sus ojos, sin embargo, me resultan borrosos.

—Por lo que parece, vienes aquí a menudo —observa.

—Y siempre con mi bastón. Verme entrar contigo con los ojos abiertos ha causado una confusión total. El chico de detrás del mostrador acaba de preguntarle a la camarera si he recuperado la vista.

—¡Estás bromeando! —se ríe Alice.

Veo que su rostro se ilumina y muestra un semblante más amable. Intento conservar esa imagen de mi nueva amiga, mi única amiga.

—He buscado akinetopsia en Google —continúa—. Tu problema es de percepción.

—Ya sabes, lo que no puedo ver es el movimiento. Por ejemplo, puedo oírte, puedo sentirte, y si miro hacia abajo —contemplo por un segundo las manos de Alice— tus brazos son una sombra traslúcida. Puedo distinguir tu cuerpo, porque estás sentada y quieta. ¿Ves el autobús que va por la avenida? —Señalo la calle—. Solo distingo la parte delantera; el resto es una estela de luz multicolor.

—Tus ojos funcionan como una cámara que capta imágenes como si estuvieran tomadas a una velocidad de obturación lenta, y al menor movimiento empiezan a desintegrarse. Pero cuando miras algo que está inmóvil, ¿lo ves desenfocado?

Alice habla como si hubiese memorizado el texto leído en Internet.

—No te muevas —le digo, con los ojos cerrados. Espero unos segundos y noto que contiene la respiración—. Puedes respirar, pero no te muevas en absoluto. Ni siquiera un pequeño parpadeo.

Abro los ojos y puedo ver los suyos en detalle por primera vez: las cejas son de color castaño claro, muy separadas, y los ojos de color miel, pero enrojecidos como si hubiera estado llorando o no hubiera dormido bien anoche.

—Has estado llorando —me atrevo a decirle.

Cierro los ojos y, cuando los vuelvo a abrir, Alice ha vuelto la cara hacia otro lado, y parece avergonzada.

—Tengo miedo de los perros desde que era niña —le digo, en un intento de hacer disminuir la tensión que he provocado—. Ahora me aterrorizan las abejas.

—Lo entiendo perfectamente. —La voz de Alice tiene ahora una cadencia diferente, de alguna manera la siento más preca-vida—. Un perro a tu alrededor que no para de moverse; oír una abeja zumbando cerca de ti, sin saber dónde se va a posar…

—¿Y tú? ¿A qué le tienes miedo?

Siento a Alice exhalar con fuerza, como si intentara decidir lo que respondería. Estoy segura de que, si me confiesa sus temores, será como quitarse un gran peso de encima y que, con mi ayuda, podrá afrontarlos. En silencio, le ruego que me diga la verdad, que no evada mi pregunta.

—A Michael. A lo único que le tengo miedo es a Michael, mi marido.

13

Mientras caminamos de regreso a casa por Morningside Drive y pasamos por delante de la catedral Saint John the Divine, recuerdo mi adolescencia, cuando pasaba las mañanas deambulando por el barrio con mi madre y, de vez en cuando con Antonia, a quien le gustaba mostrarme el jardín a medio construir de la iglesia, que para mí era una especie de laberinto. Aprendí a reconocer cada arbusto exótico en el jardín. Descodificaba los olores nuevos, les daba un significado. Tomaba notas mentales que luego escribía al llegar a casa. Para mí eran como excursiones escolares.

—¿Se puede saber en qué estás pensando? —me pregunta Alice.

Dudo en contestar. Ahora, que he logrado que se sienta en confianza conmigo, que incluso me hable de su marido, no quiero que nuestra conversación vuelva a centrarse en mí. Pero quizás sea así como funciona: yo me confieso primero y luego le toca el turno a ella.

—Al pasar por la iglesia pienso en mi madre. La perdí hace casi dos meses. —Y entonces niego con la cabeza—. No la perdí exactamente. Murió.

—Lo siento mucho, Leah.

—Hicimos este paseo juntas muchas veces. Al menos ahora está en paz, escuchando día y noche "Blue in Green".

—¿"Blue in Green"? —pregunta, perpleja.

—Su pieza favorita de Miles Davis, y la de mi padre también. Ambos están enterrados cerca de él en el cementerio Woodlawn.

Al acercarnos al Mont Cenis, Alice se detiene en seco. Hay una ambulancia estacionada delante del edificio, con las luces de emergencia oscilando. Muchos de nuestros vecinos están fuera y dos coches de policía bloquean el tráfico. Siento que Alice me abraza y entierra su rostro entre mi cuello y mi hombro derecho. Noto su respiración agitada y me pregunto cómo consolarla, o por qué necesita consuelo antes de que sepamos lo que ha sucedido. ¿Es posible que su marido esté implicado? Le froto la espalda.

Abro los ojos y distingo a Connor junto al grupo de paramédicos que se aglomera alrededor de la ambulancia. ¿Le tendrá miedo a Connor? Me aferro a esa imagen, ensancho las fosas nasales y capto moléculas de éter, alcohol y una sustancia fría y dulce. Me concentro y empiezo a discernir voces lejanas:

Pobrecita.

Era muy vieja.

¿Está muerta?

Tal vez alguien la mató para quedarse con su dinero.

Cómo se te ocurre, no se puede ser tan mal pensado...

Bueno, hoy en día nunca se sabe.

—¿Quién cuidaba de ella? —pregunta en pasado un agente de policía—. ¿Algún familiar, alguien cercano?

—Era viuda y no tuvo hijos —responde Connor—. Solo tiene a Olivia, pero como puedes ver, es tan vieja como la señora

Elman. Ah, y la vecina del número 33. No es vieja, pero no puede ver.

Las voces continúan.

¿La conocías?

Una vieja gruñona.

Siempre hay una ambulancia por aquí. Cada semana se llevan a algún viejo en una camilla.

Cierra los ojos, no mires. ¿Hay sangre?

¡Te dije que no miraras!

Tuvo un ataque al corazón, tal vez un derrame cerebral.

Ese edificio está maldito. No vivo ahí ni aunque me paguen.

Entonces siento algo parecido a un puñetazo en el pecho. Me cuesta respirar, como si la gente que me rodeaba me hubiese quitado todo el oxígeno. Se llevan a la señora Elman en una camilla, inconsciente. No recuerdo si me despedí de ella con un abrazo y un beso la última vez que la vi. La señora Elman ya era muy mayor, tanto que era casi una carga para Olivia, aunque ellas no lo vieran así. Olivia estará bien. Pobre Olivia. Pobre señora Elman.

14

La señora Elman murió en la madrugada del martes, sola en su habitación del hospital. El médico esperó hasta el amanecer antes de avisarle a Olivia. No habrá funeral. La señora Elman dejó su entierro pagado e instrucciones sobre lo que debía decir su lápida. Hizo arreglos para que Olivia pudiera quedarse en el apartamento hasta el final de sus días. Después, pasaría a mis manos.

—Pude darle un beso antes de que se la llevaran, pero no me dejaron vestirla como se merecía. Se fue con un vestido viejo y descolorido. —Olivia se mece en un sillón; yo la escucho con los ojos cerrados—. ¿Cuándo la viste por última vez?

—Cenamos el viernes, ¿recuerdas?

—Oh, sí. Sabes que te quería como a una nieta. Antes, tu madre era su favorita, pero después que murió, tú ocupaste su lugar.

—Lo sé, Olivia. Vamos a echarla mucho de menos. Ahora necesitas descansar.

—¿Descansar de qué? No me he movido de este sillón desde que se la llevaron. Poco a poco nos van abandonando, y solo queda esperar el final. Todos tenemos un final.

Con los años, Olivia, de ser una asistente contratada para ocuparse de la casa, terminó convirtiéndose en la única familia de la señora Elman tras la muerte de su marido.

—Tendrás que venir a cenar conmigo los viernes —añade, al tiempo que se levanta para beber un vaso de agua—. Aunque podemos hacerlo cualquier otro día de la semana, si quieres. No te alejarás de mí.

—Por supuesto que no.

Entre sorbo y sorbo, me comenta:

—He visto que has salido con ella.

—¿Ella? Ah, Alice, se llama Alice.

—¿Y sabes algo nuevo? —Su acento está marcado por el cansancio—. Hay algo en esa muchacha que no me gusta.

—Alice está pasando por un momento difícil, Olivia. Eso es todo.

—No se puede ir por la vida con lágrimas en los ojos —advierte la anciana, moviendo el índice en el aire—. Esa mujer quiere que la gente se compadezca de ella. Los matrimonios empiezan y acaban, así es la vida.

—Estás siendo muy severa. Solo la has visto un par de veces. Realmente no la conoces —protesto.

Pienso en el abrazo de Alice cuando llegamos a la ambulancia, la forma en que se apoyó en mí.

—¿Y crees que tú sí la conoces?

—Al menos hemos hablado. Ella no conoce a nadie en el edificio.

—¿Y qué hace susurrándole al oído a Connor? —responde Olivia, intentando sembrar la duda en mi mente.

—¿Cuándo la viste con él?

—Una noche la vi entrar y salir como una hora después. Se quedó esperando fuera unos minutos hasta que llegó Connor. Los vi hablando como si se conocieran.

—¿Y escuchaste lo que dijeron? No. Los viste desde el quinto piso. Además, todos hablamos con Connor. Es el súper. Quizás Alice le pidió que también cambiara su cerradura. Así deja de tener tanto miedo.

—¿Y a qué le tiene miedo?

—A su marido.

—¡El marido otra vez!

—¡Está huyendo de él, Olivia! Por eso se mudó a este edificio, para escapar de él, y él no deja de acosarla.

—Su marido nunca ha venido aquí a visitarla aquí —interviene Olivia con convicción.

—¿Cómo puedes estar tan segura?

Me sudan las manos; me las seco en el vestido.

—Nunca lo he visto entrar ni salir del edificio. Sabes que me paso el día sentada en el balcón.

—No creo que seas capaz de ver a todos los que van y vienen desde aquí arriba. Y además, no sabes ni qué aspecto tiene su marido…

—Bueno, la que no puede distinguir con precisión eres tú —replica Olivia.

Es hora de que me vaya. Le doy un abrazo y salgo en silencio.

—¿Quieres algo de aquí? ¿Algún recuerdo? —la oigo preguntar desde la escalera.

—No, pero gracias, Olivia —le respondo en voz alta, para que me escuche.

* * *

—Es horrible no poder despedirse de alguien —me dice Antonia al día siguiente, mientras limpia—. Es lo más terrible de la muerte, no poder despedirse.

—Olivia estuvo con ella hasta que perdió el conocimiento —la corrijo.

—Pobre Olivia. Las dos dependían una de la otra. ¿Qué va a ser de ella ahora?

—Seguiremos cenando juntas todos los viernes.

—Una cena a la semana no calmará su pena, Leah. Subiré más tarde a pasar un rato con ella.

—Deberíamos intentar que contratara a alguien para que la ayude.

—Hmm, ya sabes cómo es Olivia. Se ocupará de ese apartamento hasta el último día, hasta que la saquen en una camilla, como a la señora Elman. Es tan terca.

Intento leer, pero no puedo concentrarme; el sonido de la aspiradora me aturde. A mí solo me quedan Antonia y Olivia. Pero ahora también está Alice, recuerdo.

15

CON EL SALÓN A OSCURAS, ABRO LA PUERTA DEL BALCÓN E INTENTO ocultarme en un rincón, pero no consigo evitar la luz ámbar de la farola del otro lado de la calle. La escena que tengo delante es sombría, como un fresco mal pintado. Sopla el viento.

Si hubiera sido yo y no Olivia quien vio a Alice y a Connor murmurando afuera, habría podido descifrar la conversación. A partir de ahora, si voy a proteger a Alice, necesito saber dónde está y qué hace.

Miro desde el balcón hacia la entrada lateral que conduce al sótano del edificio, con la puerta de hierro automática de acceso para discapacitados, que siempre me he negado a utilizar. Diviso a Connor allí, como todas las noches, fumando y viendo pasar a los estudiantes de Columbia.

Sin duda, Alice le parecerá atractiva. ¿Por qué no? Alice es una belleza poco común. Quizás sea ella su misteriosa amante del Upper East Side y se haya refugiado en el Mont Cenis para estar cerca de él. Me río a carcajadas de lo absurdo de la idea y cierro las puertas de cristal. Entonces culpo a Olivia por inquietarme con sus especulaciones. Alice es mi amiga. El pobre Connor es un hombre bueno, aunque de mente simple. Decido poner a un lado esas ideas sin sentido y me siento en el sofá del salón.

A esta hora de la noche, me llegan las voces de casi todos los residentes del Mont Cenis con una claridad desquiciante. Están absortos en programas de televisión, y las risas y los anuncios comerciales me asaltan en un eco prolongado. Cierro los ojos y me dejo llevar por la espiral de sonido procedente del apartamento de los altos:

Si no te decides, lo haré yo. Estoy harta de esperar. ¿No ves en lo que te has convertido? ¡Eres un inútil!

Alguien ha comenzado a mover muebles. Los Phillips deben estar reorganizando el salón. Beth es la que hace la mayor parte del trabajo; Larry no se mueve de su sillón reclinable. Llevan años casados, sin hijos.

¿Qué ha sido de nosotros? Oigo los sollozos de Beth cada vez más agudos, llenos de reproches. Larry no responde, sin duda hastiado de esa batalla permanente. Siento que se incorpora. Entonces empieza la música. Un coro de voces masculinas da paso al canto de una mujer:

"Into each life some rain must fall… But too much is falling in mine… Into each heart some tears must fall… But some day the sun will shine…".

Como siempre, la música anula cualquier conversación. Imagino a los Phillips desdeñando sus diferencias y bailando al ritmo de la vieja canción.

Me siento a escribir. Hace tiempo que no escribo una palabra. La laptop ha estado cerrada ahí, en un rincón de la mesa del comedor. La abro. Busco el documento "Una chica normal". Hay cinco mil palabras escritas. Empiezo a leer, pero no tengo energía. No puedo dejar de pensar en mi vecina y cierro el ordenador.

De camino a mi dormitorio, siento a Alice a través de la pared: no está sola.

Escucho que varios pasos se entrecruzan y que alguien deja caer una bolsa al suelo. Percibo que un hombre se quita la chaqueta y exhala un suspiro. Aún no puedo reconocer las voces. Murmuran, no quieren ser escuchados.

Intento comunicarme en silencio con Alice a través de la pared.

¿Estás bien? Dime si me necesitas. Solo tienes que llamar. Estoy aquí. ¿Es tu marido? ¿Entró a la fuerza?

Me acerco a la pared, desesperada por olfatear cada poro de la línea que nos separa. Me deslizo sin hacer ruido hasta la puerta de mi apartamento y estoy a punto de abrirla para inhalar las moléculas que el hombre habría dejado fuera, cuando un murmullo me detiene. ¿Por qué están todavía en el pasillo del apartamento? ¿Por qué no entran al salón?

—¿Alice? —susurro.

Imagino al hombre con las manos alrededor del cuello de Alice, estrangulándola. La imagino a ella, suplicándole antes de caer rendida. Pero no, luego me doy cuenta de que están de pie, a cierta distancia uno del otro. Alice está más cerca que él de la pared que nos divide.

Debo concentrarme más. Abro con cuidado la puerta de mi apartamento y salgo al pasillo. La luz de las lámparas del pasillo es cegadora y mantengo los ojos cerrados, muy apretados.

¡Vamos, actívense, a trabajar! Grito en silencio a mis sentidos. Mientras, extiendo la mano hacia el picaporte del número 34 y comienzo a jadear sin control. No. No es Connor; es el hombre de la bergamota. Y Alice le abrió la puerta. Nadie ha forzado la entrada.

Regreso a mi apartamento y cierro de golpe la puerta de metal. La vibración resuena en mis pies y me quedo inmóvil durante varios segundos. Alice debe haberme sentido. Ya sabe que estoy en casa. La mantendré a salvo. Estoy aquí si me necesita.

Alzo la palma de la mano hacia la pared y la deslizo a lo largo del muro para detectar exactamente el lugar donde están. Debo absorber todas las ondas sonoras. Escucho cómo se alejan hacia el dormitorio principal. Cuando las fosas nasales me empiezan a arder, tomo la decisión consciente de ignorar todos los olores. Espero un grito de auxilio, un sollozo, alguna señal de desesperación.

Puedo sentir cómo el hombre se aferra a la espalda de Alice y cómo ella se deja vencer. Se mantienen en silencio. Su boca está en la de ella, en el cuello, en los pechos, luego más abajo, entre las piernas. La imagen empieza a desvanecerse mientras me alejo de la pared.

Tal vez Olivia tenga razón: no entiendo a Alice. Dos cafés, un paseo por el parque y escuchar sus lamentos a través de la pared no son señales suficientes para conocerla. Derrotada, me dirijo a mi habitación. Lucho por mantenerme despierta y al final me duermo, abrumada por las dudas.

Pasada la medianoche, abro los ojos y me incorporo en la cama, sobresaltada por un estruendo. Corro hacia la pared divisoria del pasillo y me precipito al suelo de madera. Puedo olfatear la angustia de Alice del otro lado.

—¿Qué ha pasado? ¿Necesitas ayuda?

Hago una pregunta tras otra, en un arranque de desesperación.

La siento justo ahí; casi me susurra al oído. También ella ha caído al suelo.

—¿Alice? —insisto en voz baja, pero lo suficientemente alta como para que me escuche a través de la maldita pared.

Imagino la mano del hombre cubriendo la nariz y la boca de Alice, y luego dejando que apenas una bocanada de aire llegue a sus pulmones.

Entonces me llega la voz de Alice débil, vencida:

—Todo está bien. Te veré mañana.

—¡Alice! —grito.

—Leah, te veré mañana.

Su voz no es más que un suspiro.

Siento que dos personas se levantan y se pierden en una de las habitaciones. Ambos estaban juntos en el suelo, al otro lado de mi pared. Permanezco acurrucada el resto de la noche en la alfombra del pasillo, esperando otro golpe, otra caída.

No hay dudas. Mi amiga está en peligro.

16

CUANDO SUENA EL TIMBRE DEL INTERCOMUNICADOR, MIRO LA HORA
en mi teléfono: las 9:45 de la mañana. Las trabajadoras sociales
deben estar al llegar. Al día siguiente de la muerte de mamá vinieron dos y me dijeron que regresarían. Semana tras semana,
he ido posponiendo la cita. Estoy decidida a causarles la mejor
impresión posible. Ojalá Antonia estuviera aquí hoy.

Por desgracia, anoche no dormí bien; tengo la cara tensa
y los ojos enrojecidos. Ya vestida, corro al baño y me rocío las
pestañas con agua fría. Me pongo delante del espejo; el agua parece gelatina transparente salpicándome la cara. Tengo que re-
cortarme el flequillo antes de que me caiga sobre los ojos. Cada
vez que Antonia me ve frente al espejo, intenta convencerme de
que soy preciosa. De niña solía decirme que tenía cara de ángel.
Yo no quiero tener cara de ángel. No la tengo. Cuando me alejo
del espejo, el ángel permanece en el reflejo del cristal. Yo soy
la otra.

Oigo abrirse el ascensor en mi piso y camino al compás de las
trabajadoras sociales para estar en la puerta al mismo tiempo que
ellas llamen, con una sonrisa cálida y convincente.

Las recibo con los ojos bien abiertos, arriesgándome a un aluvión de imágenes, voces y olores; las invito a pasar y las sigo hasta el salón. Ellas en el sofá, yo en el sillón más cercano a las puertas francesas, como si quisiera escaparme. Si siento que empiezo a marearme, haré mis ejercicios de respiración.

No puedo distinguir ningún detalle en los rostros de las mujeres, que huelen a vainilla, manzana y rosas. Cierro los ojos y una de las dos, en tono empalagoso, le comenta a su colega:

—Como ves, Leah se las arregla muy bien sola, ¿no crees?

Sonrío y agradezco el cumplido con una leve inclinación de cabeza.

—¿Echas de menos a tu madre? —continúa—. Pues claro que sí, ¿cómo no vas a echarla de menos? ¿Antonia sigue viniendo todas las semanas?

Ya saben todas las respuestas. Llamaron a Antonia y al doctor Allen antes de venir.

—Mamá lo dejó todo muy bien organizado —respondo.

—Así parece —comenta Sharon, la única de las dos cuyo nombre recuerdo—. ¿Te importa si uso tu baño?

Es el clásico truco del asistente social, una forma de husmear sin parecer invasivo.

Le muestro el camino.

—Lo único que nos importa es ayudarte a ser independiente.

No le contesto. Me concentro en los movimientos de la asistente social en el pasillo. Si entra en mi dormitorio, verá las columnas de libros contra las paredes y estudiará si son material de lectura apropiado.

Shannon vuelve con las manos húmedas y se las lleva a las mejillas. Quizás tenga calor.

—¿Abro la puerta del balcón para que entre un poco de aire fresco? —pregunto. La perfecta anfitriona.

—No, está bien, Leah —responde en un tono que exige toda mi atención—. Tienes la información sobre nuestro centro. También podemos ayudarte a matricular algunos cursos aquí en la ciudad. ¿Qué te gustaría?

—Me gusta la fotografía.

Imagino sus caras de asombro. Se preguntarán cómo puede una ciega tomar fotografías.

—Me mantengo ocupada todo el día y…

Estoy por decirles que tengo una nueva amiga, pero me detengo justo a tiempo.

—Estoy escribiendo. Antonia me ayuda muchísimo —continúo—. Si alguna vez necesito que se quede conmigo todo el día, estaría encantada.

—Nos alegra mucho escucharlo —dice la compañera de Sharon, que se llama Julia—. Debemos recordarte de nuevo que hay a tu disposición perros guías que podrían hacerte la vida mucho más fácil.

—El problema es que soy alérgica —miento.

—Hoy día, hay muchos que son hipoalergénicos.

—Hasta ahora he podido valerme con mi bastón. A veces ni siquiera lo necesito.

—Sí, ya veremos —continúa Julia mientras saca de su portafolio unos folletos que deja en el sofá al tiempo que se levanta—. Échales un vistazo; algunos podrían serte de gran ayuda.

—Lo haré, por supuesto —digo, apresurándome para escoltarlas a la puerta.

A punto de abrir, se oyen dos golpes. Me adelanto.

—Debe ser Connor, el superintendente del edificio —les digo.

Es Alice. Me hago a un lado para que Sharon y Julia puedan salir.

—Es mi vecina —les anuncio.

Cuando abro los ojos, veo a Sharon vuelta hacia Alice. Cuando parpadeo, ella y Julia están en el pasillo, esperando el ascensor.

Dejo pasar a Alice, cierro la puerta, y oigo que se detiene en el pasillo. Luego inclina la cabeza, como si reconociera el lugar exacto donde hicimos contacto anoche. Antes de pasar al salón, apoya la mano derecha en la pared, a la misma altura a la que estaban mis manos.

Está recién bañada. Su aroma se extiende por el pasillo, su imagen con la mano en la pared permanece conmigo, aunque intuyo que ahora está mirando al parque, apoyada en la puerta de cristal.

El salón se inunda de un olor a angustia. Alice está de espaldas a mí, los brazos caídos a los lados del cuerpo.

—¿Estás bien?

Es la única pregunta que se me ocurre. Ansío que se abra conmigo, poder hablar con ella de todo lo sucedido la noche anterior, que me tenga confianza…

Se vuelve y se coloca frente a mí, difusa. Parpadeo y consigo enfocarla mejor, como una silueta a contraluz.

Me acerco a ella con cautela, pero Alice me da la espalda de nuevo.

—No puedo más… —murmura, sabiendo que puedo oír hasta el más leve de sus suspiros—. Estoy cansada de llorar.

—Tenemos que hacer algo —le digo, e inmediatamente me corrijo—. Tienes que hacer algo. ¿Es tu marido?

Alice dice que sí en voz muy baja y entierra la cara entre las manos.

—No tiene derecho a entrar a tu apartamento.

—Leah, él paga el alquiler.

—No importa, eso no le da ningún derecho…

—¡Leah! —exclama, interrumpiéndome, como si no pudiera soportar hablar del hombre que la está torturando—. Puede hacer lo que le venga en gana.

—Entonces…

—Así que no hay nada que podamos hacer.

Me alegra oírle decir "podemos".

—Lo primero es cambiar las cerraduras. Yo acabo de cambiar las mías.

Voy a su lado y le tomo la mano. Me sorprende su suavidad. Cuando abro los ojos, Alice los tiene cerrados. Detallo su rostro, y veo que están sutilmente maquillados. Debajo del ojo derecho, descubro un golpe que ella ha intentado ocultar con corrector. El ojo está inyectado en sangre y tiene un pequeño corte en la ceja.

—Desde aquí parece como si no viviéramos en la ciudad —dice, contemplando el parque—. Vivimos en lo alto de una colina, aislados del bullicio, lejos de los que siempre están corriendo a su destino. Y el parque abajo, muy abajo, distante… Tu casa está tan llena de luz… —Su voz es cada vez más débil.

—El tuyo también debe ser así. Nuestros apartamentos tienen la misma distribución —le digo y la abrazo—. Podrías haberme pedido ayuda —le reprocho en voz baja, pero con firmeza.

—¿Qué podrías haber hecho tú, Leah?

—Llamar a Connor, a la policía.

—Sigo siendo su mujer, no estamos divorciados. Es un abogado muy poderoso; puede hacer lo que quiera. Si paga por el apartamento, tiene derecho a una llave. ¿Ves por qué no puedo cambiar la cerradura? Anoche pensé que íbamos a estar bien: me dijo que quería verme para hablar sobre los detalles del divorcio, que no hacía falta que fuéramos a juicio, así evitaríamos gastos innecesarios. Lo creí. Pensé que podríamos lograrlo…

—No puedes dejar que te maltrate.

—Cuando lo conocí, no bebía. No sabía que antes había tenido problemas con el alcohol. Este último año ha sido un infierno. No te puedes imaginar cómo se pone. Nadie puede controlarlo.

—Puedes quedarte conmigo esta noche si quieres. Hay sitio de sobra.

—Gracias, Leah, pero hoy se va de viaje. No creo que vuelva hasta dentro de un tiempo.

—¿Y qué harás cuando vuelva?

—Ya veremos. Tal vez debería simplemente desaparecer, para que no pueda encontrarme, pero ¿cómo lo logro? Estoy a punto de rendirme, de dejarle hacer lo que quiera. Ya me he acostumbrado a la idea de que tendré una vida corta.

—No puedes dejar que se salga con la suya, Alice —la interrumpo.

—Pero lo hará. No importa cuántos meses o cuántos años pasen. Conseguirá hacer lo que quiera.

Salimos del apartamento un poco desorientadas, y en la entrada del edificio nos encontramos con Connor. A la luz del día, el moretón bajo el ojo de Alice es evidente. Al verlo, Connor ladea la cabeza.

—¿Dio un mal paso, señorita Alice?

Ella le responde con una sonrisa tensa y aparta la mirada.

—Hoy en día, las mujeres necesitan saber defenderse —afirma Connor.

—¿Qué quieres decir? ¿Estás sugiriendo que compremos un arma? —respondo con sarcasmo. Cabizbaja, Alice no dice una palabra.

—Tal vez no un arma, pero tener un bate de béisbol o un cuchillo a mano no vendría mal. Algo que asuste a cualquiera que se atreva a entrar en el apartamento sin invitación.

Connor debe saber algo de las visitas del marido de Alice. Ella puede habérselo contado durante sus charlas.

—Ignóralo —me dice Alice, apoyada en mi brazo mientras empezamos a alejarnos.

—¿Conocías a Connor antes de mudarte aquí? —le pregunto.

—¿Por qué piensas eso?

—Tal vez él pueda ayudarte.

No me atrevo a revelarle que Olivia la vio conversando con él. Alice parece sorprendida.

—Vi por primera vez a Connor cuando me mudé al edificio. Es un poco raro, pero ha sido siempre muy amable, eso es todo. Le he dicho que me estoy divorciando.

—Creo que deberíamos dar un paseo. Te sentará bien —propongo.

Aunque un cuchillo tampoco es mala idea, pienso.

Alice camina a mi lado con dificultad, como si el roce de la ropa la lastimara, como si tuviera el cuerpo cubierto de moretones.

17

LA PRIMAVERA ESTÁ EN EL LIMBO, A LA ESPERA DE UNA VENTISCA O una ola de calor.

Vislumbro una masa oblicua de estudiantes con enormes capas azul claro y una estela de luz roja en medio, como si un coche los hubiera atravesado de repente en diagonal. Una anciana se resguarda del sol bajo una sombrilla floreada. Al fondo, la sirena de una ambulancia, el llanto de un bebé y una pareja en la esquina que conversa en español.

En una farola, un cartel dice: "Sam ha desaparecido. Es un shih tzu de diez años. Es ciego y sordo". Imagino a Sam roído por las ratas en el parque, volviendo en algún momento con su dueño, que para entonces ya no querrá recuperarlo. ¿Quién quiere un perro ciego y sordo? Al menos yo tengo buen oído. Y mi olfato es insuperable.

—¿Puedes tomar el metro? —me pregunta Alice.

Su rostro se ilumina y el moretón se desvanece cuando se sonroja.

Me encojo de hombros, un poco sorprendida por la sugerencia. No recuerdo la última vez que tomé el metro. Pero no voy a admitirlo, así que decido aceptar su sugerencia. El corazón se me acelera cuando bajamos las escaleras de la estación.

Alice pasa dos veces su MetroCard y yo cruzo primero. En el andén, lo único que distingo es el sonido de un violín que se superpone a un murmullo de voces. Me bombardea un olor a grasa, metal y humedad. Alice suelta mi brazo por un momento y me siento desorientada.

Al escuchar el chirrido de un tren que se aproxima saco mi bastón y lo despliego.

—Vayamos hacia allá, donde va a parar el último vagón —me dice, y yo asiento.

Me fijo en una masa inmóvil que se dirige hacia mí y sigo avanzando con los ojos abiertos. Paso junto a figuras que se dispersan al oír el sonido de mi bastón.

—Oh, lo siento —le escucho decir a alguien.

—¿Adónde vamos? —le pregunto a Alice, que camina delante de mí.

—Necesito salir del barrio. Ya verás.

Cuando por fin llegamos al final del andén, me acerco a la pared de azulejos blancos y me apoyo en los mosaicos que deletrean el nombre de la estación: Universidad de Columbia. Alice cruza la línea amarilla que marca el borde del andén. Abro los ojos y me alarmo al verla inclinada en el espacio oscuro y vacío, mirando hacia la boca del túnel.

—¡Ya viene el tren, aléjate! —le grito.

El único sonido que escucho ahora es el traqueteo del tren sobre los raíles. La vibración me estremece durante varios segundos. Camino hacia la línea amarilla, todavía con la imagen de Alice en la retina, su cuerpo inclinado hacia delante, como si un simple soplo de viento pudiera hacerle perder el equilibrio y ser impactada por el tren. Me dirijo a una de las columnas de hierro donde están grabados en blanco y negro los números de las estaciones y me agarro a ella con ambos brazos. Cierro los ojos lo más fuerte que puedo mientras el tren entra en la estación a toda velocidad. Saco el móvil y, al hacerle una foto a Alice, se me cae el bastón. Me abrazo a la columna con todas mis fuerzas, como si intentara evitar que la estela de luz trazada por el tren me partiera en dos, hasta que el último vagón se detiene frente a nosotras.

Las puertas se abren. Alice recoge mi bastón y lo sostiene con una sonrisa.

—Gracias —le digo, todavía sobresaltada.

Entramos al coche de asientos amarillos y naranjas. Alice me guía hasta uno y se queda de pie cerca, sostenida de un tubo.

Hago todo el trayecto con los ojos cerrados, sin decir una palabra, consciente solo del ruido y de la nueva mezcla de olores.

Un hombre pasa vendiendo botellas de agua. Grita: "¡Solo dos dólares!" mientras empuja a todo el que se cruza en su camino.

Tengo sed, pero guardo silencio cuando Alice lo rechaza con la mano.

—¿Y a ti qué te pasa? —grita el hombre.

Veinte minutos después, cuando bajamos en la calle 14, le pido a Alice que me busque un plano del metro. Quiero memorizar las distintas líneas y estaciones.

Dejo que ella me guíe fuera de la estación, que parece un laberinto. Caminamos hacia el sudeste durante varios minutos, hasta llegar a un espacio circular lleno de árboles.

Nos sentamos en uno de los bancos del lado noroeste de Washington Square Park. Saco el móvil y hago una foto del banco vacío que tenemos frente a nosotras.

—¿Me la enseñas?

Con una tímida sonrisa, le paso mi teléfono a Alice. Ella hojea mis fotos con atención y se detiene a examinar varias del parque Morningside tomadas desde mi ventana.

—Deberías estudiar fotografía —me comenta.

—Gracias, pero en realidad es solo una afición.

—Creo que sería bueno para ti. Deberías echarle un vistazo a la página web del Centro Internacional de Fotografía. Tienen muchos cursos para diferentes niveles.

Sí, debería intentarlo. Alice me hace sentir como una chica normal, me ayuda a ser independiente.

—Yo también necesito hacer algo divertido. Antes me encantaba el teatro —dice—. Cuando fui a la universidad me apunté a un grupo. Pero creo que nunca fui una buena actriz.

Sonrío.

—Ahí fue donde conocí a Michael —dice, al tiempo que señala una preciosa casa adosada de cuatro pisos con ladrillos rosas, la puerta y las contraventanas blancas.

—Fue en una fiesta que dio uno de los decanos. Dejé los estudios para estar con él.

—¿Qué estudiabas? —le pregunto.

—Psicología. ¿Puedes creerlo? Yo, que soy un manojo de nervios. Vine de Ohio para estudiar en Nueva York. Quería alejarme de mi ciudad, de mi familia.

—¿De qué parte de Ohio eres?

—Springfield. Entré en NYU, y gracias a una beca y un préstamo pude mudarme a Nueva York.

—Deberías haber seguido estudiando.

Me vi reflejada en ella. Me habría gustado ir a la universidad, pero mi madre estaba obsesionada con protegerme.

—Sí, lo sé. Todo habría sido diferente, pero ya no hay vuelta atrás. Era muy joven, me sentía sola, y esta es una ciudad dura. Lo conocí en aquella fiesta, y al cabo de un mes estaba viviendo con él. Era lo que necesitaba en ese momento. Un hombre encantador, seguro, con éxito. Luego quedé embarazada.

—¿Tuviste un hijo?

Cuando hago la pregunta, me inclino hacia delante, buscando su rostro. Quiero ver la expresión de sus ojos, la felicidad, el dolor. Pero no puedo. Alice no deja de moverse.

—Dejé de ir a clase y al grupo de teatro. Nos fuimos de viaje. Recorrimos toda Europa. Yo nunca había salido de Estados Unidos.

—¿Y qué pasó con tu hijo?

—Con cinco meses de embarazo, me desmayé y caí por las escaleras. Menos mal. Nunca quiso tener hijos.

Silencio.

—¿Por qué no vamos a comer algo?

Pero yo quería saber más.

—¿Por qué te casaste con él después de eso? Podrías haberlo dejado en ese momento.

—Caí en una profunda depresión y él me ayudó a superarla. Un año después nos casamos, en la casa de sus amigos en los Hamptons. Fue encantador. Las cosas iban bien hasta que él empezó a beber de nuevo. Cada vez que tenía problemas en el trabajo recurría al alcohol. Era su válvula de escape. Pero no era él mismo cuando bebía. Era un monstruo.

—¿Y tu familia?

—Prefiero no hablar de ellos. No tengo familia. A la familia nos la imponen. Ahora tú eres mi familia. Nos elegimos una a otra, ¿no es cierto?

Mi mano, que descansaba sobre mi muslo, se ve de repente cubierta por la suya. Es como una promesa.

—Sí. Vamos a comer algo —le respondo, contenta.

Entramos en un pequeño café de la Séptima Avenida y compramos bocadillos y dos botellas de agua. Caminamos hacia el Hudson. Mantengo los ojos cerrados mientras subimos unas escaleras para sentarnos en el High Line. Mido cada escalón, calculo el peso de los ruidos. No me atrevo a abrir los ojos.

—Alice, si no vas a la policía, al menos deberías contratar a un abogado. Necesitas a alguien que vele por tus intereses en este divorcio.

—Sí, lo sé. Estoy pensando en pedir cita esta semana. ¿Vendrías conmigo?

—Por supuesto.

Tomamos un taxi de regreso, y cuando entramos en la autopista Westside abro la ventanilla. Imagino que el viento se lleva todas las preocupaciones de Alice. Cuando nos bajamos al llegar a Ámsterdam y la calle 116, me da un abrazo rápido y me besa en ambas mejillas.

—Nos vemos el miércoles —dice—. Tengo que hacer unas compras.

—¿Te acompaño?

—No hace falta, pero gracias de todos modos. Cuídate —responde, alzando la voz mientras se aleja.

Al llegar a la puerta de mi piso, distingo una caja de madera larga y estrecha sobre la alfombra de bienvenida. Me inclino, la levanto con cuidado y, mientras doy un tirón extra a mi llave nueva y empujo la puerta, olfateo el umbral para asegurarme de que nadie ha entrado. Voy directo a la cocina y abro la caja. Con los ojos cerrados, palpo los bordes del objeto que hay dentro y el frío del metal me sorprende: es un cuchillo.

Me detengo con la mano sobre el mango de madera pulida y chapas plateadas que sostienen la espiga de la hoja, y compruebo la línea filosa con la yema del dedo. Intento atinar el olor de Connor. No lo encuentro. ¿Debo darle las gracias a Connor por este regalo? Llevo el cuchillo a mi dormitorio y lo coloco en el cajón de mi mesita de noche.

Horas más tarde, antes de acostarme, escucho sonidos a través de la pared. Me detengo en las tablas del suelo de madera para sentir la más mínima vibración, pero Alice no está en casa.

Durante toda la noche, desperté cada dos o tres horas ante el menor ruido. Hasta el amanecer.

18

En Nueva York, los pasillos de los edificios de antes de la guerra son oscuros y lúgubres, como si hubieran sido diseñados para provocar una sensación de grandeza al entrar en los vastos apartamentos. En el piso del doctor Allen, el pasillo es largo y sinuoso. Cada vez que paso por delante del apartamento del vecino del doctor, este abre la puerta para ver quién pasa. No dudo que lo hace con cada paciente que entra o sale de la consulta.

—¿Conoce a su vecino? —le pregunto al doctor mientras me dirijo a la ventana.

—Es un ermitaño; lleva años viviendo en el edificio.

—Cada vez que oye el ascensor, asoma la cabeza para ver quién entra a la consulta.

—Lo sé. Una vez protestó porque no quería que recibiera aquí a mis pacientes.

No le hagas caso.

—Imagino que debe ser agotador ver pasar a tantos locos…

—Ni siquiera voy a responderte, Leah. —Agita la mano con impaciencia—. ¿Cómo te va con tu nueva amiga?

—Alice, se llama Alice.

—¿Se han vuelto a ver?

—Casi podría ser terapeuta, como usted. Estudió psicología. —Oigo que el doctor toma notas—. Pero solo durante un par de años… Ella cree que yo debería estudiar fotografía.

Silencio.

—Disfruto tomar fotos —explico.

—Leah, nunca has estado dentro de un aula. Fuiste educada en casa. Tu madre…

—Antes de los ocho años iba a la escuela —respondo, a la defensiva.

—Bueno, vamos a ver… ¿es un curso de verano o algo parecido?

—Olvídelo. Es solo un proyecto que me pareció interesante. No puedo complicarme más la vida.

—Leah, no estoy diciendo que no debas hacerlo. Solo que…

—Creo que podría intentarlo. Anoche entré en la web del Centro Internacional de Fotografía. Alice me lo recomendó.

Estoy disgustada y lo demuestro cruzándome de brazos. No por las clases ni por las dudas del doctor Allen, sino por mi amiga.

—Su marido la golpeó.

Ya está, lo he dicho.

El doctor se levanta con brusquedad. Está claro que intenta buscar toda mi atención, pero yo permanezco inmóvil, de espaldas a él, paralizada por el río Hudson.

—¿Cómo sabes que la golpeó?

No digo nada, intento parecer indiferente. En realidad, lo que me proponía era encontrar las palabras necesarias para que el doctor Allen comprendiera la situación de Alice.

—¿Tú viste cómo la golpeaba? —insiste.

Asiento con la cabeza y me vuelvo hacia él.

—Los oí. Le pregunté si necesitaba ayuda, pero me dijo que no, que todo estaba bien. No quería que me involucrara porque yo también hubiera podido salir lastimada.

—Entonces, espero que ustedes dos lo hayan denunciado a la policía.

—No podemos hacerlo.

—Pero ese hombre parece peligroso.

—Solo cuando bebe —repito, convencida, las palabras de Alice.

El doctor Allen se impacienta. Vuelve a su mesa y cierra mi expediente. Me dispongo a abandonar la sesión en ese momento. He dicho demasiado, he comprometido a mi amiga, he abusado de su confianza.

—Probablemente estoy siendo dramática. La verdad es que no fue tan grave. No fue más que una discusión que pareció volverse violenta.

—Dime, Leah, ¿el hombre fue violento o no?

Decido no contestarle, recojo mis cosas y salgo de su consulta. Estoy enfadada conmigo misma por mi patética necesidad de contar, de dar a conocer mis sentimientos más íntimos. O quizás sea ese el gran talento del doctor Allen: hacerme hablar como si estuviera en un confesionario, como si me hubiera hipnotizado. Sé que está buscando señales, signos de la crisis que tuve hace diez años, pero me niego a dárselas. ¿Y si Alice viniera alguna vez a una de mis sesiones…? No, es una idea descabellada. Alice nunca haría algo así, y al final podría hacer sospechar aún más al doctor. ¿Y si él decide por su cuenta llamar a la policía y denunciar al marido? Tendría derecho a hacerlo. Soy su paciente y su deber es protegerme, me digo mientras entro al Mont Cenis.

Decido subir por las escaleras, pero antes me dirijo a buscar el correo. El cartero debe haber dejado abierta la larga barra de aluminio que recorre la parte superior de todos los buzones, o quizás alguien la ha forzado. La empujo con todas mis fuerzas hacia la pared y oigo cómo se cierra. Busco la llave en mi bolso y abro el buzón.

No hay cartas ni billetes, solo un trozo de cartón amarillento. Me pregunto si habrá salido de un paquete y lleva semanas aquí, en el fondo de mi buzón. Extraigo la lámina ocre y veo una fecha borrosa, escrita con tinta roja en una esquina: 1889. Muevo la mano y la postal se transforma en una nube. La coloco delante de mi cara, abro los párpados lentamente y siento que el corazón se detiene. Respiro hondo y retengo todo el aire posible en los pulmones hasta que vuelvo a sentirlo latir.

La tarjeta tiene un óvalo oscuro en el centro. Distingo a una bebé de pelo blanco vestida de encaje. Al detallarla, me doy cuenta de que la niña no tiene ojos. En su lugar hay agujeros. Angustiada, dejo caer la fotografía y me llevo las manos a la nariz en busca de una pizca de bergamota, pero solo detecto restos de polvo y un ligero olor a madera y tinta. Recojo la fotografía y leo en el reverso un texto escrito a mano: *Veo más de lo que tú te imaginas.*

Camino hacia las escaleras, ahora estoy segura de que alguien ha forzado los buzones. Me están vigilando. A mitad de camino me detengo, escucho con atención y decido tomar el ascensor hasta el tercer piso. No hay nadie más en el vestíbulo, pero quién sabe si hay alguien escondido en las escaleras. Mi olfato me ha abandonado.

Llego al tercer piso, corro a mi apartamento y forcejeo con la llave. Lo primero que escucho es el sonido de una trompeta y un piano. ¿Música? Alguien está escuchando una canción en el comedor. Atravieso el pasillo y reconozco "Blue in Green". Entro en la habitación, decidida a enfrentar a quienquiera que esté allí, pero no hay nadie. Una vez más, alguien ha entrado en mi apartamento. Me viene a la cabeza la imagen de los osos persiguiendo a Ricitos de Oro. Connor, debe haber sido Connor. ¿Están intentando volverme loca? Ordeno en voz alta que la música del equipo de sonido se apague y desconecto a Alexa: cualquiera puede activar sus altavoces a distancia.

Dejo la tarjeta en la mesa del comedor, me acerco al portátil y abro Google. No estoy segura de lo que busco. Primero tecleo el año, "1889", luego "fotografía", seguido de "niños" y la letra "c". Hago una pausa y luego completo la palabra: "ciegos". El primer resultado me lleva a una subasta en eBay. A la venta, varios daguerrotipos y fotografías antiguas que cuestan cientos de dólares.

Hay imágenes de familias, parejas el día de su boda, una mujer con un niño dormido en brazos. Todos parecen fantasmas. Sus ojos están en blanco, mirando al espacio.

Ordeno la comida por teléfono y espero al repartidor. Quiero olvidar el daguerrotipo. Voy a deshacerme de él o destruirlo, pero al final lo escondo en la última gaveta del aparador. Al cerrarla, mi inquietud regresa. ¿Quién intenta asustarme? ¿El marido de Alice? ¿Por qué? ¿Porque fui testigo de sus abusos? No, esta es una advertencia. No debería hablar más sobre Alice, el maltrato, su divorcio. Debo alejarme de mi vecina a partir de ahora, o también me sacarán los ojos.

Esta vez saludo al repartidor con una sonrisa. Está apurado, como siempre; le suda la frente, y las raíces del pelo parecen más oscuras a causa de la humedad. No me roza el brazo como suele hacer, esa sutil caricia que tanto anhelo. Se marcha de prisa y cierro la puerta con cuidado. Al detenerme en el pasillo, lo único que llega del apartamento contiguo es un profundo silencio. Esta noche debería intentar dormir ocho, diez, doce horas si puedo.

Después de cenar, aseguro todas las puertas y ventanas, y enciendo el aire acondicionado de mi dormitorio. Estoy a punto de ducharme, pero cambio de idea y decido llenar la bañera. Espero a que esté casi rebosante y me sumerjo en el mar sólido. Floto con los ojos cerrados y me duermo durante varios minutos.

El portazo de mi vecina me despierta. No sé si Alice acaba de llegar o está a punto de salir. Concentrándome, la oigo entrar en el ascensor. ¿Adónde irá a estas horas? Todavía mojada, me pongo el albornoz, corro al salón y miro por las puertas francesas con la esperanza de verla en la acera. Parpadeo varias veces, pero no la localizo, solo aparecen transeúntes ocasionales. De pronto, detrás del puesto de vigilancia, en las escaleras que bajan al parque, veo a Alice con un vestido escarlata. Parpadeo varias veces para ver hacia dónde se dirige, pero ella permanece clavada en el sitio, como una de mis imágenes almacenadas. Es como si nunca hubiera parpadeado.

Un hombre, puedo ver a un hombre detrás del guardia de la garita. Aparece y desaparece. ¿Está hablando con Alice? Alice se da vuelta y están ahora frente a frente. Parpadeo de nuevo y puedo definir un poco mejor esa figura. Mi cerebro se alía con mis ojos, me juega malas pasadas. ¿Es Mark, el chico de la librería? No puede ser. ¿Por qué iba a estar hablando con Alice? El hombre desaparece. Alice está sola.

Vuelvo a cerrar los ojos, cuento unos segundos y, cuando los abro de nuevo, Alice ha desaparecido.

19

¡ALICE!

Me despierto sobresaltada al oír mi propia voz.

¿Podría haberme oído? O tal vez todo estaba en mi cabeza. Tengo la garganta seca. Trago saliva e intento emitir un sonido. Mi camisón está empapado de sudor.

Si el marido de Alice colocó el daguerrotipo en mi buzón, significa que no se ha ido de la ciudad. También significa que tanto ella como yo estamos en peligro. O quizás solo quiere asustarme para convencer a Alice de que vuelva con él.

Sea como sea, estoy asustada, y lamento haberle dicho a Alice que iría con ella al despacho de su abogado.

Tras una ducha rápida, llamo a su puerta. Nadie contesta. Insisto: uno, dos, tres golpes fuertes. Quiero borrar de mi mente los malos pensamientos e intento escuchar.

Justo cuando estoy a punto de irme, se abre la puerta.

—Buenos días, Leah. Perdona, me he quedado dormida —dice. Parpadeo y la veo mirar hacia atrás, temerosa—. Vámonos.

¿Hay alguien en su apartamento?

Alice saca del bolso el lápiz de labios y se lo aplica con cuidado mientras esperamos el ascensor. Se acomoda el pelo por detrás de las orejas y se alisa el vestido a rayas grises y blancas. Esta mañana está más inquieta que de costumbre.

Entramos en silencio al ascensor. Vuelvo a sentirla rebuscando en su bolso, e intuyo que está consultando los mensajes de su teléfono. Oigo que teclea y luego devuelve el teléfono al bolso.

—¿Pasa algo? —pregunto.

Alice se mueve tanto y tan rápido que hace que todas sus acciones y su contorno se difuminen. Aparece y desaparece, de modo que solo puedo distinguir las rayas de su vestido.

—Quería confirmar la reunión de esta mañana con el abogado —me dice—. Y quería comprobar que tengo todos los documentos que me pidió.

—Aún estamos a tiempo de regresar y buscar lo que necesites.

—El certificado de matrimonio, el acuerdo prenupcial… No creo que necesite nada más.

—¿Firmaste un acuerdo prenupcial?

—Sí, pero no me importa. Lo que quiero es librarme de él. —Hace una pausa—. Es decir, divorciarme. Nunca me ha interesado su dinero. Y eso le exaspera aún más. Si solo se tratara de la separación de bienes, me habría dejado marchar hace tiempo.

Nos detenemos en la esquina de la calle 104 con Broadway y Alice consulta la hora en su teléfono.

—Creo que deberías esperarme aquí —dice—. Esto es algo que tengo que hacer por mi cuenta.

—¿Estás segura?

—Puedes tomarte un café mientras esperas —me dice, señalando un Starbucks cercano.

Obedezco, y la escucho dirigirse al bufete de abogados mientras camino en dirección contraria. Siento el impulso de dar media vuelta para asegurarme de que no cambie de opinión. Desde que salimos la veo distinta, como vencida. Debí haberle preguntado qué hacía anoche en el parque. Debí haberle advertido del peligro de atravesarlo de madrugada.

Pido un frappuccino y me siento en una de las mesas que dan a la calle 104, para que Alice me vea cuando salga. Bebo a sorbos lentos, midiendo el tiempo. Pasa una hora. Debí haber traído un libro. Estoy a punto de sacar el móvil cuando la diviso.

Está de pie, sonriente, feliz y confiada, en la puerta del Starbucks. A medida que se acerca a mí, huelo su perfume de lavanda fresca, como si acabara de atravesar un campo en flor. La oigo acercar una silla a mi mesa, sentarse y apoyar los codos en la superficie.

—Creo que al fin voy a salir de esta pesadilla —anuncia.

—Bien, has dado el primer paso.

—No te imaginas lo difícil que es encontrar un abogado que acepte un caso así…

—Alice, esta ciudad está llena de abogados desesperados por clientes.

—Pero ninguno quiere tomar un caso que involucre a otro abogado. Especialmente a uno como Michael. Ese es el problema. En el bufete de mi marido, todos se protegen entre sí; no tienen escrúpulos.

—Entiendo. Entonces, ¿cuál es el siguiente paso?

—Va a presentar la demanda de divorcio ante el tribunal —susurra emocionada.

—En otras palabras, muy pronto tu marido va a recibir los documentos.

Alice se lleva las manos a la cara y comienza a moverlas, como para que sus rasgos desaparezcan de mi vista. A mis ojos, parece a punto de caerse.

—Todo va a salir bien —le digo.

—Lo sé —responde ella, secándose una lágrima detenida en las pestañas.

Bosteza y apoya la cabeza en el cristal de la ventana.

—Salir tan tarde en nuestro barrio puede ser peligroso.

—Es una zona tranquila. Además, no salgo de noche.

—No creo que sea una buena idea cruzar el parque pasada la medianoche, Alice.

—Claro. Yo no tendría el valor…

—Ya no es tan peligroso como antes, pero puedes encontrarte con un drogadicto, un atracador, quién sabe…

—Te entiendo. No creo que me aventuraría por el parque Morningside ni por el Parque Central de noche. Si necesitara ir a algún sitio en el este, tomaría un taxi.

—Entonces, ¿qué hacías anoche en las escaleras del parque?

—Leah, me acosté temprano anoche.

—Alice, te vi de pie en lo alto de la escalera durante varios minutos. Llevabas un vestido rojo.

—¿Rojo? Ni siquiera tengo un vestido rojo. No es un color que me pondría, especialmente con Michael acechando. Me temo que te has equivocado.

Estoy segura de que fue ella, pero no quiero incomodarla. ¿Quién sabe por qué no lo admite? Tal vez compró drogas, o no quiere reconocer que se encontró en secreto con su marido, o quizás con su amante. Tal vez ella y Connor —o Mark— combinaron una cita.

Permanecemos sentadas en silencio durante varios minutos, y me asaltan varias dudas. Necesito descansar. Tal vez sea cierto que Alice no fue al parque, ni que usó un vestido rojo, y sea solo mi propia mente marchita la que crea esas fantasías.

—¿Sabes lo que me gustaría hacer cuando todo esto acabe? —me pregunta de repente, emocionada—. Irnos de viaje. Deberíamos viajar a algún lugar lejano. Solo nosotras dos, para celebrarlo.

—Lo más lejos que he estado es Boston.

—Ah, bueno, pero yo estoy hablando de cruzar el Atlántico, Leah. Vamos a Europa, ¡a París!

Siento una oleada de felicidad. Se borran todas las sospechas.

—¿Por qué no? —exclamo—. ¡Hagámoslo! Vayamos a París este verano.

20

Desde la muerte de mamá o, más bien, desde que Alice se mudó a la casa de al lado, a veces tengo la sensación de que mis ojos han empezado a ver de nuevo el movimiento. Es tal vez un flujo inestable, pero siento una mejoría. Cada vez uso menos mi bastón blanco. Gracias a Alice, la luz ha vuelto a mí. Estoy segura de que el próximo verano será el mejor de mi vida.

Después de mi cena del viernes por la noche con Olivia me cruzo con Alice en el pasillo del tercero.

—He alquilado un coche —dice en forma de saludo.

No cabe duda: presentar su demanda de divorcio la ha revitalizado.

—Mañana por la mañana saldremos temprano de la ciudad e iremos al campo —anuncia.

Oigo su risa antes de que me envuelva en un abrazo.

—Gracias por ser mi amiga —me susurra al oído y entra a su apartamento.

Al cerrar la puerta principal, oigo a mi amiga caminar por el pasillo hacia su dormitorio. Incluso la siento desplomarse sobre la cama y soltar un largo suspiro. Sin embargo, para mis ojos, Alice continúa en el umbral, su sonrisa ha desaparecido y sus ojos están a punto de disolverse.

A la mañana siguiente, Antonia llega más temprano que de costumbre. Ya he desayunado y ordenado mi habitación. Mientras deja su bolso en la cocina, me acerco y la abrazo por detrás.

—¡Buenos días! Me voy al campo con Alice. Un viaje de ida y vuelta. Supongo que volveremos tarde.

—¿Sabes algo, Leah? —responde Antonia despacio—. Es bueno confiar en los demás, pero confiar demasiado nos puede salir muy caro.

—Alice es una buena muchacha, Antonia.

—Seguro que sí, pero se está divorciando.

—¿Y es esa una razón para rechazarla?

—Escucha, Leah, no es cuestión de rechazarla. Lo que quiero decir es que entre marido y mujer nadie se debe meter. Mira cómo están esos dos ahora: cada uno pide la cabeza del otro, pero en un abrir y cerrar de ojos podrían hacer las paces. Esa es la realidad, créeme.

—No te preocupes, lo único que hago es escucharla, acompañarla, apoyarla…

—Ya has sufrido bastante. Recuerda lo que le pasó a la señora Orman. —Silencio—. Leah… tienes que parar. Espera a que ellos solucionen sus problemas.

Salgo del apartamento. Mientras cierro la puerta, oigo a Antonia invocar a sus santos, suplicándoles que me protejan y me guíen, que me abran el camino, que me alejen de todo mal y que renueven para mí el don de la vista, el más sagrado. Sus oraciones siempre concluyen con esa petición.

Cuando abro la puerta principal del edificio, un coche rojo de dos plazas está aparcado fuera. La mujer al volante agita los brazos. Parpadeo varias veces y consigo distinguir a Alice en medio de la nebulosa.

—Creía que odiabas el rojo —le digo mientras me dirijo con cautela hacia el auto, sin la ayuda de mi bastón.

—Ah, pero este es rojo vino, no es tan intenso. Y es solo de alquiler. ¿Estás lista?

Mientras subo y cierro la puerta del coche, noto que Antonia nos observa desde las puertas francesas del apartamento.

—¡Somos como Thelma y Louise! —exclama Alice—. ¡Como en la película!

Al ver que no reacciono me explica.

—Dos amigas que se van en un descapotable y juntas deciden acabar con todo en el Gran Cañón.

Con los ojos cerrados, dejo que el viento me golpee y disipe todos los sonidos que se mezclan y se alejan, yendo y viniendo hasta perder intensidad. Debo concentrarme en lo que dice Alice para adaptarme a la invasión de sensaciones que me aceleran el pulso. Nos dirigimos hacia la autopista.

—Ya verás, vamos a cruzar el puente George Washington.

Abro los ojos y puedo distinguir estelas de luz multicolor, con las aguas tranquilas del Hudson a mi derecha. Saco de mi bolso un pañuelo de seda y me cubro el cuello. Cada vez que el auto se detiene, tomo instantáneas con el móvil. Me siento lejos del peligro, del extraño daguerrotipo, del olor a bergamota, de mis confesiones al doctor Allen, de mi bastón blanco, de las advertencias de Antonia.

Entramos al puente, el coche se detiene de repente y me aferro a la guantera. Ante mí aparece una gigantesca masa de hierro entrelazado, los cables que sostienen la estructura, el enorme río a ambos lados. Por un breve instante, el mundo es una catedral de metal enrejado. Solo el sonido parece tener continuidad: las bocinas de los coches, sus motores girando, el chirrido de los neumáticos, el trotar de los corredores, el murmullo del río. Es el eco del movimiento.

El puente parece interminable, como si se duplicara ante mis ojos, y cada tramo me conduce a otro más alto. Cuando por fin llegamos a la cima, comienza a inclinarse hacia abajo, extendiéndose hasta el infinito. La salida presenta innumerables posibilidades: caminos serpenteantes que empiezan o terminan en el puente. Noto que Alice duda, como si fuera la primera vez que toma esta ruta. Luego se desvía a la derecha, siguiendo las señales hacia el norte.

Al entrar en la autopista de los Palisades, con el río y Manhattan a nuestra derecha, vuelve una sensación de calma, como si condujéramos por una carretera que atravesara un bosque. Alice guía ahora demasiado despacio, y los demás conductores la adelantan con furia, zigzagueando a su alrededor. Puedo sentir la velocidad del coche vibrar dentro de mis vísceras, y el verde profundo de los árboles me asalta como si estuviéramos en una cueva cuyas paredes se deslizaran a nuestro lado.

Tomamos la interestatal 87 y unas nubes densas se mueven a nuestra misma velocidad. Transcurre otra hora en lo que parece un segundo fugaz, y nos desviamos de la autopista en busca de carreteras secundarias. Woodstock está a unos treinta kilómetros.

Antes de atravesar el pueblo, cruzamos unas vías de tren abandonadas y enterradas en el asfalto. Llegamos a un estacionamiento público cerca de un pequeño cementerio abandonado, flanqueado por un descampado con una bandera a media asta, montones de chatarra y una loma de tierra rojiza. A la salida se aglomeran puestos de ventas de collares, vestidos de algodón de colores chillones, joyas hechas a mano y piedras con poderes especiales, según el anuncio. En una esquina, un grupo de niños ofrecen limonada casera por un dólar.

Al bajarnos del auto, quiero captar cada detalle y tomo el brazo de Alice para no caerme. Entramos al parque y siento que la intensidad del sol empieza a disminuir. Miro al cielo y veo una nube perfilada por un halo dorado.

—Es como si el tiempo se hubiera detenido aquí, ¿no crees? —pregunta Alice—. Como si estuviéramos en los años sesenta.

Me guía a través de hippies que se niegan envejecer y mujeres en pantalones cortos de mezclilla.

Durante el trayecto, Alice me explicó que ella y Michael solían alquilar una casa en Dobbs Ferry, y que los fines de semana iban en coche a Woodstock. Tenían planes de comprar algún día una granja, lejos del ruido de la ciudad. Nunca lo hicieron.

De pie, en medio de la multitud, un anciano vestido con una enorme capa de terciopelo y cubierto de collares y pulseras me observa. Lleva un maltrecho sombrero de copa que le cubre la calva, de la que sobresalen unos mechones de pelo blanco que llegan hasta su larga barba amarillenta. Se apoya en un enorme bastón de madera, rematado por plumas multicolores atadas a la madera con tiras de cuero. Lleva un cinturón decorado con cascabeles. De su cuello cuelga un cartel: selfis gratis. Detecto un mal olor que se desprende de él, pero esa imagen se disuelve rápidamente. El olor del hombre es el aroma sofocante de la vejez.

—Siempre está aquí en primavera —me susurra Alice al oído mientras nos acercamos—. Debe ser uno de los hippies que vinieron al concierto en el sesenta y nueve y se quedaron aquí para siempre.

—No cobro por las fotos —dice el hombre, y siento sus ojos clavados en mí.

—Ya lo sabemos, gracias —responde Alice.

El sonido de los tambores se desvanece.

—Una vez perdí la vista, igual que tú —me dice el hombre—. Tú no ves a los demás, pero puedes verme a mí, porque yo no me muevo. Soy como una estatua de sal.

—Leah —insiste Alice—, creo que deberíamos seguir.

—Entonces, ¿usted también…? —le pregunto al anciano, que parecía más bien un mago bondadoso.

Veo sus ojos muy abiertos; examino sus arrugas ennegrecidas por el tiempo. Puedo, incluso, detectar un destello azul en sus ojos enrojecidos. Escucho su voz, pero sus labios están enterrados entre el bigote y la barba.

—Yo tenía tu edad, más o menos —me dice, bajando la voz como si quisiera que solo yo, y no Alice, escuchara su historia—. Probé todas las drogas que había y empecé a viajar con la más potente de todas ellas. Era como si hubiera encontrado el paraíso. Un día me desperté y el mundo se detuvo, como te ha pasado a ti. Puedo leer el silencio en tus ojos.

—¿Y desde entonces no ha podido ver el movimiento? —le pregunto, ansiosa.

—Por eso me quedé aquí. Lejos de todo el mundo: mi familia, mis amigos.

—Y después se recuperó…

—Sí, pero no te hagas ilusiones. El mundo no es como te lo imaginas. Un día me desperté y todo a mi alrededor se desvaneció, como si la gravedad se lo hubiera tragado. No estaba preparado, no me lo esperaba, y me desesperó. ¿Qué he ganado con recuperar el movimiento? Ahora vivo mareado. El mundo gira a mi alrededor demasiado deprisa.

Siento que Alice me toma del brazo con delicadeza y me guía hasta la calle, sin darme tiempo a despedirme del hombre. Pero su imagen persiste en mis ojos.

—Está loco, no le hagas caso —me advierte Alice.

Pero yo me estremezco: nunca había conocido a nadie como yo.

En la explanada, me asalta una mezcla de olores. Hay cientos de personas aglomeradas allí. Empiezo a temblar ante el polvo y el sonido de tantos roces. Me dejo llevar por la multitud.

—En la primavera celebran una feria de antigüedades todos los sábados —me explica Alice con entusiasmo. No consigo distinguirla bien en el caos que la rodea—. Viene mucha gente de la ciudad solo para comprar muebles viejos y discos de acetato.

Luego me toma del brazo y me conduce con ímpetu a uno de los puestos de venta.

—¡No te muevas! —me susurra con urgencia.

Abro los ojos y veo la cara de pánico de Alice. Miro hacia abajo, parpadeo y aparecen ante mí cientos de daguerrotipos, algunos enmarcados. Los ojos de los modelos parecen haber sido arrancados. En todos veo a mi madre, a mi padre y a mí, a los ocho años.

—¡Leah! —insiste Alice, exigiendo toda mi atención—. ¡Está aquí!

De repente, entiendo lo que me dice. Ensancho las fosas nasales y comienzo a olfatear. Busco con insistencia el olor de la bergamota, pero no lo encuentro.

—¿Estás segura?

—Leah, lo he visto de perfil, detrás de mí —porfía Alice. Parpadeo para tratar de localizarlo—. ¡No te muevas!

Siento las piernas flaquear. Todo lo que alcanzo a ver son fragmentos. Desorientada, no me da tiempo a abrir y cerrar los ojos. Ante mí hay una mujer con un bebé al que le faltan las piernas.

La cabeza de un hombre canoso flota entre estelas de luz. Un joven vestido de negro, sin cabeza. ¿Podría ser él? Intento parpadear para refrescar las imágenes, pero todo es una amalgama de colores. Trato de concentrarme en el olor a bergamota, ignorando los gritos insistentes de los vendedores ambulantes, las voces perdidas, los tambores. Los únicos olores que detecto son los de la confusión y el miedo.

—Vamos —me escucho decir.

Tomo a Alice del brazo y la arrastro en dirección contraria.

Siento la respiración entrecortada de Alice, que luego tose y traga en seco. Tiene las manos frías y sudorosas. A la velocidad que avanzamos es imposible distinguir su rostro, pero imagino sus ojos llenos de lágrimas.

—Creo que lo hemos perdido —murmura, aparentemente más calmada.

—Volvamos a la ciudad —le propongo.

—¡No! No permitiré que Michael arruine nuestro sábado. Es nuestro día, no el suyo. Busquemos un sitio para comer.

Entramos en un restaurante asiático que solo tiene un par de mesas ocupadas. Nos sentamos una junto a otra en un rincón desde donde podemos ver la entrada.

Dejo que Alice pida por mí y bebo nerviosa mi vaso de agua.

—Creía que tu marido estaba de viaje —le digo, aclarándome la garganta.

—Debe haber regresado anoche —responde, y parece más resignada que ansiosa.

—¿Estás segura de que era él?

Alice se lleva el vaso a los labios, pero no bebe.

—No lo sé. Esta agua está demasiado fría —dice, y le hace un gesto a la camarera—. ¿Puede traerme un vaso de agua sin hielo?

—Quizás te equivocaste —sugiero.

—Tal vez.

—Había demasiada gente en la feria…

—Sí, demasiada —me responde con tono tranquilizador—. Lo siento, Leah. Debe haber sido atormentador para ti.

—¿Quién más sabía que venías a Woodstock? ¿Se lo dijiste a alguien?

—Nadie más lo sabía. No le cuento mis cosas a nadie. Solo a ti.

—¿Cómo pudo saber que veníamos a Woodstock? Está a casi dos horas de la ciudad. —Alquilé el coche anoche en una agencia. Iba a pagar en efectivo, pero requerían una tarjeta de crédito. Mi tarjeta de crédito está vinculada a la suya. —Hace una pausa y traga saliva—. Supongo que se imaginó que vendría aquí.

Comemos en silencio. He perdido el apetito. Siento las manos de Alice temblar ante su sopa de miso. No hago más preguntas. Cada vez que entra un nuevo cliente, ambas levantamos la vista.

—Voy al baño —le oigo decir con voz grave y cansada.

Alice tiene que haberse equivocado. No había rastro de bergamota alrededor de nosotras. Sí, debe haberse confundido.

Mientras considero todas las posibilidades, pierdo la noción del tiempo. Tras casi un cuarto de hora, Alice no ha regresado a la mesa.

—¿Se encuentra bien? ¿Necesita algo? —me pregunta la camarera.

—El baño… ¿podrías mostrarme dónde está?

—Por supuesto. Te acompaño.

—No es necesario. Solo tienes que decirme dónde está.

—¿Estás segura?

Asiento con impaciencia.

—A la derecha, al final del pasillo.

La sala principal del restaurante está pintada de un naranja brillante, casi amarillo. Recorro el pasillo y, al girar a la derecha, un destello de luz procedente de la puerta de servicio me ciega.

Corro hacia allí y olfateo el aire, pero lo único que detecto es el hedor a queroseno y a verduras podridas de la basura.

—¡Alice! —grito, sin obtener respuesta.

A mi derecha, veo que la puerta del baño está entreabierta. Me acerco despacio, contando cada uno de mis latidos. Lleno los pulmones de aire espeso y reúno fuerzas para abrir. Entro al baño con los ojos cerrados. Siento olor a detergente y oigo el grifo abierto.

Al abrir los ojos, encuentro a Alice recogida en un rincón.

La camarera, que escucha mi grito, corre al baño.

—¡Dios mío! —exclama detrás de mí.

—No es nada. —La voz temblorosa de Alice flota en el espacio reducido—. Me siento mejor.

Volvemos a la mesa. Mi retina conserva la imagen de Alice con la cabeza entre las rodillas.

—La cuenta, por favor —la oigo decir, con voz firme una vez más—. Leah, es hora de irnos.

De camino al estacionamiento, Alice rompe en lágrimas.

—¿Cuánto más va a durar esto? —gime—. Entró en el baño, pero estaba demasiado asustada para decírtelo.

—¿Te hizo daño? ¿Dijo algo?

—Solo verlo me hace daño. Se me revuelve el estómago. Siento deseos de vomitar.

—Creo que es hora de que lo denuncies.

—Seguramente nos siguió y entró por la puerta trasera del restaurante. Me dijo que iba a luchar, que no iba a resultarme fácil deshacerme de él. Ha estado bebiendo. ¿Cómo puede manejar en ese estado? Se esfumó cuando te oyó venir por el pasillo.

—Al menos no te hizo daño. Cálmate, Alice, esta pesadilla terminará pronto. ¿Crees que vas a poder conducir?

—Sí, no te preocupes, me hará bien.

Regresamos a la ciudad sin decir una palabra. Quiero hacerle más preguntas, ahora que parece estar más tranquila. Dejamos atrás las curvas y pendientes de las carreteras rurales y nos incorporamos a la autopista.

El tráfico es ligero. De vez en cuando pasan remolques al doble de nuestra velocidad, haciendo temblar el pequeño descapotable rojo. Cuando dejamos atrás el condado de Ulster, noto que la respiración de Alice ha cambiado. Lanza un grito desgarrador y pisa el acelerador con rabia. Empieza a zigzaguear y adelantar los coches que nos preceden.

Parpadeo y la descubro desesperada: mira por el retrovisor y los espejos laterales mientras rebasa a toda velocidad los coches que se interponen en su camino.

—¡Nos está siguiendo! ¡Va a hacer que nos estrellemos!

Mantengo los ojos cerrados mientras intento hallar palabras para calmarla.

—Si fueras más despacio…

—¡Leah, nos está siguiendo! —grita.

—Vamos a tener un accidente, Alice…

—¡Eso es lo que quiere!

Alice le toca el claxon con persistencia a un camión blanco, que se aparta para dejarla pasar. Ahora no hay nadie delante, y Alice pisa el acelerador a fondo.

El auto, inestable, comienza a rebotar. Noto que se desliza hacia un lado, hasta que se detiene bruscamente. Me aferro al cinturón de seguridad al tiempo que Alice extiende el brazo como para protegerme. Entonces oigo un golpe sordo contra el parabrisas delantero y el motor del coche se apaga.

Cuando abro los ojos, estamos envueltas en una nube de polvo, inclinadas sobre la cuneta derecha de la carretera.

—¿Estás herida?

Alice se inclina sobre mí, me examina la cara, me despeja la frente.

—Estoy bien, bien. ¿Y tú?

Los coches pasan despacio a nuestro lado. Algunos comprueban que estamos bien y siguen su camino. Nadie se detiene a ayudarnos.

—Lo siento mucho, Leah.

—Creo que deberíamos continuar, pero con cuidado, Alice…

Alice respira hondo y trata de poner el coche en marcha, pero no se mueve. Bajo el parasol y me miro en el pequeño espejo retrovisor del asiento del pasajero. Al notar que tengo manchas de sangre en los labios, cierro los ojos y empiezo a limpiármelas. Siento un dolor repentino en el estómago.

—¡Leah, estás sangrando! —exclama Alice alarmada, desabrochándose el cinturón de seguridad.

—Creo que me he mordido. No creo que me haya golpeado contra nada.

Con un suspiro, Alice se abrocha de nuevo el cinturón de seguridad y acelera con precaución. El coche empieza a moverse hasta que, tirando con furor del volante, consigue sacarlo de la zanja y regresar a la autopista. Durante el resto del trayecto, permanece en el carril derecho, sin superar el límite de velocidad.

Llegamos a Morningside Drive antes del anochecer. Nos detenemos ante el Boston Ivy que se extiende rapaz sobre la fachada de ladrillos rojos del Mont Cenis. Por un instante, la hiedra nos hace sentir protegidas. Esa noche, Alice duerme en mi habitación, a mi lado.

21

"UNO VE LO QUE PIENSA. TUS OJOS SON EL FILTRO DE TUS PENSAMIENtos, de tus ideas". La voz de mamá resuena en mi mente mientras intento salir de un sueño profundo.

Al levantarme, Alice ya se ha marchado. En la cocina, Antonia me tiende un papel con gesto cansado: *Voy a tomar el tren de las nueve a Filadelfia para visitar a mi prima. Te veré en un par de días*, ha escrito Alice. Tiene una letra grande y torpe.

—Pasa tiempo con ella. —Antonia agita los brazos en el aire—. Pero no te metas en su vida —insiste, enfatizando cada palabra—. Si tu madre estuviera viva…

—Pero no lo está, Antonia. Yo estaré bien. Alice estará bien: su pesadilla casi ha terminado.

Intento convencerme a mí misma tanto como a Antonia, pero hay algo en la nota de Alice que me atormenta.

—Tómate tu café.

Antonia levanta los brazos al cielo, inclina la cabeza hacia atrás y comienza a elevar plegarias a sus deidades.

No debería estar aquí hoy. Es domingo. Pero no le hago preguntas pues ha empezado a sacar todo de los estantes de la cocina —platos, tazas, vasos— y a limpiar con furia cada objeto.

Me acerco a la mesa del comedor y despliego el plano del metro. Estoy decidida a explorar la ciudad de punta a cabo, a conocer todos sus recovecos, como antes exploraba el parque con papá. Estudio los colores de las líneas de metro —verde, rojo, naranja, azul y amarillo— y siento a Antonia detrás de mí.

—Creo que es hora de que te mudes, Leah. Sobre estas paredes pesan demasiadas muertes.

—Antonia, este edificio es de 1905, por supuesto que ha muerto mucha gente aquí. Pero, esta es mi casa. Me gusta estar aquí.

Me siento tentada a añadir que, si no le gusta, no es preciso que vuelva. Pero no lo digo.

—Lo que este apartamento necesita es una buena limpieza. Hay demasiadas malas vibraciones. Si anduvieras descalza, lo notarías. ¡Mira cómo se me pone la piel de gallina solo de pensar en eso!

Con firmeza, apoya las manos sobre mis hombros.

—Leah, eres como una hija para mí…

—Lo sé, Antonia. Pero créeme, todo va a salir bien.

—Tu madre tiene la culpa, porque después del accidente… —Hace una pausa, sabe que se está adentrando en terreno prohibido—. Si hubiera sido yo, habría puesto el apartamento en venta y nos habríamos mudado lejos de la ciudad, a algún lugar rodeado de naturaleza, lejos del ruido y del pasado. Pero no, ella insistió en que era aquí donde podías moverte sin problemas, incluso con los ojos cerrados.

—La gente no puede levantarse de la cama y mudarse a donde quiera cada vez que sufra un percance. Mamá creció aquí, y yo también.

—Leah, un cambio siempre hace bien. La mala energía atrae lo peor…

Sé que Antonia tiene las mejores intenciones, pero no puedo escuchar una palabra más. Doblo el mapa del metro, le doy un beso rápido de despedida y me dirijo a la puerta principal. Mientras cierro la puerta detrás de mí, recuerdo que Alice me dijo que no tenía familia. Entonces, ¿por qué escribió que estaba visitando a una prima en Filadelfia?

22

ESA NOCHE APAGO EL AIRE ACONDICIONADO Y EXTIENDO UNA MANTA sobre mi edredón. Me duele la garganta, tengo la frente húmeda y la nariz congestionada. Estoy resfriada.

Necesitaría beber agua, pero prefiero quedarme en la cama. El apartamento está a oscuras. Busco el móvil en la mesita de noche y le envío un mensaje a Alice: *¿Cuándo regresas? Espero que todo vaya bien y que hayas descansado.*

No lo envío. Si ella me escribe, le responderé.

Regreso el teléfono a su sitio y miro al techo. Quizás Antonia tenga razón. Tengo que salir de este apartamento.

En la oscuridad, las sombras desfilan ante mí. Conjuro las imágenes de los antiguos residentes del Mont Cenis. Según la leyenda del edificio, el propietario original del 33 era un soltero rico de mediana edad. Compró el apartamento con la esperanza de tener una esposa y una familia, pero murió antes. Me imagino la expresión de angustia de aquel hombre y lo veo pasar por delante de la lámpara de araña del comedor y lanzarse al vacío desde las puertas francesas.

El 33 permaneció desocupado durante años, hasta ser vendido a mis abuelos después de la Segunda Guerra Mundial. Llevaban veinte años viviendo aquí cuando nació mamá. La ubicación, cercana a dos parques, les facilitó la transición a la paternidad. Me los imagino acurrucados en el sofá del salón, maravillados con la niña que les llegó sin ser esperada, en plena madurez.

Tras la muerte de los abuelos, mi madre heredó el apartamento y una enorme cuenta bancaria. Años después, era ella quien se acurrucaba en el sofá con mi padre, maravillada ante mí. "Siempre veremos el amanecer desde aquí", solían repetir mis padres. Éramos afortunados de tener vistas tan increíbles.

Pronto, las imágenes felices se disuelven y me despierta el olor a bergamota.

Me arrasa como una brisa inesperada. Siento que mi cuerpo es empujado boca abajo sobre el colchón. No puedo respirar.

El sonido de los movimientos del intruso me revela que es alto y delgado, pero fuerte. No respira con dificultad ni transpira. Percibo que la esencia de bergamota se concentra en su cráneo, y luego imagino que se extiende por todo su cuerpo, abriéndose paso hasta el mío. Siento miedo y, a la vez, éxtasis y repulsión. Comienzo a temblar.

Lanzo un grito débil y siento una lágrima en la garganta. ¿Por qué está aquí? ¿Qué busca? ¿Cree que Alice ha dormido otra vez conmigo?

Recuerdo el cuchillo en el cajón de mi mesita de noche, pero estoy paralizada. Podría llamarle por su nombre, advertirle: *Michael, se terminó. No hay vuelta atrás. Tienes que dejarla ir.*

Levanto la cabeza de la almohada, buscando aliento, y justo cuando estoy a punto de volver la cara hacia él, siento un golpe seco que me arroja de nuevo sobre las sábanas. Siento la fuerza en cada músculo de su brazo. Utiliza la mano derecha para sujetarme, mientras la izquierda me aprieta el pecho y baja hasta las nalgas. No lleva anillo ni reloj. Permanezco inmóvil, contengo la respiración y, cuando me recupero, grito tan fuerte como puedo.

Girando sobre sus talones, el hombre escapa de la habitación. Abre la puerta principal del apartamento y la cierra con tanta violencia que las paredes tiemblan. El corazón se me acelera mientras lleno mis pulmones de oxígeno. Es como si me sangrara la garganta.

Me mantengo despierta durante el resto de la madrugada, pero permanezco congelada en la cama. Cuando me incorporo, la luz suave de la mañana está en mi ventana. Respiro por la nariz y por la boca, y siento una calma inusual. Ya consigo tragar sin dificultad, sin que la saliva me queme. No me duelen los músculos. Me recojo el pelo y calculo la distancia que me separa de la mesita de noche.

La próxima vez usaré el cuchillo.

23

DESHAGO LA CAMA Y TIRO EN UNA ESQUINA DEL CUARTO LAS SÁBA-
nas y las fundas. Corro al baño y me meto en la ducha, decidida a
eliminar hasta el más mínimo rastro de bergamota. Me cubro de
espuma y me lavo el pelo con rabia para eliminar todo vestigio del
intruso. Me frustra no haber podido verlo bien. Entonces me doy
cuenta de que nunca lo veré. Sin dudas, él conoce mi estado, sabe
que un simple movimiento le garantiza protección total.

Me visto, me preparo un café y permanezco detenida ante
las puertas de cristal. Sé que debo contarle el incidente a alguien,
pero ¿a quién? ¿A Connor? ¿A Alice? ¿A la policía? Y entonces,
¿qué diría el doctor Allen cuando se enterara? ¿Y las trabajadoras
sociales? Quien teme por su vida es mi vecina, acosada por un
marido alcohólico. Nada de esto tiene que ver con mi falta de visión o mi capacidad para vivir por mi cuenta. Es a Alice a quien
hay que cuidar y enviar a un lugar seguro, no a mí.

Decido que ahora mismo, más que seguridad, necesito respuestas.

Saco el daguerrotipo del aparador del comedor y lo guardo
en mi bolso. Llego a Book Culture más rápido y más torpe que

de costumbre, ignorando por el camino insultos y bocinazos de los coches.

Mark está en su puesto, detrás de la caja registradora, cuando me ve entrar. Hago lo posible por desconectar todos mis sentidos para no sentirme abrumada por lo que me rodea.

—¡Hola, Leah, me alegro de verte!

—Gracias, Mark.

Apoyo la mano en la mesa de la entrada para recuperar el aliento. Mark se aparta y baja la cabeza, como si huyera de mí.

—Ha pasado un tiempo. Pensé que habrías cambiado de librería.

Imagino que sonríe.

—No sabría a cuál otra ir —bromeo.

—Quizás te quedaste atrapada al otro lado del espejo —contesta, y se ríe.

—Esa soy yo. Igual que Alice en el país de las maravillas.

Alice...

La tienda está desierta. Con los ojos cerrados, me acerco al mostrador, saco con cuidado el daguerrotipo del bolso y se lo enseño.

—¿Has visto alguna vez algo así?

—Vaya, un daguerrotipo.

Sus ojos se iluminan cuando ve la fecha de 1889.

Mark lee en voz baja la críptica frase: *Veo más de lo que tú te imaginas*.

—Genial. ¿Quieres venderlo? Conozco a un coleccionista en el norte del estado. Él podría estar interesado —ofrece—. Por cierto, la mujer con la que te fuiste el otro día regresó y compró varios libros sobre la ceguera.

Es con Alice con quien debería hablar. ¿La llamo? ¿Le envío un mensaje? Escucho que Mark teclea en su teléfono.

—Gracias, Mark.

Ojalá pudiera quedarme y hablar. Hacía mucho tiempo que no tenía toda su atención. *No te vayas, quédate conmigo*: su voz en mi cabeza se escucha llena de anhelo.

—Leah… —lo escucho decir detrás de mí.

Si al menos se acercara, si viniera hacia mí y me abrazara. No, Mark no se atrevería. Soy yo quien ha creado esta distancia con mi bastón.

—Mañana estaré aquí a la misma hora —le digo, y él permanece en silencio. ¿Sonríe? ¿Se despide con la mano?

—Hasta mañana —responde, mientras me alejo y salgo de la tienda.

Con el bastón, llego a Ámsterdam. Presiento que alguien me sigue. Me apresuro y noto que el hombre camina a grandes zancadas para alcanzarme. Me detengo en la esquina, espero que la luz cambie y, antes de cruzar, me doy la vuelta. ¿Mark? No hay nadie. Estoy sola. Cruzo la calle y comienzo a desandar el resto del trayecto hasta mi casa.

Cerca del edificio, parpadeo y percibo a Alice y a Antonia en la esquina de la calle 116. Parpadeo una vez más, y Alice se encuentra sola delante del Mont Cenis.

—¡Alice! —exclamo, y ella corre hacia mí.

No espero un saludo, ni noticias sobre su viaje, ni que me cuente por qué se ha quedado fuera solo una noche. Entonces, exclamo sin pensar:

—Michael entró en mi apartamento anoche. Sé que fue él. Creo que es hora de ir a la policía.

—Oh Dios, Leah, lo siento mucho —responde ella—. Siento mucho haberte metido en este lío. La única razón por la que habría irrumpido en tu apartamento sería para llegar a mí. Lo único que puedo hacer, para mantenerte a salvo, es mudarme, desaparecer de Nueva York. No tengo alternativa.

—Pero ¿qué pasa con tu divorcio, Alice?

—Escúchame, Leah: no te imaginas de lo que es capaz.

Nuestras voces empiezan a superponerse y la imagen estática de Alice se difumina. Nada parece estar en su sitio. Siento que la bergamota me ha dañado, ha empeorado mi ceguera.

Alice toma mis manos entre las suyas y me mira.

—Leah, tienes que alejarte de mí: ves que te hago daño. Mi marido destruye a todos y todo lo que está cerca de mí. Tú no lo conoces.

—Por favor, Alice… —Quiero decirle que estoy aquí para ayudarla, que es mi mejor amiga. Pero, en cambio, pregunto—: ¿Qué quería Antonia?

—¿Antonia? Oh, nada. Se encontró conmigo en la esquina. Creo que solo se disculpó, pero en realidad no pude entenderla, andaba perdida en mis propios pensamientos.

Entramos al edificio en silencio. Alice acelera el paso, como si quisiera huir de mí. Cuando llegamos a nuestros apartamentos, se vuelve y me mira. Parpadeo sin cesar, mi única forma de entenderla, de saber qué está pensando. Alice me oprime el codo con firmeza y dice:

—En serio. Creo que es mejor que nos mantengamos alejadas por un tiempo. Tengo varias cosas que resolver.

A continuación, entra en su apartamento, su puerta se cierra con un golpe sonoro y yo me quedo allí, abandonada, presa del pánico. Debí haber insistido, rogarle que no hiciera una tontería. Olvidé enseñarle el daguerrotipo.

En mi apartamento no hay olores. En el poco tiempo que estuve fuera, Antonia debe haber eliminado la esencia de la bergamota con sus desinfectantes. Aun así, el olor está impreso en mi memoria. Voy a mi habitación y encuentro la cama hecha con sábanas limpias. Sobre mi almohada hay una pequeña tarjeta de Santa Lucía. En el reverso reza: *Oh, SANTA LUCÍA, auténtica LUZ de santidad, virgen castísima y mártir, yo vuestro devoto indigno, postrado ante vos, os pido la gracia de conservarme la vista corporal de los ojos para ponerla al servicio de la mano de DIOS, y en provecho de mi alma y de mi prójimo. Así sea. Amén.*

Oprimo la estampita contra mi pecho. Agradezco las buenas intenciones de Antonia, pero sus oraciones no servirán para alejar al intruso ni para ayudar a mi amiga.

Regreso a mi conversación con Alice. En el pasillo, intento escuchar, pero solo me llega el vacío. ¿Se habrá ido ya? Salgo al balcón y la veo en la esquina de la calle. Lleva otra vez el vestido rojo.

Recojo mi bolso, despliego mi bastón y bajo desesperada las escaleras, temiendo que haya desaparecido. Ya en la acera, la distingo en la esquina, con la mirada perdida. Al pestañear compruebo que está lejos de mí.

La llamo, pero no se detiene. La sigo hasta el metro y bajo hasta el andén del metro, donde un tren acaba de entrar en la estación.

Ambas estamos en el vagón delantero, lleno de gente. Alice cerca de la primera puerta; yo, de la segunda. Entre nosotros hay una multitud de sombras, pero cuando consigo fijar la mirada en Alice, descubro signos de una profunda tristeza. Pasan una, dos, tres estaciones, hasta que poco a poco pierdo la cuenta. Tres estaciones antes de llegar al Bronx, Alice, aún en trance, baja del tren. La sigo por el túnel; voces, música y palabras en español resuenan por todas partes.

Empiezo a marearme, tropiezo con alguien y decido seguir el rastro de mi amiga con los ojos cerrados. Cuando llegamos al nivel de la calle, el sol ya se ha puesto. La música que emana de las tiendas, los gritos de los vendedores ambulantes y las conversaciones que se suceden en la acera se mezclan aquí para formar un único sonido, agresivo y caótico.

Estoy segura de que Alice sabe que la estoy siguiendo. ¿Cómo es posible que no lo sepa? Cruzo las calles confiando en que ella obedezca las señales del tránsito. Recorremos una avenida, subimos una cuesta y bajamos por un callejón. Las sirenas de las ambulancias se imponen sobre el bullicio. Tras llegar a un descampado, Alice se dirige a un estrecho pasadizo. El tráfico de la ciudad se oye a nuestra derecha.

Ahora estamos en un puente. Se levantan ráfagas de viento. Desconcertada, abro los ojos y veo el vestido rojo, más apagado tras la puesta del sol. El cuerpo de Alice es confuso; solo distingo la textura de su vestido. A su alrededor hay corredores inmóviles con camisetas y pantalones cortos, una mujer en el aire, una jauría que se multiplica y se disuelve en un tropel marrón. A un lado hay una estela infinita, líneas de colores que se extienden en la distancia, en su mayoría rojas, amarillas y naranjas. Siento que estoy a punto de desmayarme.

Me sostengo de la baranda. Debajo de mí, las aguas heladas y furiosas del Hudson parecen roca sólida. Choco con uno de los pilares del puente. Cuando miro hacia arriba, los cables se iluminan de repente, como si el impacto los hubiera encendido. La luz proviene de lo alto de las torres y me deja en una oscuridad creciente.

Por momentos empiezo a perder de vista el vestido rojo. Tengo que recalcular la distancia, intuir cuántos metros me separan de Alice. Avanzo unos pasos, y en ese instante el rojo de su vestido cambia de intensidad, comienza a volverse carmesí y termina convertido en escarlata.

Parpadeo de nuevo para determinar dónde está. No puedo volver a perderla. Cierro los ojos e inhalo todo el aire posible, en un esfuerzo por descifrar los olores que me embisten. Pero el único que puedo identificar es el de la derrota. Pobre Alice…

Primera imagen: Alice inclinada en la baranda del puente, con el viento azotándole el pelo. Incapaz de moverme, empiezo a temblar. En la oscuridad, imagino la segunda y la tercera imagen: Alice que cae en picada, lentamente, como si hubiese perdido el peso. Luego, Alice sobre la superficie rocosa que se ha hecho líquida y la devora. Las despiadadas corrientes del Hudson arrastran su cuerpo hacia el Atlántico.

Si abro los ojos, será nuestra despedida. Pero me niego a abrirlos. Prefiero quedarme con la imagen de mi amiga en el puente con su vestido rojo, no en las profundidades del río. Aun así, corro a ciegas hacia donde debe estar. Haré lo que sea para ayudarla. Sin aliento, doy el último paso, aferrándome a la baranda, y cuando extiendo el bastón, tropiezo con un cuerpo inerte. Abro los ojos y veo el vestido rojo. El cuerpo de Alice yace en una confusión, parece que se ha desmayado. Al arrodillarme, cae mi bastón y rueda hacia el borde del puente. Voy a por él, pero Alice lo sostiene y me tiende una mano. En ese momento, no estoy segura de quién está salvando a quién.

—¿Qué hacemos aquí? —me pregunta con voz cansada.

Sonrío y rompo a llorar. Sorprendida, me acerco a ella y la abrazo.

—¿Se encuentra bien? ¿Necesita ayuda? —Es la voz de un corredor que no deja de saltar alrededor de nosotras—. ¿Quiere que llame al 911?

—Oh, no, gracias. Estamos bien. Nos vamos a casa —le contesto al hombre, mientras ayudo a Alice a incorporarse—. Pensé que te había perdido —le digo a ella.

—No sé cómo llegué hasta aquí.

—Yo tampoco. Solo te he seguido.

Abandonamos el puente y volvemos a cruzar la avenida.

—Vamos, déjame encontrar un taxi —me dice—. Cierra los ojos si quieres. Podrías haberte hecho daño: hay mucho tráfico.

—¿Yo? ¿Y tú? Parecíamos una ciega guiando a otra ciega —la interrumpo.

Alice se relaja en una carcajada tranquila. Es ella de nuevo. He recuperado a mi amiga.

—Supongo que tienes razón —dice, como si nada hubiese sucedido.

Cuando el taxi nos deja en el Mont Cenis, nos encontramos con Connor en la entrada. Apaga su cigarrillo con el pie, y me doy cuenta de que está incómodo, como si lo hubieran pillado in fraganti, aunque es lo mismo que hace todas las noches. Me detengo para pedirle que me instale una cerradura que solo pueda abrirse y cerrarse desde el interior, y él accede a encargarse de ello.

Al llegar al tercer piso, extiendo mi mano hacia Alice y sujeto su hombro con firmeza.

—Deberías quedarte conmigo.

—Sabes que no puedo. Menos aún después de lo que te pasó anoche. Si vuelve aquí, necesito estar en casa para protegerte.

—Pero eso significa que vendrá por ti.

—Sí, supongo que sí.

24

EMPIEZO POR CERRAR LAS PERSIANAS, LUEGO CORRO LAS CORTINAS. Quiero que la consulta del doctor Allen esté lo más oscura posible; hasta la más mínima sombra podría distraerme.

—No estás descansando bien, Leah… Se nota.

Asiento con la cabeza, me muevo inquieta por la habitación a oscuras y acaricio el damasco de las sillas.

—Tenemos que encontrar una solución. No puedes continuar así: te estás haciendo daño.

Tomo asiento frente al doctor y extiendo agotada los brazos sobre el borde del sillón.

—¿Puedes acabar de decirme qué te pasa? Han pasado diez años desde la última vez que te vi en ese estado.

Diez años. Cuando mamá me hospitalizó. Algo que juró que nunca volvería a hacer, pasara lo que pasara. Trago con fuerza.

—Alice intentó suicidarse.

—¿Lo intentó?

Me confunde cada vez que responde con una pregunta.

—Tenía intención de hacerlo —le explico.

—¿Cómo lo sabes? ¿Te lo ha dicho ella?

Parece nervioso. Yo también estoy un poco nerviosa: flexiono una y otra vez los dedos de la mano derecha. Me levanto, me acerco a la ventana y pienso correr las cortinas, pero decido regresar a la silla.

—La vi.

El doctor Allen se cruza de brazos: está esperando los detalles.

—Era como un fantasma, o una sonámbula. Salió del edificio y yo la seguí.

—Eso podría haber sido peligroso.

—No podía abandonarla. Es mi amiga.

—Pero podrías haber pedido ayuda.

—¿Cómo iba a saber que lo que quería era lanzarse de un puente?

—¡Leah! Tenemos que encontrar una solución a todo esto. No entiendo por qué ahora, justo cuando empezabas a mostrar que puedes ser independiente, has acabado metiéndote en los problemas de una desconocida.

—Alice necesita ayuda.

—No lo dudo, pero tú también la necesitas.

Me acerco a un pequeño espejo que cuelga sobre una estantería llena de expedientes. El espejo está manchado. Veo mi cara fragmentada: la frente partida en dos, un ojo cubierto por una sombra, la boca en una mueca. Esa soy yo, ese es mi reflejo. Debo cambiar la imagen que proyecto para el doctor Allen.

—Pronto podré dormir —digo, y vuelvo a mi asiento. Sonrío y siento la frente despejada—. Alice ha decidido marcharse de Nueva York. Es lo mejor para ella.

—Y tú, ¿qué vas a hacer?

No puedo concentrarme en lo que dice: tengo una sensación extraña. No hay olores, ruidos ni luces que me hostiguen y, sin embargo, un peso me oprime. Comienza en la frente, llega hasta la garganta, de ahí baja al pecho y termina en el estómago. Cuando está a punto de apoderarse de mis piernas, siento que debo huir. Salgo corriendo de la consulta sin despedirme. Cruzo Broadway sin aliento, luego el campus universitario, y me detengo en el paso de peatones de Ámsterdam a esperar el semáforo en verde.

—Todo irá bien —me repito.

El camino de vuelta a mi apartamento se hace interminable. Lleno los pulmones de aire.

Evito el ascensor y cuento uno a uno los escalones para distraerme. Debería bajar al sótano y preguntarle a Connor cuándo va a instalar la cerradura. Oigo voces procedentes del patio interior. Llego al tercer piso y me detengo ante la ventana cubierta por la obstinada hiedra del diablo de la señora Berner. Desde arriba, observo la silueta de la señora Orman aún impresa en el techo de cobre del patio, y un escalofrío me recorre la espalda.

Me detengo en el número 34 y llamo a la puerta. No hay respuesta. Vuelvo a llamar, esta vez con más fuerza. Intento mantener la calma y entro a mi apartamento. Me dejo caer contra la pared del pasillo para intentar al menos sentir a Alice y enviarle un mensaje de consuelo. Dejo mi bolso en el piso, me levanto con la intención de ir a la sala y buscarla en la calle a través de las puertas francesas. Quizás haya bajado al parque.

Cuando me acerco al final del pasillo, distingo una mano sobre la alfombra del salón. Me muevo con cautela. ¿Será Alice? ¿Se habrá refugiado aquí? ¿Michael la habrá atacado?

Me aproximo, aterrada, con los ojos cerrados, y al abrirlos dejo escapar un grito:

—¡Antonia!

Está tumbada boca arriba, con la mano derecha cruzada sobre el pecho. Sollozando, le palpo el rostro y veo que le cuesta respirar.

Antonia responde con un gesto débil, no tiene fuerzas para hacer nada más. Me apresuro a buscar el teléfono y llamo al 911, y después a Alejo, su marido.

—No te preocupes, los paramédicos llegarán pronto. He llamado a Alejo. No hables, no hagas ningún esfuerzo —intento consolarla.

Estamos en una habitación de hospital. Antonia ha sufrido un infarto. El viaje en ambulancia duró solo un par de minutos: el hospital está a la vuelta de la esquina del Mont Cenis. La mujer que me ha cuidado desde que tengo uso de razón yace aquí, inconsciente, conectada a todo tipo de máquinas. Es un espectáculo desconcertante. Me duermo en una silla junto a su cama.

Al despertar, Alejo está de pie en la puerta con una botella de agua. La última vez que lo vi era un hombre imponente. Ahora está encorvado, tiene las cejas muy pobladas y las comisuras de sus labios luchan contra la gravedad del hastío.

—Es hora de que vayas a casa a descansar —me dice con dulzura—. Gracias por cuidar de mi vieja.

Siento respirar a Antonia sobre el sonido de los monitores que registran los latidos de su corazón y el goteo del líquido espeso de un suero intravenoso.

Con la imagen de Alejo todavía en los ojos, tengo la impresión de que todos a mi alrededor envejecen, menguan, se secan. Sostengo la mano cálida de Antonia. Me inclino hacia ella, veo que está despierta y sonríe: sus ojos están cansados, pero parece contenta, cómoda. Soy incapaz de contener las lágrimas y la abrazo con cuidado. No quiero hacerle daño. Sollozo en su cuello.

—Antonia, eres todo lo que me queda… No puedes abandonarme.

Puedo sentir el latido fuerte y constante de su corazón. Está viva. Es todo lo que necesito.

—Nos has dado un buen susto, cariño —oigo que le susurra al oído Alejo a su mujer.

—Todavía hay Antonia para rato —dice ella, al tiempo que levanta la cabeza con cuidado de no desconectar ninguno de los cables que la mantienen viva.

En ese instante se lamenta, adolorida. Mi pobre Antonia…

—¿Quieres que llame a la enfermera? —le pregunto.

La imagen de una Antonia sonriente aún ocupa mis ojos.

—Mi niña, el dolor siempre estará ahí, nunca se cansa. —La voz de Antonia va y viene al ritmo de los latidos de su corazón—. Una vez que te has familiarizado con él, el dolor nunca te abandona.

Me quedo a su lado día y noche durante una semana, yendo a casa solo para ducharme y cambiarme de ropa. Me acostumbro a evitar los suspiros y sollozos de los otros pacientes y sus visitas. Necesito paz, no tristeza. Quiero toda mi energía concentrada en Antonia, la persona que más quiero.

Cuando recibe el alta del hospital, convenzo a Alejo de que es mejor que ella se recupere en casa conmigo. Al fin y al cabo, el hospital está cerca, y podría incluso ir andando si se encuentra mal o necesita ir a una revisión. Aunque los médicos dicen que el infarto no le ha causado daños permanentes, continúa frágil. Necesita descansar, recuperar fuerzas y, sobre todo, que alguien la cuide, aun cuando yo no pueda verla cuando se mueve.

Alejo accedió y, desde que cuido a Antonia, las voces de mis vecinos han desaparecido y los olores se han vuelto menos invasivos. Alice ha pasado a un olvido confuso. El apartamento 34 sigue vacío. Quizás haya dejado realmente la ciudad. Quizás haya regresado a casa, a Springfield.

Mi sueño mejora. Duermo casi nueve horas cada noche y puedo concentrarme más que nunca en escribir mis historias. Incluso, gracias a mis fotografías, mis seguidores en Instagram han aumentado. De alguna manera, me siento distinta. Cuidar de alguien me hace sentir más segura.

Una tarde, cuando el repartidor de comida, con su olor a sol, me acarició el brazo, me atreví a invitarlo a pasar.

—Me llamo Pete —dice.

El retrato que antes me hice de él tiene ahora un nombre. Ya no será simplemente "el repartidor" cuya sonrisa me arrulla cada noche.

Tomamos té y comemos galletas en el comedor. Antonia, de espaldas a nosotros en el sofá, teje una bufanda.

Me doy cuenta de que está atenta a nuestra conversación, y la siento contenta de que su pequeña se aventure a un primer encuentro con un extraño y olvide a la vecina.

—Así que estudias periodismo… —comento, al tiempo que me doy cuenta de que debo ser al menos seis o siete años mayor que él. No estoy acostumbrada, no sé cómo conducir una conversación.

—Termino en dos semanas, y luego me voy a DC —responde, orgulloso—. Voy a hacer unas prácticas.

—Vaya, después de tanto tiempo, por fin te presentas, ¿y ya te vas? —bromeo sin pensar, y me río para disimular mi nerviosismo. Percibo que Pete se contrae.

—Yo quiero estudiar fotografía —continúo.

—Sí, claro, sería genial —responde él. Cree que sigo bromeando.

—Lo que no distingo es el movimiento, Pete —le explico—. Ahora mismo, por ejemplo, puedo distinguir tu cara, pero no tus brazos, porque no dejas de moverlos.

Pete ríe de buena gana y bebe un sorbo de té. Su teléfono vibra en la mesa. Revisa sus mensajes.

—Lo siento, pero tengo que volver al trabajo…

—Oh, no te preocupes, comprendo. Te acompaño a la puerta —respondo, y siento la mirada de Antonia clavada en mí.

En el umbral de la puerta, Pete se detiene frente a mí y me da un abrazo.

—Nos vemos, Leah.

Lo escucho entrar al ascensor, aunque en mi retina está aún a mi lado, en un abrazo sostenido, sin querer despedirse. Entonces escucho a Antonia y corro ansiosa hacia ella. La encuentro de pie en la cocina, fregando tranquila.

—Déjalo. Yo me encargo —le digo.

—Me haces sentir inútil.

—Solo quiero que descanses. Y mañana, creo que deberías llevarme al jardín de St. John the Divine, como cuando era niña.

—Leah, ¿quién va a llevar a quién? Hace mucho que puedes ir sola.

—Pero contigo es diferente.

—Entonces, tú me llevarás.

25

El viernes que Antonia deja el Mont Cenis, regresan las voces al edificio.

La acompaño hasta el taxi y veo a dos hombres que me observan desde el otro lado de la avenida, pero los aparto de mi mente. Debo concentrarme en Antonia. Me preocupa que Alejo no tenga fuerzas para cuidarla. Lo más probable es que sea ella quien se ocupe de él al llegar a casa.

—Alejo me necesita, Leah —dice, resignada—. El viejo me echa de menos.

Abro la puerta del taxi y la ayudo a subir, despacio.

Cuando me inclino para darle un beso, Antonia me susurra al oído:

—Tu vecina ha regresado. Ahora mismo nos vigila desde su balcón.

La noticia me sorprende. Si en todos estos días no ha aparecido el marido, y no la hemos oído pedir ayuda ni sollozar, debe significar que el divorcio se ha consumado.

El taxímetro se activa.

Estoy a punto de suplicarle a Antonia que no se vaya, que no me deje sola. Finalmente consigo ver lo que ella ha visto todo el tiempo: que Alice no es buena para mí, que no puedo ayudarla, que volver a meterme entre ella y su marido podría ocasionarme un daño irreparable.

Cuando el taxi se marcha, un vacío que ocupa las calles, e incluso los robles de la acera, se apodera de mí. Y con él, una ausencia de sonido densa e inquietante. Una especie de barrera que debo atravesar para poder cruzar el umbral del Mont Cenis. Me escudo con la imagen de Antonia, su abrazo, su mirada protectora.

Al abrir la puerta principal, un torrente de voces se libera: *Van a cambiar las ventanas del edificio. Apuesto a que nos hacen pagar por ellas.*

Si siguen con las reparaciones en el 22, tendremos que mudarnos. El techo nos va a caer encima.

¡Ay, eso duele! Suéltame.

Al salir del ascensor, percibo a Alice detrás de su puerta, mirando por el visor.

Me acerco a la entrada de nuestros apartamentos y observo una pequeña grieta en la pared. Escucho a Alice mover el cerrojo. La puerta se abre lentamente y la luz del pasillo deja ver un hombro, luego el brazo de Alice, sus manos. Aún no puedo distinguir su rostro.

—Se acabó —dice.

Coloco la llave en la cerradura, la hago girar con todas mis fuerzas y sonrío.

—Qué maravilla. Ya era hora. ¿Lo ves? Todo tiene solución.

—Leah…

Aún con la llave en la mano, me doy la vuelta. Mi sonrisa es tan amplia que lastima.

—¿Ya firmó el divorcio? —pregunto.

—Tiene todos los documentos y los ha aceptado. Me los devolverá firmados dentro de unos días. Ya entendió que no hay vuelta atrás, que cada uno tiene que seguir su camino.

No sé qué decirle, debe notarme incómoda. Me siento incómoda.

—Ya no hay razón para preocuparse, Leah —continúa—. Siento mucho haberte involucrado en esto… De verdad, de verdad que lo siento.

—No fue culpa tuya. ¿Qué otra cosa podías hacer? Lo bueno es que por fin nos va a dejar… Quiero decir… —tartamudeo— que por fin te va a dejar en paz.

—Dice mi abogado que lo notó tranquilo.

Quiero decirle: *No confíes en él. Eres muy ingenua y sabes cómo es cuando bebe. Estoy segura de que cuando habló con el abogado no tenía ni una gota de alcohol en el cuerpo.* Pero, en cambio, respondo:

—Me alegro mucho por ti.

—Deberíamos irnos de viaje —propone con entusiasmo e interrumpe mis pensamientos.

—¿De vuelta a Woodstock…?

—No, Leah, a París. Tenemos que ir allí este verano. Te lo debo. Para entonces, esta pesadilla habrá terminado. Una vez firmados los documentos, me dejará en paz para siempre.

—Entonces tendré que sacar mi pasaporte —digo, y me imagino nuestra habitación de hotel mirando al Sena.

—Bien. Comienza a hacer los trámites mañana mismo.

Un hedor corre veloz por el pasillo y muevo la cabeza hacia atrás con asco.

—Es la mujer del 32 —explico—. Debe estar sacando la arena del gato. Deja que se acumule demasiado antes de limpiarla.

A Alice aún no le ha llegado el olor a podredumbre.

—Viene de allá —digo y señalo el final del pasillo.

Sonrío de nuevo al abrir la puerta y siento la mano de Alice en mi brazo.

—No habría sobrevivido esto sin ti — me dice.

Asiento con la cabeza y cierro la puerta tras de mí. Por suerte, el hedor se ha quedado fuera, pero a medida que avanzo por el pasillo comienzo a sentir los primeros vestigios de una esencia que creí haber dejado atrás: la bergamota.

26

—Aquí cualquiera puede tener acceso a las llaves de los apartamentos, Connor.

Mi voz rebota en las paredes del sótano. Sueno histérica.

—Nadie tiene acceso a las llaves —protesta Connor.

—Lo siento —respondo, esta vez calmada—. Eso espero.

—No creo que nadie haya entrado a tu apartamento.

—¿Cómo puedes estar tan seguro?

—Si lo han hecho, deberías llamar a la policía.

—¿Y el cuchillo?

—¿Qué cuchillo? —pregunta, intrigado.

—Me dijiste que comprara un cuchillo. Y ahora dudas de que alguien haya entrado en mi apartamento.

—Oh Cristo, solo estaba bromeando, Leah. Esta no es una de las novelas de misterio que dejan los vecinos en el sótano. —Parece molesto, escucho con más claridad su acento irlandés—. En todo caso, se lo estaba recomendando a Alice. Ella es la que tiene un marido que, al parecer, la acosa.

Intento no pestañear durante al menos un minuto, mientras pienso qué decirle. Entre su olor a nicotina y el silbido irritante que brota de su nariz, las imágenes en mi cerebro comienzan a confundirse y, como siempre, termino desorientada.

El elevador se detiene. La puerta se abre y me llega la esencia de Olivia. Arrastra un cesto de ropa sucia.

—Déjame ayudarte —le digo, de espaldas a Connor, a quien un cigarrillo apagado le cuelga de los labios.

—¿Y ustedes que se traen? —me pregunta la anciana mientras la acompaño a la lavandería.

—Necesito que acabe de instalar una nueva cerradura que abra y cierre por dentro con llave.

—Connor trabaja cuando le apetece, Leah. O más bien, cuando está bajo los efectos de un trago… o de dos. Sin alcohol es un gruñón.

—No es tan malo, Olivia…

—Recuerda mis palabras: un hombre que juega con una mujer casada no es de fiar. No es más que un tonto.

Entramos en la lavandería y busco el interruptor de la luz. El olor a detergente me agobia. Me despido de Olivia:

—Subiré en un rato a cenar…

De vuelta al ascensor, escucho un estruendo metálico proveniente del cuarto donde se guarda sal para los días de nieve.

—¿Connor?

Me asomo al interior del cuarto que llaman el cementerio de las bicicletas, y no veo más que un amasijo de aluminio y neumáticos. Alguien ha estado escuchándonos. Entro en el ascensor y mantengo la mirada fija en la ventanilla ovalada de la puerta.

Mi conversación con Connor me ha turbado. Ahora sé que debo buscar pruebas, algo que demuestre que han estado entrando en mi apartamento. Debe haber una razón para mi miedo.

Alguien me persigue; alguien ha invadido mi hogar; alguien está decidido a robarme el sueño hasta que el miedo me venza.

El daguerrotipo.

—¿Quién en su sano juicio enviaría algo tan siniestro a una mujer que no puede ver? —me pregunto en voz alta.

Lo busco en mi bolso sin hallarlo. ¿Lo habré dejado en la librería? De repente me asaltan las dudas. ¿Existió alguna vez el daguerrotipo? ¿Cómo he podido perderlo? Nadie en el edificio se ha quejado de que hayan entrado a sus apartamentos a la fuerza. Eso es lo que quieren: hacerme pensar que estoy loca.

Sentía toda la sangre del cuerpo concentrada en mi cabeza, a punto de explotar. Entro al apartamento y voy directamente al baño. Me echo agua fría en la cara. Ahora mi cabello parece aún más negro. Me detengo frente al espejo durante varios minutos. Salgo al pasillo y me siento perdida, ¿qué hacer?

Una hora más tarde, subo a cenar con Olivia y empiezo a darme cuenta de que, en realidad, mis dudas son buenas noticias, ¿no? Si nadie entró en mi apartamento, eso significa que nadie me forzó en la cama hasta casi asfixiarme. Nadie dejó en mi buzón el daguerrotipo de una niña ciega. El hombre de la bergamota es una ilusión y, si es una ilusión, Alice y Michael también lo son.

Aun así, el olor de la bergamota es una realidad física que no me abandona.

En el descanso de las escaleras del cuarto piso, ya me recibe el aroma del pan recién horneado de Olivia. En el quinto, abro y cierro bien los ojos para cerciorarme de que nadie me ha seguido. No escucho pasos, estoy sola, me repito y respiro profundo. Necesito entrar relajada, no quiero que Olivia me vea inquieta.

Entro al apartamento en penumbras. Nada ha cambiado: el mismo mantel extendido sobre la mesa, las estanterías intactas y llenas de polvo, como si Olivia esperara que la señora Elman pudiera aparecer en cualquier momento. Es su manera de sobrellevar el dolor. Finge estar tranquila, pero en realidad está desamparada. Ha mantenido la tradición de las velas de la señora Elman, que encendemos juntas. Olivia tararea una melodía mientras pone la mesa. Parece relajada, a pesar de su soledad.

La sopa hierve. Veo el vapor sostenido como en una espiral. Me deleito con el olor del pan trenzado. Lo saboreo.

—No te fíes de ese Connor —me advierte Olivia de repente.

La distingo de pie, en la entrada de la cocina.

—Nunca te fíes de un borracho. Estoy segura de que, en lugar de café, ese hombre toma una línea de whisky todas las mañanas.

—No exageres, Olivia. Creo que fui demasiado dura con él. Me aterra pensar que cualquiera tenga acceso a las llaves de nuestros apartamentos. En un descuido, quién sabe si deja abierta su oficina y entra un desconocido. Pero tienes razón, a estas alturas no me fío de nada, ni de mis pensamientos.

—Bueno, espero que ya no estés tan preocupada por esa mujer. Un divorcio nunca es fácil, pero ese es su problema, no el tuyo. Bastante tenemos con los nuestros.

Confirmado: Alice existe.

—Alice va a estar bien —afirmo con confianza—. Soy yo quien necesita recuperarse. Apenas he dormido.

—Alice es una de esas mujeres que necesitan tener a alguien pendiente de ellas todo el tiempo —continúa Olivia—. Debió ser una chica popular en el colegio, quizás incluso la favorita de la clase. Ahora, que se ha separado de su marido, se siente olvidada.

Algunas personas no saben estar solas y ven peligro donde no lo hay. Creo que es lo que le pasa a ella.

Me da un apretón en la mano al pasar junto a mí de regreso a la cocina.

No, pienso para mis adentros. Esa no es Alice en absoluto. Ella es, de hecho, independiente y decidida. Es inteligente, es guapa, es todo lo que yo desearía ser. Escapó de la vida de pueblo y se mudó a Nueva York por su cuenta. Abandonó sus estudios porque encontró al hombre con el que quería formar una familia. Viajó por el mundo con él, hasta que la bebida los distanció. Hoy, haría cualquier cosa para escapar de él.

—Olivia, no es fácil tratar con un marido alcohólico y abusador —aclaro.

—¡No hay hombre en la tierra que se atreva a levantarme una mano! —gruñe ella.

En ese momento, siento vibrar mi móvil en el bolsillo. Es un mensaje de Alice: *Mañana vamos a una exposición. Te gustará.*

Debería decirle que no, que ya tengo planes. Pero ella sabe que nunca tengo planes.

Después de cenar nos sentamos en la sala. Al ver que comenzaba a cabecear, me despido de ella.

Ha desaparecido el miedo, me repito. Ahora me siento limpia, lúcida, como si hubiera podido deshacerme de las preocupaciones con agua y jabón. Alice me manda otro mensaje. Es un enlace para la solicitud del pasaporte.

Estoy decidida a dormir en paz, sin miedo. Me acuesto y, antes de apagar la luz, le escribo a Alice: *Que duermas bien. Hasta mañana.*

Al día siguiente despierto fresca, llena de energía. Imprimo los formularios y empiezo a rellenarlos con cuidado. Cuando termino, busco en el armario de mi antigua habitación una caja que contiene documentos importantes. Al abrirla, lo primero que veo es el certificado de defunción de mi padre: *Sobredosis.*

Debajo están los certificados de nacimiento de mis padres; al fondo, el mío.

Me pongo la americana azul marino de mi padre y me dirijo al Ivy League Stationers & Printers, en Broadway y la calle 116. Cada vez que paso por ahí, veo en la acera el cartel que anuncia las fotos de pasaporte.

Cuando me ve entrar, el chico que está detrás del mostrador sonríe como si me conociera. Se acerca a mí y me toma del brazo.

—¿En qué puedo ayudarte?

—Voy a solicitar un pasaporte.

—¡Fotos! Necesitas un buen fotógrafo. A ver, siéntate aquí. Me señala una banqueta. Cierro los ojos y dejo que me conduzca.

—¿Lista?

Abro los ojos y siento que el chico se acerca a mí.

—Descúbrete las orejas.

No reacciono. Con delicadeza, el chico me coloca el pelo detrás de la oreja derecha.

—Ya está.

Un destello me hace saltar.

—Dame unos minutos —dice el chico.

Permanezco inmóvil. Abro y cierro los ojos y veo que en la pared frente a mí hay varias fotos de pasaporte, una junto a la otra. Al final de la serie, reconozco la cara de Alice.

—Aquí tienes.

Pago, me dirijo a la oficina de correos y envío desde allí el formulario con las fotos.

Alice también ha solicitado recientemente su pasaporte. Creí que tenía uno aún válido. Tal vez Michael lo retuvo y ella tuvo que declararlo perdido. Tal vez está planeando huir.

Llego a casa agotada y me refugio en la cama. Solo me quedan horas para reponerme.

27

DEBERÍA HABERME QUEDADO EN CASA, PERO YA ESTAMOS EN UN TAXI.
Supe que era un error cuando me desperté febril y con retortijones en el estómago, como si un monstruo me devorara por dentro. No había olores en el apartamento. Tampoco ruidos.

Recuerdo que fui al baño y me desplomé sobre las baldosas. Al borde de un ataque de pánico, vomité varias veces. Algo pasaba en mi cuerpo. Me eché agua fría en la cara, me enjuagué la boca y llené un vaso con hielo. Ansiaba el frío. Tenía los labios secos y agrietados. Dejé que un trozo de hielo se derritiera debajo de la lengua.

Me sentí un poco mejor y volví a la cama, amontoné varias almohadas para mantener la cabeza levantada. Estaba temblando. Intenté ahuyentar malos pensamientos y sentimientos de culpa. Se me haría tarde.

Me visto lo más rápido que puedo.

En el taxi con Alice, empiezo a cabecear.

—¿Tampoco pudiste dormir anoche, Leah? —me pregunta.

—Estoy un poco mareada —respondo, con la cabeza apoyada en la ventanilla—. ¿Falta mucho?

—Deberíamos haber tomado el metro. El tráfico es espantoso a esta hora del día.

—También podríamos caminar.

—Pero te veo muy cansada.

—No te preocupes por mí. Que el taxi se acerque lo más que pueda, y a partir de ahí podemos ir andando. Además, en el auto me mareo un poco.

Saco una cinta del bolso y me recojo el pelo. Levanto la vista, Alice me sonríe.

—Me encanta cuando te recoges el pelo. Tus pecas resaltan —me dice, y me toca la punta de la nariz con el dedo índice.

—Gracias —tartamudeo.

Bajamos del taxi en la esquina de la octava avenida y la calle 48, y nos dirigimos hacia el este. Camino deprisa, intentando ignorar el ruido y los cuerpos que se abalanzan contra mí. Estamos en medio de Times Square. Una estela de luz cubre los rascacielos y convierte los coches en un mar brillante y helado. Cierro los ojos y me apoyo en Alice.

—Ya estamos llegando —me asegura.

Entramos por unas puertas de cristal al Hotel Marriot y subimos una escalera. Me dejo llevar, como solía hacer cuando mi madre vivía. Doy pasos vacilantes y me guio por los golpes de mi nuevo bastón blanco. Percibo que la gente me mira con curiosidad.

—Ya tengo las entradas —exclama triunfante Alice.

—Lo siento, podría haberlas pagado.

—Eres mi invitada, Leah. Vamos. —Me toma del brazo—. Michael coleccionaba daguerrotipos, y algunos eran muy valiosos. Esas fotos me fascinan. Me encanta inventar historias sobre las personas que aparecen en ellas.

Siento un escalofrío. Entonces debe haber sido Michael quien dejó la imagen de la niña ciega en mi buzón. Michael.

Entramos en otra habitación, escucho los acordes de un piano. Las notas se alargan y se detienen en una manera que hace vibrar el aire. La gente entra a la sala en silencio, como si ingresaran en un templo. Cuando abro los ojos, estoy ante un cartel: *The Daguerrian Society*.

—Se reúnen todos los años —me explica Alice—. Vienen coleccionistas de todas partes del mundo.

Pronto me envuelven olores a alcanfor, polvo y sudor. Los daguerrotipos, casi todos presentados en decenas dentro de un mismo marco, son muy pequeños, y desde lejos resultan casi indescifrables. Aparecen en diferentes niveles, de modo que hay que detenerse y mirar hacia arriba y hacia abajo, antes de pasar al siguiente grupo. Algunas personas utilizan lupas para examinar los detalles de las imágenes centenarias. En el centro de la sala hay una mesa con los documentos para inscribirse en una subasta.

No puedo dejar de parpadear para poder concebir el espacio que me rodea.

—¿No crees que son preciosos? —pregunta Alice por detrás de mi hombro. Estoy demasiado abrumada para responder.

—Leah, ¿estás bien?

¿Dónde me ha traído? Quiero preguntarle, pero en cambio asiento con la cabeza y continúo. Abro y cierro los ojos mientras paso de un daguerrotipo a otro. No me detengo a examinarlos: los detalles no me interesan. Busco a una niña de pelo blanco, vestida de encaje. Una niña sin ojos.

—¿Te agobia la multitud? —me pregunta Alice—. Yo me siento más segura rodeada de desconocidos.

Llego ante la imagen de una mujer vestida de negro. Lleva un sombrero elegante y su mirada es severa. No veo nada de especial en la fotografía, pero otros espectadores también se detienen a admirarla.

—Este es mi favorito —le escucho decir a un hombre detrás de mí—. Me imagino que debió de estar mucho tiempo delante de la cámara, sosteniendo la respiración, sin moverse. Luego tuvieron que encontrar la combinación exacta de mercurio y plata para procesar la imagen. Alquimia —dice. Lo imagino alto y canoso.

—¿Por qué me has traído aquí? —le pregunto a Alice de repente.

—Pensé que podría interesarte, pero si quieres, nos podemos ir.

—¿Y por qué iban a interesarme estas fotos?

—Vámonos. No quería…

—Hoy estoy un poco confundida, no me siento bien —la interrumpo—. Lo siento.

—Comprendo. Vámonos a casa, Leah.

—¡No! Si ya me trajiste hasta aquí, al menos vamos a ver la subasta.

Avanzamos entre la multitud y entramos a la zona de los remates. Me detengo en un daguerrotipo expuesto bajo una urna de cristal. Un haz de luz lo ilumina y revela un extraño conjunto de rostros. Parece una familia de cinco miembros: padre, madre y tres hijos. Un niño tiene un perro en el regazo. Todos van vestidos de negro, excepto el bebé, que va de blanco.

—¿Por qué tienen los ojos cerrados? —pregunto en voz baja a nadie en particular—. Hasta el perro los tiene cerrados.

—Los niños habían muerto de cólera —me explica una mujer—. Los padres posaron para la fotografía como si también ellos estuvieran muertos. Los padres se quitaron la vida poco después de que se tomara la imagen.

—Qué horror —me susurra Alice.

Un hombre a su lado interviene:

—Es una pieza casi perfecta. Y el tamaño también. Es raro encontrar un daguerrotipo con esas dimensiones.

—Creo que deberíamos irnos —me dice Alice, nerviosa.

Me toma de la mano y me arrastra. Huimos.

28

CENAMOS EN UNA PIZZERÍA ABARROTADA DE TURISTAS. ME PREGUNTO por qué no podríamos haber regresado a nuestro barrio, pero tengo la sensación de que Alice quiere estar alejada de su casa. Por suerte, regresamos en metro al Mont Cenis.

Como de costumbre, Connor fuma un cigarrillo en la entrada del edificio. Al vernos, desaparece por la puerta lateral de servicio que conduce a su cueva.

Cuando llegamos al tercer piso, olfateo con discreción en busca de cualquier rastro de bergamota. No hay. Alice duda al introducir la llave en su cerradura, así que la invito a tomar una taza de té.

El aroma de manzanilla con azahar inunda el salón. Busco el frasco ámbar de Aguas Celestiales de Antonia y, sin que ella lo note, dejo caer una, dos, tres gotas en la taza de Alice. Un poco más. Quizás es demasiado, pero sé que la va a ayudar a sentirse más relajada. Sentada en el sofá, apoya la cabeza en mi hombro. Observo mi té, sólido como una gelatina, y en el fondo de la taza puedo divisar que las hojas de manzanilla han formado un ojo perfecto.

Bebo un sorbo. Al parpadear, el ojo se ha desintegrado.

—¿Por qué no te vas a casa y pasas un tiempo con tu familia hasta que finalice el divorcio? —le sugiero.

—No es una opción.

Alice se levanta del sofá, va a la cocina y deja su taza de té vacía en el fregadero. Se lleva la mano a la frente. No me atrevo a preguntarle por la prima de Filadelfia.

—¿Te duele la cabeza?

—Tan solo acercarme al edificio, me hace sentir mal —responde—. El estrés, supongo. Pero volver a casa sería un infierno. Ese pueblo me ahoga, Leah. Además, no confío en mi madre. Probablemente se pondría de parte de Michael, me culparía de la ruptura. Intentaría convencerme de que me quedara con él. Se ha pasado la vida culpándome de que mi padre nos dejara, porque decía que cuando era bebé yo me pasaba el día llorando. Está convencida de haberse quedado sola por mi culpa.

Se detiene para darme un beso en la mejilla de camino a la puerta. Luego busca algo en su bolso y me extiende la mano.

—Desde hace tiempo quería que tuvieras una copia —dice, y me entrega una llave—. Nunca se sabe…

Tras un portazo, entra en su apartamento. Me acerco al pasillo y coloco las manos en la pared, mis fosas nasales aletean mientras escucho. Me convenzo de que está sola. Por el momento, se encuentra fuera de peligro.

Voy al baño y me miro de pie frente al espejo. Me viene a la mente la imagen de la familia del daguerrotipo. Imagino al marido y a la mujer posando junto a sus hijos muertos, forzados a la quietud, minuto tras minuto en agonía. El más mínimo movimiento habría arruinado la imagen. Con los ojos cerrados, llego a sentir el olor de los vapores de mercurio que desprendían las planchas de cobre.

Abro los ojos y muevo la cabeza de un lado a otro. El espejo parece derretirse. Parpadeo y permanezco inmóvil, pero no consigo ver mi reflejo. En su lugar, reconozco el rostro de Alice que me devuelve la mirada. En un instante, la imagen se evapora y el espejo se oscurece. Abro y cierro los ojos hasta que logro distinguir a Alice al fondo, tendida en un mar de sangre. La rodean emulsiones rojas de mercurio y plata. Como un daguerrotipo.

29

TEMO QUE MICHAEL VUELVA A FORZAR MI CERRADURA O ENCUENTRE
una forma de entrar al apartamento. Otra noche sin dormir. Aun
así, respondo la llamada de Antonia y hago todo lo posible por no
preocuparla: Sí, he comido. Sí, he dormido. Incluso estoy leyendo
un libro que no tiene nada que ver con la ceguera, una novela
sobre el fotógrafo Louis Daguerre. No, no he visto a Alice. Sí, el
apartamento está limpio y ordenado. Sí, he ido a ver al doctor
Allen.

Solo una parte es verdad. Ella lo debe haber intuido, me conoce demasiado bien. Hace dos o tres semanas que no veo al
doctor Allen. Llevo varias noches sin dormir, no estoy segura
cuántas. Alice se fue hace dos días, no sé adónde, no me lo dijo,
y no me atreví a preguntarle. ¿Por qué no confía en mí? Tal vez
intenta protegerme.

Estoy ansiosa. Me gustaría desaparecer en un libro, pero apenas puedo concentrarme.

Siento el cabello denso. Una ducha me vendría bien. Estoy
muy rígida, quizás debería gritar, saltar o estirarme. Debo hacer
algo o me volveré loca. Una ducha. Sí, una ducha me vendrá bien.

Abro los ojos y estoy tumbada en la cama. Debo haberme quedado dormida. Reviso mi teléfono, es pasada la medianoche. No he comido, pero no tengo hambre. Escucho voces que vienen de abajo, quién sabe si de la calle.

Tengo un mal presentimiento sobre esa mujer.

¿La voz viene del apartamento 31? ¿Es la señora Bemer?

He visto a un hombre entrar y salir de su apartamento. Se queda durante horas. No creo que sea su marido. Es un tipo joven.

De repente, se me ocurre que podría ser Pete. No, él está en DC. A menos que me estuviera mintiendo. Y nunca le he sentido olor a bergamota. Aun así, podría haber conocido a Alice, ha venido muchas veces al edificio. Basta, me digo, estás comportándote de manera absurda.

La vi entrando en el parque por la noche. Esa mujer no está bien de la cabeza.

Así que no era un sueño. Alice estaba en el parque con un vestido rojo.

Anda con Leah todo el tiempo. Apuesto a que quiere el dinero de la pobre ciega.

Pobre ciega. ¿Por qué tienen que verme siempre así?

Siento moverse el picaporte de la puerta principal. El metal cruje. Alguien intenta forzar la cerradura, pero sé que esta vez no van a poder entrar: por fin han instalado la cerradura interior y pasé también la cadena de seguridad. Vivo en una fortaleza impenetrable.

Me tiro de la cama. El pasillo está velado por los fantasmas de los daguerrotipos. La puerta de mi apartamento brilla como un espejo en el que veo el reflejo de Alice con la cara llena de arrugas. Cierro los ojos, corro hacia las puertas francesas, las abro y dejo que entren las gotas de lluvia helada.

En el parque, bajo la farola, están de pie Alice y Connor. Van tomados de la mano y me observan. Me dan la espalda y se besan. Parpadeo y Michael se ha unido a ellos, pero no tiene rostro. Donde deberían estar sus ojos hay una sombra blanca. El olor a bergamota flota en el aire y serpentea por las ramas del Boston Ivy hasta llegar a mi balcón. Me envuelve el maldito olor, como si me ahogara. Con otro esfuerzo, soy capaz de comenzar a distinguir a Michael en las tinieblas. Justo cuando mis ojos logran enfocarlo, Alice me lanza un velo blanco sobre la cabeza y me bloquea la vista.

Me despierto angustiada. Han regresado las pesadillas.

30

DESPIERTO ENVUELTA EN EL EDREDÓN BLANCO, DESNUDA, CON EL pelo sudoroso. Hay libros esparcidos por el suelo y una botella de agua vacía sobre la cama. ¿Cuántas horas he dormido? La última vez que miré por la ventana amanecía; ahora, el sol se está poniendo. Finalmente he descansado. Al menos, así parece. No recuerdo cuándo fue la última vez que probé un bocado, pero me siento llena de energía. Me levanto y lleno la bañera de agua caliente. El vapor es una masa sólida que flota en la superficie irregular. Vierto en el agua sales violetas. Me veo reflejada en los círculos creados por los cristales de sal, que en mis ojos se niegan a disolverse.

Me sumerjo en la bañera. Aguanto la respiración bajo el agua, abro los ojos y regreso a la superficie.

Es hora de reanudar mi rutina: leer, escribir, hacer fotos, publicar en Internet, ir a Book Culture, ver al doctor Allen. Antonia estará de vuelta la semana próxima y todo regresará a la normalidad.

Espero que Alice abandone la ciudad para siempre. Sería lo mejor para las dos.

Después del baño, me preparo una taza de té y me acomodo para leer en el sofá del salón. Tomo un libro al azar: *Toda la luz que no podemos ver*.

Una vez tuve un padre como el de este libro, que me enseñó todas las esquinas de la ciudad. Pero eso fue antes de quedarme ciega, como la heroína de la novela.

Corro a abrir la puerta cuando llega mi cena y hoy, tras la puerta, me espera un hombre mayor que apesta a tabaco y ajo.

Pasan las horas y acabo por dormirme de nuevo en el sofá, con el libro abierto sobre el regazo. Un fragor seco me despierta. Abro los ojos, pero no se escucha nada más. Las voces han desaparecido; todos en el edificio deben dormir a estas horas. Cierro el libro y me dirijo hacia mi dormitorio cuando un estruendo me sacude. Es como si alguien intentara derribar la pared del pasillo principal.

El suelo tiembla, la vibración me perfora las plantas de los pies. Los golpes se detienen. Intento escuchar una voz, un quejido. Nada. Camino en dirección a mi dormitorio, aún con la mano apoyada en la pared. No quiero perder el contacto. Entro a la habitación y me siento en la cama. Cierro los ojos para concentrarme, para percibir el más mínimo suspiro. Agito las fosas nasales: solo necesito una esencia que acelere mis sentidos. Espero otro estallido, pero el silencio es desconcertante. Tengo las palmas de las manos húmedas. Siento cada latido en las yemas de los dedos, en el pecho, en las sienes.

Me tumbo e intento pensar en otra cosa. Decido bloquear toda sensación y olvidar lo que acabo de escuchar al otro lado de la pared del pasillo. Es posible que el fragor viniera del piso de arriba o del de abajo, o tal vez de la calle. No sería la primera vez que me equivoco.

Regreso a la cama y enciendo el aire acondicionado al máximo, con la esperanza de que el ruido del motor ahogue cualquier otro sonido, pero es demasiado tarde: a estas alturas, todos mis sentidos están en alerta.

Percibo una ligera vibración en las tablas del suelo de roble, pero insisto en escuchar solo el aire acondicionado y los latidos de mi corazón. Los cuento, uno a uno, para calmarme.

Un grito me sobresalta. Los pasos sobre la madera se intensifican, como si fueran parte de una batalla. Otro grito, y el sonido de golpes secos, esta vez contra la pared. Tiemblo bajo el edredón; no quiero escuchar. No quiero saber nada de lo que sucede a mi alrededor. Hasta que escucho mi nombre:

—¡Leah!

Después, solo sollozos, y alguien que intenta gritar y no puede, como si le estuvieran cubriendo la boca a la fuerza.

Corro hacia el pasillo. Los gritos vienen del otro lado de la pared. No estoy soñando. Me pellizco para comprobarlo.

En silencio, me acerco a la pared. Extiendo la mano sobre la superficie, como si fuese mi oído.

—¡Leah! —escucho de nuevo. Una llamada de auxilio.

Esto no está sucediendo, me digo. Estoy dormida. Estoy completamente sola.

—¡Suéltame! —escucho ahora.

Distingo forcejeos y golpes. Un cuerpo lanzado contra la pared vuelve a estremecer el pasillo. Luego, otro silencio. Aún necesito otra señal para comprobar si lo que siento es realidad o pesadilla. Soy yo la única que lo percibe. Si estuviese ocurriendo de verdad, si alguien estuviese pidiendo ayuda, otros vecinos también lo escucharían. El estrépito hubiese despertado a todos los habitantes del edificio.

Entonces, otro grito ahogado atraviesa la pared:

—¡Ayúdenme!

En un segundo, corro a mi dormitorio y busco la llave que me entregó Alice. Está en la gaveta de mi mesa de noche, y a su lado está el cuchillo. No hay tiempo para calcular ni pensar. Como si una fuerza externa me guiara, corro de mi dormitorio al pasillo, abro la puerta principal, e introduzco la llave en la cerradura de mi vecina. Entro. En la oscuridad, y a causa del fulgor que proviene de la puerta abierta, solo alcanzo a distinguir una silueta en el piso.

Primera imagen: Alice con la cabeza apoyada contra la pared, casi sin poder respirar. Una fina línea de sangre le recorre la frente. Sobre ella hay un hombre tumbado boca abajo. Su brazo derecho está apoyado contra la pared divisoria; el otro le cubre la cara.

Segunda imagen: Los ojos de Alice están abiertos y aterrorizados.

Tercera imagen: Alice trata de empujar lejos de sí el cuerpo del hombre.

Alice grita frases que no logro entender. Me abalanzo, cuchillo en mano, al cuello del hombre. Uno, dos, tres, cuatro… Cuento cada puñalada de la hoja metálica, hasta llegar a veinticuatro. Solo entonces dejo caer el cuchillo y me hundo en un mar de sangre.

Alice no cesa de gritar. Todo huele a óxido y a hierro.

31

LA ÚLTIMA VEZ QUE CELEBRÉ MI CUMPLEAÑOS FUE CUANDO TENÍA ocho años. Mamá me llevó a ver *El Rey León*. Hoy entra Antonia, y su mirada se detiene en la vela que arde con timidez sobre una tarta cubierta de crema de mantequilla. Ya tengo veintinueve años, me digo. Antonia permanece de pie en la puerta, temerosa, flanqueada por dos enfermeras, la recepcionista y el médico.

—¿Creías que me olvidaría? —me pregunta con una sonrisa al entrar en la habitación. Apago la vela—. No digas tu deseo en voz alta para que se te cumpla, mi niña.

Abrazo a las enfermeras y me apoyo en Antonia mientras el médico me tiende la mano para guiarme. Es hora de decir adiós a la habitación verde en la que he vivido durante el verano, el otoño y el invierno.

Al salir de la clínica, nos recibe una ráfaga de aire helado.

—Debí traerte un abrigo más grueso —dice Antonia, con el aliento entrecortado por la caminata.

—Estoy bien, Antonia. Necesitaba un poco de aire fresco.

Un coche nos espera y rápidamente nos refugiamos en su interior. Al ponerse en marcha, me acomodo para hacerme una trenza. El pelo me llega ahora hasta la mitad de la espalda.

—Mira cómo te ha crecido en solo ocho meses; ya necesitas un corte —advierte Antonia—. Si quieres, mañana puedo ir contigo a la peluquería.

Sonrío. En realidad, necesito estar sola. Comenzar a valerme por mí misma.

—Hablé con el doctor Allen. No duda que te pondrás bien. Espera verte el lunes en su consulta.

—Lo sé, hablé con él esta mañana.

—Esto es lo que querías, ¿no? Ahora no pareces tan…

—Antonia, estoy bien. Claro que es lo que quería. Tengo muchas ganas de estar en casa.

—Ese Mont Cenis… No sé por qué no pones el apartamento en venta. Sería bueno para ti.

—Tal vez algún día, quien sabe. Ahora mismo lo que tengo que hacer es ocuparme de vender el apartamento de Olivia.

—Pobre Olivia.

—No pude despedirme de ella. Ojalá hubiera podido estar allí cuando más me necesitaba.

—Ya estaba muy vieja. Y los viejos siempre tenemos un pie en el otro lado.

Al llegar al Mont Cenis, el conductor se apresura a ayudarme, pero yo salgo del auto con determinación. La avenida está más concurrida que de costumbre, así que tanteo la acera con mi bastón. Hay una ligera bruma vespertina, el sol se está poniendo y ya se ha encendido la farola que alumbra la entrada del edificio. Me detengo a mirar la fachada con su hiedra marchita: solo le quedan raíces y tallos secos, pero todavía se aferra a los ladrillos.

El ascensor huele a barniz fresco y me estremezco cuando escucho la campanilla al pasar por cada piso.

Al llegar al tercero, salgo de prisa y dejo atrás a Antonia.

—La familia que compró el número 34 es encantadora —me dice ella mientras entramos—. Una pareja joven con un niño de cinco años. Todavía no han terminado de mudarse, pero lo harán pronto, así que podrás dormir en paz.

No hay rastros del olor del pasado. Antonia ha insistido con sus desinfectantes para borrar cualquier vestigio que pudiera estimular mi memoria.

Me dirijo con cautela hacia las puertas francesas, las abro y observo la escalinata del parque.

Los copos de nieve salpican la vista.

—Esperemos que sea la última nevada de la temporada —susurra Antonia mientras me acaricia el pelo. Luego va a la cocina y enciende la luz—. Voy a preparar algo de cenar.

Con el móvil, tomo una foto de las escaleras vacías del parque.

—Te vendría bien una ducha —sugiere Antonia y prefiero no contradecirla.

Antes de entrar al baño, miro mi habitación. Todavía hay columnas de libros apiladas contra las cuatro paredes.

Dejo el teléfono sobre la mesa de noche, todavía muestra la foto de la escalera. Empiezo a desvestirme y, mientras busco en el armario alguna ropa para cambiarme, siento que el móvil comienza a vibrar.

Alarmada, corro a ver quién podrá ser. Es un número privado. "Hola", susurro tras la cuarta vibración. Al otro lado de la línea nadie responde y cuelgo. Desnuda, sentada en el borde de la cama, me siento mareada y cierro los ojos. Al abrirlos, los libros comienzan a girar a mi alrededor. Entonces escucho que a Antonia se le ha caído un utensilio de cocina y el ruido rompe el hechizo: entro relajada al baño y atrás queda el pánico que intentaba de nuevo apoderarse de mí.

Nada ni nadie podrá intimidarme.

El agua caliente me recorre la cara y el pecho. Quiero deshacerme de cada molécula de encierro. Ha llegado el momento de comenzar de nuevo, de olvidar. La espuma blanca que cubre la bañera queda impresa en mis ojos, incluso después de desaparecer por el desagüe.

Antonia está sentada a la mesa, esperándome. Ha evitado apresurarme, aunque la comida se enfríe un poco. Cenamos sin intercambiar palabra. El único sonido es el de los cubiertos sobre nuestros platos.

—Dejé el sobre con tu pasaporte en el estante de la cocina —dice finalmente—. No sabía que lo habías solicitado.

Sonrío.

—Leah, sabes que hiciste lo correcto —continúa.

No respondo. Antonia se levanta temblorosa y lleva los platos a la cocina.

—Reaccionaste como lo habría hecho cualquier ser humano. No debes sentirte culpable.

Empiezo a organizar los libros en las estanterías del comedor.

—Además, fue Connor quien sugirió que se protegieran. Él mismo lo declaró. Todos sabíamos por lo que estaba pasando la pobre Alice. Por suerte, no tendrás que volver a verla. Lo mejor ahora es olvidar, y para eso debes ser consciente de no haber hecho nada malo, de que todo fue en defensa propia. ¿Quién sabe lo que podría haberles pasado a Alice y a ti? No quiero ni pensarlo.

Antonia se acerca y me rodea con sus brazos. El abrazo es fuerte, pero me doy cuenta de que sus piernas flaquean, que aún no se ha recuperado del infarto. Ojalá me dejara cuidar de ella.

—¿No quieres que me quede contigo esta noche?

—De veras, Antonia, estoy bien.

—Bueno, a ver, dame un beso.

—Iré a la puerta contigo.

Nos abrazamos de nuevo y Antonia me besa en la frente.

—Ay, hija mía —suspira, y me acaricia el rostro con ambas manos. Con los pulgares sigue el rastro de mis pecas—. Nos hemos librado de alguien que podría haberte hecho mucho daño. Ese hombre no era bueno. Ahora podrás dormir en paz. Hablaremos mañana. Descansa un poco, mi niña.

Cierro la puerta con delicadeza, giro la cerradura y paso la cadena de seguridad.

Antonia tiene razón. Hice lo único que podía hacer. Y es cierto que, de no haber sido por mí, Alice estaría muerta.

Solo hay un problema: el hombre que maté no olía a bergamota.

32

ME DEDICO A DESHACERME DE TODOS LOS LIBROS SOBRE LA CEGUERA. Ya han cumplido su función, ahora quiero traer un poco de aire fresco al apartamento. Mamá los había comprado, junto a otros tantos bastones blancos, hasta completar una colección, pero ya no los necesito. A partir de ahora, compraré libros de fotografía. Quiero aprender sobre la composición y la luz. Quiero jugar con los tonos y los colores que me rodean. Vivo en un mundo de imágenes estáticas, y quiero capturarlas digitalmente, escribir y dibujar con la luz.

Todavía hace frío en la ciudad, el sol brilla a medias y las nubes son densas, la hiedra pronto comenzará a reverdecer con furia.

—Sabes que la hiedra es venenosa, ¿verdad? —me pregunta Connor al verme mirar la fachada del edificio.

—No creo que alguien intente comer esas hojas.

—Las semillas. Estas semillas secas que me ves barriendo son las peligrosas —responde el súper—. Me alegra que estés de vuelta.

—Ya era hora.

—Sabes que puedes contar conmigo, Leah —dice con gravedad.

—Lo sé —y lo digo en serio—. Voy a necesitarte cuando empiece a vaciar el apartamento de Olivia.

—Pobre mujer, murió sola en el hospital.

—Connor, todos acabamos muriendo solos.

—La visité algunas veces. La última, no me reconoció.

—Antonia me contó que su demencia se aceleró al quedarse sola. Peor que la propia muerte.

—Al menos, murió tranquila, sabiendo que no te había pasado nada. Estuvo preocupada por ti todo el tiempo, pendiente de cómo estabas en el hospital… quiero decir, en el asilo. Compraba todos los periódicos…

—Gracias, Connor. Tengo que irme o llegaré tarde.

Intento escabullirme cuando un perro se acerca a olfatear mi bastón. Me encamino en la dirección opuesta, pero el perro insiste en perseguirme hasta que su dueño lo detiene de un tirón.

En los jardines de la Universidad de Columbia varios estudiantes acostados toman sol como si fuese verano.

Siento frío y, al buscar una bufanda en mi bolso, tropiezo y se me cae el bastón, que siento rodar. Un chico corre hasta él. Me detengo con los ojos cerrados. Al abrirlos, solo percibo sombras. Aún no me he acostumbrado a la luz natural.

El chico regresa con mi bastón, me toma la mano y lo coloca entre mis dedos.

Sonrío y sigo mi camino a ciegas. Abro los ojos, pero el barrio luce diferente.

Al llegar al lado este de Broadway, diviso a los vendedores de frutas y verduras. Algunos fijan los ojos en mí; otros me saludan como si me reconocieran. Me siento examinada durante todo el trayecto a Book Culture. Debo admitir que quizás sea así. No he revisado los periódicos, pero sé que se hicieron eco de mi historia, que mi rostro apareció en varias páginas.

—Mira quién está aquí —oigo susurrar a una de las chicas detrás del mostrador, mientras me detengo a contemplar desde la acera la fachada de Saint John the Divine.

—Pensé que había terminado en la cárcel.

—No creo. Estuvo en estado de coma o algo así. Leí que había perdido el habla por meses.

—Estuvo un tiempo en el hospital y luego la mandaron a una clínica psiquiátrica. Eso es lo que leí en Internet.

—Pobre chica...

Pobre chica.

Un violento estallido de luz me hace perder el resto del diálogo. La campanilla les anuncia que he abierto la puerta. Ahora deben callar. Cuando abro los ojos, sus rostros están fijos en mí y sus siluetas parecen planas en la penumbra. Los libros son como bloques flotantes.

—Buenos días. ¿No está Mark trabajando hoy?

—Oh... Mark ya no trabaja aquí. Cuando se graduó...

Me acerco con torpeza al mostrador. Los sonidos se desvanecen y la luz se intensifica hasta hacerme daño.

—Podría intentar conseguir su número de teléfono —propone la asistente al notar mi conmoción. Me abruma el olor a rosas de su perfume.

—No, gracias... No es necesario —le contesto, y subo las escaleras.

En mi ansiedad, solo puedo pensar en escapar al segundo piso, y olvido que la sección de fotografía está en la planta baja, incluso cerca de la entrada. Veo que mi sillón bajo la ventana ha desaparecido. De hecho, ya no hay sitio alguno donde sentarse. Han ampliado la sección infantil, hay estanterías llenas de juguetes. Escucho una algarabía y me detengo en medio del salón. Las paredes comienzan a desplazarse a mi alrededor y giran hasta formar un torbellino, pero yo permanezco inmóvil, aferrada a mi bastón con tanta tenacidad que casi perforo la madera del piso.

Una madre con su bebé en brazos me observa, azorada.

—La última vez que te vi aquí, yo todavía estaba embarazada —me dice.

—No recuerdo haberte visto —le respondo.

Piensa que intento ser graciosa. Humor de pobre chica ciega. Responde con una risita tímida mientras acuna a su bebé con todo el cuerpo.

Me pregunto qué pasaría si le dijera que no solo puedo ver, sino que he matado al marido de mi vecina. ¿Cómo reaccionaría? Sí, lo hice en defensa propia; tengo un testigo que lo ha certificado. Pero ello no me exonera: soy una asesina. Lo apuñalé veinticuatro veces.

¿Y si también le explico que la sangre manaba de la herida como un río, que el hedor era abrumador, que el hombre ni siquiera reaccionó a mi ataque, como si de alguna manera lo hubiera estado esperando todo el tiempo; como si me dijera "aquí estoy, empieza de una vez y acaba conmigo"?

También podría decirle que nunca estuve en coma. Sufrí una crisis nerviosa, como cuando tenía dieciocho años. Pasé un mes desorientada; más tarde, me recuperé en una clínica, que en realidad era un manicomio, durante otros siete meses. ¿Publicaron los periódicos hasta el más mínimo detalle? ¿Cuánto de mi vida privada es ahora público?

Y si, además, me propongo ser más precisa, le diría que maté al hombre equivocado. Sí, maté a Michael, pero el hombre de la bergamota aún está ahí fuera. Persiguiéndome, esperando darme la última estocada.

Abro los ojos y me detengo en el bebé. Sin mirar a la madre, digo:

—Creo que necesitas cambiarle el pañal.

Regreso a las escaleras y, mientras desciendo, escucho a la mujer preguntarle a su bebé como si estuviera recitando una canción infantil:

—¿Cómo lo sabía, si no puede ver, mi chiquitín? ¿Cómo lo sabía, si es ciega?

33

ME HE QUEDADO DORMIDA EN EL SOFÁ CON TODAS LAS LUCES ENCEN-
didas y me despierta el ruido de unos pasos suaves y rápidos. Corro hacia la puerta y veo que han deslizado por debajo un trozo de
papel. Huele a tinta fresca. Sospecho que es de Connor; un aviso
sobre el mantenimiento del edificio o alguna nueva norma, quizás
el menú de un restaurante local. Posiblemente sea una citación
de la policía de Nueva York para informarme que van a reabrir
el caso, reanudar los interrogatorios, convocar a nuevos testigos.
Tendré que revivir la escena, la imagen que no puedo sacarme
de la cabeza, y lo que es peor: el olor a hierro y óxido que solo el
aroma del café tostado es capaz de atenuar.

En la hoja de papel reconozco una fotografía del Mont Cenis
impresa en medio de un campo de lavanda en flor. Nadie pen-
saría que se encuentra en una de las ciudades más pobladas del
mundo: parece estar en la Provenza. "La escapada perfecta del bullicio de la vida moderna", propone el anuncio. Llevo la hoja a mi
habitación: es un volante del agente inmobiliario que vendió el
apartamento que alquilaba Alice. Después de lo ocurrido, el propietario no quiso conservarlo, ni siquiera como inversión.

Busco un vaso de agua fría porque necesito humedecerme los labios, pero no bebo. El fuerte olor a tinta del papel satinado se impregna en mi nariz, cierro los ojos y distingo notas de gardenia y limón. El anuncio lo ha dejado una mujer. En la parte inferior derecha, la fotografía borrosa de una rubia sonriente muestra unos labios tan abultados como si fueran a estallar. Al parecer, Mary Reed también puede vender mi piso "¡en un precio soñado!". No solo es una experta en este edificio, sino en todo Morningside Heights, y afirma haber vendido el número 34 en tiempo récord. Me gustaría saber si se vendió al precio que el dueño pedía, o si a causa de mi crimen su valor se redujo.

La familia Miller se muda el viernes por la mañana. A las cuatro de la tarde, todos los muebles, cajas y maletas están dentro del apartamento. Al bajar las escaleras, Connor está retirando el revestimiento para mudanzas de las paredes y el piso del ascensor.

—Esa gente sí que tiene muebles —se queja—. No sé cómo se las arreglaron para que todo cupiera en el apartamento.

Según Connor, los Miller contrataron a un albañil y a un carpintero para restaurar los arcos de madera y las molduras de corona originales, y también instalaron parqué nuevo.

—La casa estaba hecha un desastre —dice, eligiendo con cuidado sus palabras—. Están acondicionando el cuarto de servicio para una *au pair*.

Connor parece desanimado. Los nuevos vecinos lo han hecho trabajar más que de costumbre: en este edificio solo viven ancianos retirados y una ciega desamparada. Los recién llegados no cesan de llamarlo y hacerle preguntas para las que no tiene respuesta. Supongo que le habrán preguntado por mí: si puedo ser un peligro para el niño, si grito por las noches, atormentada por las pesadillas.

En realidad, hace meses que duermo más de ocho horas, sin sueños ni sobresaltos. Mi mente está paralizada.

Lo único que conservo con claridad es el recuerdo de lo ocurrido aquella noche con Alice y su marido en el pasillo, pero estoy convencida de que incluso esa imagen terminará por evaporarse.

—¿Por qué no te quedas con el 54 y vendes el 33? —sugiere Connor—. El apartamento de la señora Elman es más grande que el tuyo.

—¿Y para qué necesito uno más grande?

—O quédate con los dos. No tienes que vender nada, ¿no crees?

Dejamos de hablar cuando sentimos que alguien sale del ascensor. Un hombre. Debe ser mi nuevo vecino. Connor no dice nada. Cierro los ojos mientras pasa junto a nosotros, se excusa y sale del edificio. Siento que Connor me observa mientras bajo los escalones de la entrada y salgo a la calle.

—Las cosas volverán a la normalidad, Leah. Tiempo al tiempo —lo escucho decir.

34

Mary Reed es una visión en amarillo pálido. Su cabello, su traje e incluso el color de sus ojos, combinan a la perfección. Los labios son de un rosa apagado. Entra a grandes zancadas en el número 54, al final de un largo día de mostrar pisos a gente que ella llama "mirones", simples curiosos sin el dinero necesario para hacer una oferta decente.

—Todavía queda mucho trabajo por hacer aquí —le hago saber al entrar al apartamento de la señora Elman. Está oscuro y huele a humedad, periódicos viejos se amontonan, cubiertos de polvo—. Connor se va a ocupar de vaciarlo.

—Estupendo. Y no le vendría mal una mano de pintura, ¿no crees? Con tanto espacio y en esta zona de Manhattan, nos lo van a arrebatar de las manos en un suspiro —sostiene Mary, chasqueando los dedos en un gesto de énfasis.

Después se dirige a la cocina, abre los armarios, husmea en las gavetas y las alacenas. La pierdo por varios segundos. Me llegan sus imágenes entrando en un dormitorio, tirando de una alfombra para examinar la madera. Aparta una maceta y suspira al ver una mancha de agua.

—Lo primero que tiene que hacer Connor es deshacerse de esta planta. Está arruinando el piso de madera. Voy a salir a comprar ambientador. Aquí huele a muerto.

—Comprendo. Toma la llave —le digo, extendiendo la mano—. Yo voy a quedarme solo un rato más, pero siéntete libre de entrar y salir cuando quieras.

—Gracias, lo haré. Debo regresar a mi oficina. Regresaré mañana con el ambientador.

Mary se despide con dos besos. Suspiro aliviada al sentir el portazo. Reviso con detenimiento el apartamento y me detengo en un sobre blanco que reposa sobre la meseta de la cocina. Mi nombre está escrito en el centro del sobre, y reconozco la letra de Olivia. Quizás tuvo la intuición de que nunca regresaría a su hogar. Dentro del sobre hay una estrella de David con la cadena de oro que perteneció a la señora Elman. Busco una inscripción pero, si hubo alguna, ya las letras se han desgastado. Sobre el mantel de encaje de la mesa del comedor se amontonan periódicos y recortes de revistas. En el calendario de la pared, el 7 de julio aparece circulado en rojo. Para Olivia, el tiempo se detuvo ese día. El día que maté a Michael.

Hace calor en el apartamento. Me acerco al calendario, inspiro todo el aire que puedo, cierro los ojos e intento invocar a Olivia. Su tenue esencia de agua de violetas y canela llena mis fosas nasales.

Connor llamó al 911 al ver que Olivia no contestaba sus llamadas. ¿Cómo iba a hacerlo, si llevaba horas sobre el suelo de madera? Su cerebro permaneció sin oxígeno quién sabe por cuánto tiempo. Olivia estaba viva, pero ella y yo sabíamos que uno puede morir mucho antes de que el corazón se detenga. Estuvo varios días en el hospital, luego la llevaron a un hospicio, hasta que terminó en una nevera de la morgue.

La luz indecisa de la araña del techo intensifica la opacidad del comedor. Varias bombillas se han fundido, y la poca iluminación se concentra en el lado más alejado de la mesa. Al acercar los periódicos a la luz, uno de los recortes cae al suelo y termina debajo de una silla. Recojo el trozo de papel, me siento, parpadeo y veo flotar ante mí el rostro de Alice. Apenas la reconozco.

En la fotografía lleva el pelo corto y su mandíbula cuadrada luce más pronunciada. Un ceñido vestido negro y tacones altos hacen que se vea más delgada. El flequillo le marca una línea en la frente. Lleva gafas de sol oscuras y un bolso de piel. Parece querer evitar la cámara, huir del fotógrafo. El pie de foto la identifica en el funeral de su marido, recibiendo condolencias de amigos, colegas del bufete de abogados y familiares de Michael Turner.

Comienzo a hojear el resto de los artículos. Con cada parpadeo, descubro un nuevo titular: "Muere abogado convertido en abusador de mujeres", "Baño de sangre en el Upper West Side", "Depredador de Park Avenue se convierte en presa", "Mujer ciega salva a heredera de Park Avenue", "La última estocada"… Cada uno más siniestro que el anterior. Me siento distante de los titulares, como si no fuera parte de esa historia.

En un artículo de la revista *People*, algunos colegas de Michael lo acusaban de haber sido "abusivo", "impulsivo" y "mal hablado". Según ellos, en los últimos meses había vuelto a beber, y con frecuencia llegaba a la oficina con fuerte aliento etílico.

La hermana de Michael, sin embargo, presentaba una imagen diferente: "Su hermano era incapaz de hacerle daño a nadie… dejó de beber hace cinco años… fue una recaída, nada más… al fin y al cabo, la adicción es una enfermedad, ¿no?… solo demuestra el daño que puede hacer el alcohol".

El artículo enumeraba una serie de casos importantes que Michael había ganado y varias organizaciones benéficas a las que pertenecía. También señala que el matrimonio había firmado un acuerdo prenupcial. Para el abogado de Michael, era difícil entender cómo Alice, una chica de pueblo pequeño sin recursos ni profesión, "podía darse el lujo de abandonar a su marido y aceptar un divorcio que la dejaba sin un céntimo del multimillonario fideicomiso familiar". Sin embargo, el acuerdo matrimonial estipulaba que, en caso de separación, Alice no recibiría pensión alimenticia, a menos que tuvieran un hijo. Ese niño nunca llegó. O al menos Michael se aseguró de que así sucediera, pensé, recordando lo que Alice me había comentado aquella vez en Washington Square Park.

Alice conservó el *pent-house* de Park Avenue, que la pareja había comprado por cuatro millones de dólares al regreso de su luna de miel. El precio era una bagatela considerando su ubicación, señalaba la sección inmobiliaria del *Times*, aunque la renovación superó con creces la cifra original. La hermana de Michael, según un artículo del *New York Post*, no tenía intención de reclamar ni la más mínima parte de la fortuna obtenida con la venta del piso, a condición de que Alice no intentara reclamar daños y perjuicios al fideicomiso ni demandar a la familia Turner. En un recorte de la revista *New York* citan una frase de Alice: "Me parece bien. De todos modos, no me casé con Michael por dinero. Lo único que quiero es irme de Nueva York y no volver jamás".

Voy a la cocina por un vaso de agua, regreso a la mesa y continúo leyendo en la penumbra. Me detengo en uno de los primeros planos, que muestra a Alice mirando a la cámara. ¿Triunfal? Quizás. Pero, sobre todo, aunque hermosa, luce cansada y triste.

Con todos los recortes desplegados frente a mí sobre la mesa, me doy cuenta de que han sido mutilados, como si Olivia los hubiese censurado, eliminando las frases y párrafos en los que aparecía mi nombre. Los artículos que permanecen intactos son los que me elogian como heroína. Los que han sido editados son, muy probablemente, los que me han criticado. Olivia quería que yo solo tuviera acceso a los comentarios positivos.

Todos, incluida la familia de Michael Turner, habían aceptado las conclusiones de la policía, según el *Daily News*. No se presentaron cargos contra Alice ni contra mí.

Vanity Fair publicó fotografías del matrimonio Turner durante su luna de miel en Europa, en las que se muestran felices, jóvenes y glamurosos. En una imagen, la única que capta a Michael de perfil, distingo una ligera sonrisa en su rostro, aunque más bien parece una mueca. Siento que lo estoy viendo por primera vez. Es el hombre al que maté.

Michael, no eras un buen hombre, pero no quería matarte, quiero decirle. Y la sonrisa de la fotografía se desvanece. Percibo miedo en el fondo de sus ojos, solo que no puedo reconocer si tiene miedo *de* mí o *por* mí.

En el último periódico, encuentro una página que ha sido perdonada por las tijeras. Es otro artículo del *New York Post*. En la sección inmobiliaria, Olivia marcó el titular con un círculo: "Alice Turner vende apartamento en Park Avenue por 20 millones de dólares y se despide de la Gran Manzana".

35

Es casi medianoche y no puedo dormir. Temo que vuelva el insomnio. Hago algunos ejercicios de respiración; tenso y relajo los músculos de las piernas y los brazos. Ya no tiene sentido intentar comprender a Alice. Abandonó la ciudad sin mirar atrás, sin despedirse de mí, la ciega que le salvó la vida. Tal vez pueda finalmente iniciar su proceso de redención: sola, lejos de todo, de fotógrafos y periodistas. Ahora, que ha ganado una fortuna, podrá hacerlo.

Abro la gaveta de mi mesa de noche, donde guardo el pasaporte. Lo saco con cuidado, lo abro y me detengo en la fotografía. Es como si me la hubiese tomado hace años y no pudiera reconocerme.

—Alice, ya no iremos a París —digo en voz alta.

Salto de la cama, me dirijo al comedor y abro la laptop. Necesito completar las piezas que faltan, encontrar los párrafos borrados por Olivia. Quiero entender todo lo que fue escrito sobre mí.

Descubro que me he convertido en una celebridad en las redes sociales, a pesar de estos meses transcurridos sin publicar. Mi perfil de Instagram, según un sitio de noticias digitales, es uno de los más visitados. Incluso, encuentro fotos del 7 de julio. En la captura de pantalla de una imagen de televisión, aparezco tumbada, cubierta de sangre e inconsciente sobre una camilla. En otra, el cuerpo del marido de Alice es solo una bolsa negra. Hay una imagen de Alice, en estado de pánico, escoltada por agentes de la policía de Nueva York. Otra muestra a Connor rodeado de micrófonos mientras mi vecina, la señora Stein, se cubre el rostro con las manos y los Phillips se abrazan y lloran.

El *hashtag* de la akinetopsia se ha vuelto tendencia en Twitter, afirma uno de los artículos que encuentro en la web. Los sitios dedicados a la ceguera del movimiento se han hecho populares y varios *influencers* han grabado videos con detalles sobre la enfermedad. Muestran en imágenes cómo ve el mundo un paciente que no percibe el movimiento. Es posible encontrar, incluso, referencias al origen griego de la palabra: *Akinesia: ausencia de movimiento. Opsis: acción de ver.*

Al amanecer, encuentro la versión completa de uno de los artículos censurados a medias por Olivia. No solo expone los detalles del apuñalamiento, sino que incluye un relato exhaustivo sobre mi familia.

Nada es nuevo para mí. En la fotografía, mi padre es un fantasma. Es una de sus últimas fotos profesionales, antes de quedarse calvo. Reconozco la nariz aguileña, los labios finos, la frente ancha y el pelo ralo. También el cuello largo y los ojos grandes y asustados. Me veo reflejada en él. Papá podía pasar tiempo solo, consigo mismo. Yo también. Podía leer toda la noche, como yo.

Mi padre era un actor cansado de esperar su gran oportunidad; pasó años estudiando el oficio, pero sobre todo sirviendo mesas para llegar a fin de mes. El artículo refiere que Daniel

Anderson conoció a Emily Thomas en un acto benéfico realizado en la Universidad de Columbia. Esa noche, él era uno de los camareros; ella estaba allí como invitada. Eran atractivos, inteligentes y jóvenes, menciona el artículo. A los pocos meses, se comprometieron.

¿Se casó mi padre con mamá por dinero? ¿Se enamoró ella de él por la emoción que representaría estar rodeada de actores, la vida en el teatro? Según el artículo, mi padre nunca abandonó su sueño de convertirse en un actor respetado. Gracias al fideicomiso de su mujer y a un apartamento heredado en el Upper West Side, ya no volvió a verse obligado a servir mesas, pero su carrera nunca fue más allá del limitado circuito de off-off-Broadway. Más tarde llegaron el alcohol, la depresión y las discusiones en casa. Pero el periódico también cita a uno de sus amigos actores, que declara: "Ser el padre de su hija, Leah, fue sin duda el mayor logro de su vida".

El día de mi octavo cumpleaños, papá estaba en un ensayo, y mamá me llevó a ver *El Rey León* en Broadway. Ya no amaba a mi padre. Se había enamorado de un ejecutivo dedicado al negocio editorial y planeaba poner fin a su matrimonio, asegura el artículo. Después del espectáculo cenamos en un restaurante, y al llegar a casa entramos en el apartamento sin hacer ruido: papá debía estar durmiendo.

El artículo describe así "el extraño accidente" tras el que apareció mi akinetopsia: mi padre murió aquella noche a causa de una sobredosis de drogas. La nueva relación con la que mi madre soñaba se esfumó. Nunca volvió a casarse, tampoco viajó por el mundo. Dedicó el resto de su vida a cuidar de mí.

Lo que el artículo no revela es mi borroso recuerdo de aquella noche. Cómo corrí al baño al entrar al apartamento y encontré la puerta cerrada, y cómo cuando la abrí, una ráfaga helada que apestaba a hierro y óxido emergió de la oscuridad. Entré al baño, resbalé con una sustancia viscosa y perdí el equilibrio al inclinarme para encender la luz, que me cegó por unos segundos. Mi cuerpo de ocho años se desplomó y me golpeé la cabeza con el borde del inodoro. Intenté sostenerme de la repisa de cristal, pero solo conseguí que cayera sobre mí. Había cristales por doquier y, justo ante mis ojos, goteaba un pequeño frasco de color ámbar que desprendía un aroma cítrico y floral. La etiqueta del frasco estaba intacta.

"Bergamota", susurro.

Cierro los ojos e intento revivir la escena, pero no lo consigo. ¿Dónde estaba mi madre? Habíamos regresado juntas del teatro, riéndonos en el camino a casa; yo, corriendo delante. Subo las escaleras, camino por el pasillo y abro la puerta. El apartamento está en penumbras. Entro sola al baño y piso un cristal. De repente, me hundo en un mar de sangre. Es denso, cálido. Me ahogo, quiero sobrevivir, no puedo darme por vencida. Me pesan las piernas y los brazos. Mi boca está seca; mi piel, impregnada del olor metálico. Estoy cubierta por una película oscura que me impide moverme.

Es todo lo que puedo evocar del momento en que me convertí en lo que soy. No recuerdo ninguna escena de *El Rey León*, ni la cena, ni la mirada de mi madre cuando me levantó del suelo, cubierta de sangre. Tampoco tengo recuerdos de los días pasados en el hospital. Solo viene a mi memoria la letanía repetida hasta la saciedad por el doctor Allen:

—Te pondrás bien. Algún día todo volverá a la normalidad. El daño es reversible.

Por el momento, tienes que aprender a sobrevivir.

Sobrevivir. Al menos, aprendí que no estoy muerta, así que debo seguir. Sí, he sobrevivido, pero ¿a qué se refería el doctor cuando hablaba de "normalidad"? ¿Regresaría mi padre algún día? ¿Volvería el mundo a girar alrededor de mí? Eran esas las preguntas que me hacía todas las noches antes de irme a dormir cuando era niña. ¿Y para qué necesita dormir una ciega? ¿Para sumar más oscuridad a su vida?

Ahora, al cerrar los ojos, el rostro de mi padre se superpone en mi mente al de Alice.

"¡Alice!", dejo escapar un grito, al tiempo que viene a mí el recuerdo de una cena con mis padres, antes de que el mundo se detuviera.

—Las almohadas huelen a papá, todo huele a papá en nuestra casa —dije aquel día, sentada a la mesa.

—Quiero que nunca me olvides —respondió él con una sonrisa.

—Es el tónico que usa tu padre para la caída del pelo —explicó mamá, burlona—. No quiere quedarse calvo, así que Antonia le ha dado una de sus pociones.

—La magia poderosa de la bergamota —dijo él—. El tónico está hecho con una fruta llamada bergamota.

Basta. No quiero pensar más.

Abro Google y entro en la página web del Centro Internacional de Fotografía. Entre los temas de los cursos que se ofrecen, hay uno llamado *Visión Personal*. Ahí encuentro "El arte de ver". Escribo mi nombre, mi dirección y mi cuenta de Instagram: @BlindGirlWhoReads. Enviado.

Cierro de golpe el ordenador y abro mi cuenta de Instagram en el iPhone.

Cuando entro a mi perfil, veo que tengo más de 100,000 seguidores.

No puedo sacarme de la cabeza la maldita imagen de mi padre sin vida, rodeado de cristales rotos. Pobre papá…

Camino hacia el baño, el mismo baño donde lo encontré moribundo. Abro la puerta y no me atrevo a encender la luz. Cierro los ojos y oigo la voz de mi padre, que cada vez se disuelve más en mi memoria: "Ayúdame".

36

ESTOY EN LA ESTACIÓN DE METRO DE LA CALLE 116, EN EL ANDÉN CON dirección al sur. Un anciano me toma del brazo sin preguntar.

—Ahí viene el tren —me grita, como si también estuviera sorda.

—Gracias, puedo arreglármelas desde aquí.

—De ninguna manera. Te ayudaré a subir y buscaré un asiento para ti. ¿Cuál es tu parada?

—Cambio de tren en Columbus Circle.

—Hmm, eso será bastante complicado para ti ¿no?

—No se preocupe, estoy acostumbrada —le miento.

Cuando subimos al tren, el hombre hace un gesto con las manos para reclamar un asiento próximo a las puertas.

—¿Puede alguien avisarle a esta chica cuando el tren llegue a la estación de Columbus Circle? —vocifera. Nadie reacciona.

—Puedo escuchar el anuncio del tren. Gracias —insisto, y al fin me deja en paz.

Al llegar a Columbus Circle, navego con los ojos abiertos, utilizando mi bastón. Tengo la sensación de estar escalando una inmensa muralla humana, pero logro hacerlo con la precisión de un cirujano, apenas sin tropezar. Mi objetivo es encontrar la línea naranja, que va al *downtown*.

Logro entrar al tren y, al llegar al Lower East Side, me dirijo al centro de fotografía, cubriendo la distancia a grandes zancadas. Bloqueo mi sentido del olfato para evitar sentirme abrumada, pero entro y las brillantes luces del lugar me desorientan de inmediato.

—He venido a clase —le digo al joven de la recepción.

—Estupendo —me responde, con una notable falta de entusiasmo—. ¿El nombre de su profesor? ¿O tiene a mano el número del curso?

—El arte de ver —respondo.

Silencio. Debe pensar que estoy bromeando. Yo, con los ojos cerrados y un bastón para ciegos.

Aun así, me acompaña al ascensor.

La clase comienza en diez minutos. Entramos al aula por una puerta de cristal.

—Al fondo, por favor. Prefiero sentarme en la última fila.

El chico me pregunta mi nombre, pasa al frente de la sala y revisa unos papeles para confirmar que estoy en la habitación correcta. Varios estudiantes flotan a mi alrededor hasta que cierro los ojos. En mi mente, la imagen pierde color. Todos están vestidos de blanco, negro y gris. Distingo un pañuelo rojo y una cartera azul. No puedo olerlos. No quiero olerlos.

Hay dos profesores, Susan Nelson y Oscar Green. Podemos llamarlos Susan y Oscar, nos dicen. Más que una clase, será un taller, aclara Susan, sobre el arte de ver: cómo captamos con nuestras cámaras lo que nos rodea, cómo le damos una vida diferente cuando lo filtramos a través de nuestros ojos. Todos los participantes en la clase se convertirán en testigos de lo que ocurre a nuestro alrededor cada día. No importa qué cámara utilicemos: puede ser un iPhone o una Leica. Lo más importante son nuestros ojos.

Susan y Oscar preparan una exposición en una galería de Brooklyn; es posible que algunos de los trabajos de los alumnos de esta clase también se expongan allí. La exposición mezclará imágenes fijas y en movimiento. Será al final del curso, y todos estamos invitados a participar.

Oscar pide que nos presentemos. Mi corazón comienza a acelerarse. Necesito calmarme, pero para conseguirlo debo mantener los ojos cerrados. Estoy sentada en la última fila, y solo somos unos diez, quizás doce. Seguramente pensarán que me he dormido. Ya estoy angustiada.

Un estudiante habla de flores; otro, de la velocidad; otro, de la moda callejera. Luego está el que prefiere las imágenes de objetos a las de personas. "La imagen sin ego es lo único que me interesa", dice otro. Una mujer con acento ruso quiere crear un diario visual de su familia, integrada por ella, su gato y sus libros. Un joven quiere documentar el Nueva York subterráneo que nadie ve, el que permanece oculto. La voz masculina que emerge de una nube blanca, explica que desde hace diez años fotografía lo que observa a través de la ventana de su cocina. Cuando finalmente se detiene, distingo su barba canosa. Dice que le interesa la transformación de la luz con cada hora que pasa. Susan le pregunta adónde mira su ventana. "A una pared de ladrillos", responde el hombre, y estallan las risas.

Llega mi turno. Me doy cuenta por el silencio que reina en la sala. Cuando abro los ojos, toda la clase me mira.

¿Qué voy a compartir, que soy una ciega que ve? ¿Que paso el tiempo haciendo fotos en mi mente, confusas para la mayoría?

Las fotos que hago no son lo que ven mis ojos. En el momento del clic, lo que veo ya se ha desvanecido.

—Lo siento, acabo de despertar de la siesta —digo. Unas risitas débiles resuenan en las paredes blancas, seguidas de un largo silencio—. Para concentrarme necesito cerrar los ojos. Hablar es más fácil si puedo simular que nadie me mira. Tengo una enfermedad llamada akinetopsia —continúo, como si alguien supiera lo que significa—. Mi visión es limitada. No percibo el movimiento.

Hay un murmullo en la sala. Una voz desde la primera fila lo interrumpe.

—¿Puedes ver la luz?

—Puedo ver, solo que para mí las figuras permanecen inmóviles durante mucho tiempo. Para que se muevan, tengo que parpadear.

Otro silencio, un poco más largo, fastidioso.

—Fascinante —dice la señora de los gatos, y se escuchan otras risas. Ahora, todos hablan entre sí. Sobre mí.

—Estás en la clase correcta —interrumpe Susan—. Por eso la llamamos el arte de ver, porque ver es un arte. Si uno lo desea, puede ver más de lo que existe a su alrededor. Aquí empezaremos a ver el mundo a través de los ojos de cada uno de ustedes.

—Una vez leí sobre un hombre que sufría un tipo de ceguera que le impedía definir los rostros —dice el hombre de la pared de ladrillos.

—Sí, prosopagnosia —apunto—. Ceguera facial.

—Vemos lo que somos capaces de ver. La diversidad es lo interesante. Si no, todos crearíamos las mismas imágenes —concluye Oscar.

A la salida de clase, el tráfico es denso. Es imposible tomar un taxi, así que busco el metro en dirección a *uptown*. Entro a la estación y me falta el aire. Intento relajarme, pero al respirar hondo siento un aroma que me acelera talmente el corazón que casi pierdo el equilibrio: bergamota.

¡Leah!, me grito en silencio, pero abro los ojos y salgo tras su rastro como un animal salvaje. Delante de mí camina un hombre bajito y calvo que habla por el móvil. Hace un alto para terminar su llamada y revisar sus mensajes. Me detengo detrás de él y trato de deconstruir su esencia lo antes posible. Sí, es la misma mezcla que conozco desde la infancia.

Paso mi MetroCard tras él y me mantengo muy cerca. Creo estar en el andén opuesto a la estación para ir a casa, pero no quiero abrir los ojos. No puedo perder su perfume. El tren se acerca. Estoy en la parte central del andén, muy cerca de él. Perdida. El hombre se mueve, gira… ¿me está observando? Con cada movimiento que hace, recibo un golpe de bergamota. Cuando el tren entra en la estación, el viento me despeina y el olor a bergamota me envuelve. ¿Qué debo hacer? El hombre entra decidido al vagón y voy tras él. Abro los ojos, pero no quiero ver, no puedo ver. Me sostengo del pasamanos y siento una sensación de calidez. He rozado a alguien. El hombre sigue ahí, a mi lado, como si me perteneciera.

—¿Quiere sentarse?

Una chica me guía hasta un asiento. Dejo que nos conduzca, a mi bastón y a mí. Mi respiración es agitada. Necesito calmarme. El hombre está delante de mí, como protegiéndome.

Una parada más y el tren se llena. El hombre está cada vez más cerca. Su pierna roza mi rodilla e inmediatamente se aparta. Abro los ojos y solo distingo sus manos, que sujetan el teléfono. Cierro los ojos. El mundo a mi alrededor comienza a disolverse. Mi corazón late tan fuerte que temo que todo el vagón pueda sentirlo.

¿Cuántas paradas faltan? El tren ha cruzado un túnel infinito. Tengo la sensación de que hemos salido de Manhattan. Estamos en Brooklyn, estoy segura. Una, dos, tres paradas. He perdido la cuenta, pero el hombre continúa ahí, delante de mí, sin permitirme hacer el menor movimiento.

El tren se detiene. Las puertas se abren. El hombre guarda su teléfono y se prepara para salir. Me levanto y me abren paso. Debo superar todas las estatuas que me circundan. El reto consiste en dominar el rugido y las voces, que ya empiezan a confundirme.

Lo sigo nerviosa, a golpes de bastón contra la acera. En un segundo lo pierdo y me desespero, pero abro las fosas nasales y lo localizo de nuevo. Trato de orientarme, de saber dónde estoy. Busco el nombre de la calle donde el hombre gira: Atlantic Avenue.

Acelero el paso y, en la última imagen que recibo, el hombre desaparece por una pequeña puerta roja con una campana de bronce. La aguda onda sonora reverbera, incesante. Empiezo a contar antes de abrir la puerta. Uno, dos, tres, cuatro… Siento las piernas pesadas, como si quisieran impedirme entrar.

Abro los ojos y a mi alrededor todo se tiñe de rojo. Un rojo seco, tan desvaído que parece polvo. Incluso mis manos parecen manchadas de sangre.

Vacilo en acercarme más y abrir la puerta. Quizás el desconocido haya entrado en una residencia privada, pero noto un pequeño cartel con letras imprecisas: Herboristería Radicle. Entro.

El interior es oscuro y extrañamente familiar: las estanterías están atestadas de cajas y bolsas de hierbas secas, y en el suelo hay sacos abiertos con polvos de distintos colores. Es como retroceder en el tiempo a un santuario secreto donde se crearan pociones para transformar el cuerpo humano, e incluso para conseguir la vida eterna. Entre todas las esencias que me asaltan, aún puedo distinguir la bergamota. El hombre está cerca. Inter-cambiamos un saludo tímido, medio sorprendido. Luego desa-parece de nuevo, desciende por unos escalones empinados que conducen al sótano. Las tablas crujen bajo sus pies. Lo sigo. Aba-jo, una pelirroja con gafas de cristal grueso se aburre detrás del mostrador. Saluda al calvo, que parece ser un cliente habitual. La mujer respira con dificultad; quizás tantos años inhalando esa carga de sustancias raras le hayan dañado los pulmones. Al pasar todos los días de su vida en un espacio tan reducido, oscuro y sin ventilación, imagino que también debe haber perdido el sentido del olfato.

El hombre se detiene ante el último anaquel. Cuento cada paso y me acerco en silencio hasta rozarlo. "Lo siento", dice, como si quisiera darle a la pobre ciega el beneficio de la duda. Dejo caer mi bastón y me apoyo en su mano para mantener el equilibrio. Noto su cansancio, el peso de la edad. No, no es a él a quien busco. Mi fantasma es más joven, enérgico y alto. Un olor ácido, mezcla de humo y sudor, impregna el aire que nos rodea.

—¿Está bien? —pregunta, al tiempo que me devuelve el bastón.

—Sí, gracias.

Me acerco a la estantería, repleta de frascos de color ámbar con etiquetas escritas a mano, como el que cayó sobre mí el día de mi accidente.

Tomo uno de los frascos, lo abro y aspiro la fragancia. La ber-gamota, mezclada con otros ingredientes, estimula el crecimiento de los folículos del cuero cabelludo, dice en letras pequeñas. Lo fotografío con el móvil.

Imagino a mi padre frente a la misma estantería, veinte años atrás. He estado aquí. Veo a la niña de la mano de su padre. La niña juega entre los anaqueles, abre pequeños cajones, se acerca a los frascos de hierbas secas e inhala cada molécula. La niña se recoge el cabello detrás de las orejas y rebusca en bolsas y cajas. La niña le sonríe a su padre. La niña soy yo.

—¿Puedo ayudarle en algo? —pregunta la pelirroja, que abandona el mostrador y se acerca a mí. La voz áspera tiene un fuerte acento de Brooklyn. Su aliento a nicotina es perturbador.

Le sonrío mientras intento decidir si compro la esencia.

—¿Es para tu padre? O quizás para tu novio. Te sorprendería saber cuántos estudiantes pasan por aquí. ¿Y qué tendrán…? Veinte años quizás. Los jóvenes de hoy se están quedando calvos demasiado pronto. Debe ser el estrés.

—Compraré uno.

—Llévate una muestra, así lo pruebas. Es una mezcla especial que solo se vende en otras dos herboristerías de Nueva York.

Cuando abro los ojos de nuevo, la mujer ya me tiene de la mano y me conduce por un estrecho pasillo, donde el más mínimo paso en falso podría derribar los anaqueles circundados por bolsas de hierbas secas.

—¿Ves aquí? Con una mezcla de estas esencias, y la dosis justa, puedes hacer lo que quieras. Calmar un dolor, evaporar un lunar, hacer tu piel más brillante, tus dientes más blancos. Puedes curar depresión, alergias, incluso un resfriado común. Todo lo que necesitas es la combinación adecuada. Los jóvenes como tú pueden digerir cualquier cosa, pero a cierta edad es como si se perdiera de algún modo el filtro para el veneno. La gente mayor, como ese tipo —terminó en un susurro—, debe tener más cuidado.

Entonces gira y señala un frasco etiquetado *Uncaria Tomentosa con Hibiscus Sabdariffa*.

—Apenas un par de gotas hace que baje la presión arterial. Añades unas cuantas más y el descenso puede ser incontrolable. Con estas de aquí, la subes. Y cuando digo subirla, hablo de niveles explosivos.

Silencio. La mujer baja la cabeza y me mira con una media sonrisa.

—Son pociones y hierbas que pueden ayudar, pero si te pasas de la dosis, algunas pueden ser letales.

Lo sé. Al lado de Antonia he aprendido todo lo necesario sobre pociones y hierbas.

La pelirroja me extiende un frasco pequeño, sin etiqueta, atado a una bolsita de seda con flores secas.

—Este es mi favorito. Sin mi dosis diaria, no podría siquiera hablar contigo, y mucho menos atender a los clientes que bajan al sótano. Calientas un poco de agua; cuando hierva, dejas caer una flor seca, lo cubres y lo dejas reposar por unos tres minutos. Luego añades apenas una gota. Al cabo de un mes, subes la dosis a dos gotas, y al mes siguiente, a tres. Con tres, sientes que has llegado al paraíso.

—Gracias —sonrío—. De momento, me llevo solo la muestra de bergamota.

Aferro con la mano derecha el frasco ámbar, pago, y huyo de la tienda.

Tomo el metro de regreso a Manhattan. Mi respiración empieza finalmente a calmarse cuando llego al Mont Cenis. Subo las escaleras y me detengo en el pasillo con la mano en el picaporte, como hice tantas veces cuando intentaba adivinar si Alice estaba o no en casa. Oprimo la cara contra la superficie helada de la puerta y abro los ojos. Permanezco pensativa durante varios minutos, perturbada por una extraña sensación de nostalgia. No, no echo de menos sentirme asustada, amenazada o responsable por Alice. Gracias a ella, ahora mi vida se cifra en siniestros titulares de periódicos.

—El hombre con olor a bergamota es calvo, como mi padre —me digo en voz alta, y en ese instante siento que el miedo regresa—: El marido de Alice, no.

37

ME HE CONVERTIDO EN LA CENTINELA DE LA PUERTA ROJA. CADA DÍA hago el trayecto hasta Brooklyn y me mantengo cerca, a la espera de que el verdadero hombre de la bergamota, el que busco, entre a la tienda. Estoy segura de que lo reconoceré de algún modo, quizás incluso por su aliento.

Hasta ahora, lo único que he hecho ha sido deambular un poco por el barrio, detenerme en un café o a la entrada de un *brownstone*.

El trayecto en metro de vuelta a Morningside Heights es tedioso y, en lugar de regresar a casa, decido ir a Book Culture. Subo al segundo piso para evitar a las cajeras rubias. Una vez más, el local está lleno de niños. Todavía trato de olvidar que Mark ya no trabaja aquí. Se ha marchado sin despedirse, me ha abandonado. Entonces siento que una mano pequeña y suave toma la mía.

Todos quieren protegerme. Abro los ojos y me detengo en la cara del niño. Debe de tener unos siete años.

—¿Te dan miedo los dinosaurios?

—Un poco. ¿A ti no?

—Por supuesto, pero te contaré un secreto que no quiero que oiga mi mamá. —Me inclino para escuchar, y él coloca la mano alrededor de su boca y se acerca a mi oído—. No existen. Los dinosaurios no existen y nunca han existido, pero no se lo digas a nadie.

—Vaya, gracias. Eso me hace sentir mejor. Si no existen, no tenemos nada que temer —respondo en voz baja.

—¿Pero sabes a lo que sí le tengo miedo? —pregunta—. A los muertos. Porque los muertos una vez existieron, y al morirse se quedaron muy enfadados.

—¿Enfadados? Pero si ya están muertos…

—Eso es lo que pensamos —susurra el niño—, pero ninguno se acostumbra a no ver.

Lo oigo escabullirse y siento el espacio cálido que deja su cuerpo. Es curioso que los niños crean tener las llaves del universo. No puedo ver, y no ver me enfada. ¿Significa entonces que estoy muerta? ¿O quiere decir que para estar viva debo ver el mundo como los demás?

Me pregunto por qué regreso a Book Culture. Hay librerías por toda la ciudad en las que podría sentirme más cómoda. Nadie me reconocería. Desde que Mark se fue, ya nadie me recomienda libros; los únicos que me prestan atención son los niños.

—Viene casi todos los días y nunca compra un libro —le oigo decir a alguien mientras bajo las escaleras. La voz, con esencia de mandarina, llega desde el segundo piso—. Se queda ahí, sola, en un rincón, con los ojos cerrados.

—Pobre chica —añade otra voz de mujer—. No sé cómo puede seguir viviendo en ese apartamento. Yo me habría mudado enseguida.

—Pero ella no mató al hombre en su apartamento, fue en el de la vecina.

—El edificio tiene mala vibra. Mi abuela dice que está maldito. A lo largo de los años ha habido varias muertes allí, varios suicidios.

—Bueno, si sale alguno a la venta a mitad de precio, yo sería la primera en comprarlo. ¿Te imaginas los techos altos, la vista al parque, la luz que debe haber en esos apartamentos? Me encantan los edificios de antes de la guerra. Ya no los construyen así.

—Leí en alguna parte que su madre mató a su padre.

—¿De verdad? Yo creía que se había suicidado. ¿Se ahorcó? No. Ahora lo recuerdo: creo que murió de una sobredosis…

Al salir de la librería, me detengo y busco entre mis fotos. Encuentro la imagen del frasco ámbar y de inmediato la fragancia vuelve a mí, como si lo tuviera en mi mano y lo hubiese destapado. Coloco la foto en Instagram, escribo bergamota y la publico.

De inmediato empiezan a aparecer los "me gusta". Alguien ha dejado el primer comentario: *Me alegro mucho de que estés bien.* El resto son emojis: gafas oscuras, caras de diablo y muchos corazones rojos, rosas y azules. Escudriño todos los comentarios en busca de @star32. Una señal, solo necesito una señal. Estoy convencida de que la imagen de la botella será suficiente. Quiero decirle al hombre con olor a bergamota que voy a encontrarlo.

38

OSCAR NO ESTÁ EN LA CLASE DE ESTA NOCHE. CUANDO SUSAN PRO-
yecta mis imágenes desde su portátil en la pizarra interactiva, al
principio no las reconozco. Es como si las hubiese tomado otra
persona. Son de una serie sobre la lluvia y el humo en la ciudad.
Gotas suspendidas en el aire, en la puerta de cristal con el parque
al fondo, en un paraguas transparente, disueltas en el pavimento,
reflejadas en los faros de los coches. El humo de los cigarrillos de
Connor detenido en el aire. El vapor que sale de las alcantarillas,
los gases de escape de los autos y del metro.

El hombre de la barba blanca y la pared de ladrillos me pregunta si me propuse captar lo que no puedo ver. Sugiere que mi
próximo proyecto se centre en las personas, en las huellas que dejan los cuerpos en movimiento. También aprecia la composición
milimétrica de las imágenes y me pregunta si están muy editadas.

Al final de la clase, soy la primera en salir.

—Me ha gustado mucho tu trabajo —me dice Susan.

Camino a su lado hasta la esquina de Essex y Grand, sin saber
muy bien quién sigue a quién. Hablamos sin mirarnos; yo, dando
golpecitos con mi bastón en la acera mientras avanzamos.

—Se hacen maravillas con la cámara de tu móvil, ¿verdad? Creo que ya nadie viaja con cámaras digitales, ¿para qué?

Ojalá pudiera ver las expresiones faciales de Susan. Avanzo con los ojos cerrados para no marearme.

—Oscar anda muy ocupado con su proyecto para la galería. Estamos combinando imágenes tomadas con una Leica y un iPhone.

—Suena interesante —comento—. Reconozco que hay muchas cosas que no sé sobre fotografía. La técnica adecuada, quiero decir. Por eso estoy en la clase.

Hago una pausa, no estoy segura de lo que quiero decir, siento que me estoy justificando.

—Pero supongo que también es una forma de intentar entender la vida como yo la veo —continúo—. Cuando abro los ojos, es como si obligara al mundo a detenerse. Y cuando capto una imagen con mi móvil es para grabarla antes de que desaparezca. En un segundo deja de existir, y a veces me pregunto si alguna vez existió. Me es difícil creer en todo lo que veo.

Espero que entienda el chiste.

—¡Y de eso *exactamente* va nuestra clase! —responde Susan. Noto la emoción en su voz.

Me detengo para intentar llamar un taxi.

—Ni se te ocurra, aquí es imposible conseguir un taxi —me dice, enfática—. Mejor busca el metro o regresa andando.

Me sostiene de la mano para guiarme.

—Me encantaría ver todas tus fotografías, Leah.

Es la segunda vez que alguien se interesa por mis fotos. La primera fue Alice. Me detengo para abrir mi bolso y sacar el móvil. ¿Debo elegir qué enseñarle? No, mejor dejo que ella explore. No tengo nada que ocultar.

No puedo distinguir las fotos en las que se detiene. Podría pensar que estoy obsesionada con Connor, a quien sigo con mi teléfono. Hay también varios primeros planos de la hermosa piel de Antonia. Apenas tiene arrugas. A Alice no la va a encontrar. He borrado todas sus imágenes.

—Tienes muy buen ojo —me dice Susan despacio.

Cualquiera diría que se burla de mí. Y entonces ambas estallamos en carcajadas.

—Sí, tengo buen ojo, pero ¿de qué me sirve?

La sonrisa de Susan se desvanece.

—Lo siento mucho, Leah.

—No tienes por qué.

Parpadeo y miro los ojos de Susan. Son grandes, oscuros y hermosos. Llenos de luz.

—Escucha, a Oscar y a mí nos gustaría mucho hacer un proyecto contigo, pero ninguno de los dos nos atrevíamos a pedírtelo.

—¿Conmigo? No creo que mis ojos sirvan de mucho.

—Nos gustaría fotografiarte en tu entorno cotidiano. Crear contigo nuevas imágenes que muestren cómo percibes, cómo ves el mundo. Pensábamos que lo veías todo borroso, o en blanco y negro. Pero la verdad es mucho más interesante. Nos gustaría trabajar contigo.

—¿Para exponerlo? No quisiera que se mencionara mi nombre.

—No es necesario mencionar tu nombre. Solo te necesitamos a ti y lo que veas tú. Puedes decidir dónde quieres que te fotografiemos. Por ejemplo, aquí en la calle, en el centro, en tu apartamento, donde haces las compras, los lugares que visitas, con tu familia. Nos han prometido un espacio en una galería de Brooklyn. También hemos pensado que yo podría hacer un vídeo de la sesión y proyectar las imágenes a gran velocidad.

La interrumpo:

—¿Cuándo empezamos?

—¡Cuando quieras! Oscar se va a poner muy contento, yo ya lo estoy. Te seguiré en Instagram a partir de hoy. @BlindGirl-WhoReads, ¿no? Sigue haciendo fotos, por favor.

Me siento ilusionada, pero al instante un malestar me comprime el estómago. ¿Sabrá Susan quién soy? No todo el mundo tiene por qué estar al tanto de lo que se publica en el *Post*, pero también fui nombrada en titulares que circularon en Twitter. Si me reconoce, sería muy poco probable que me pidiera colaborar en este proyecto con ella.

—¿Me pasas tu número? —me dice—. Podríamos tener la sesión este fin de semana. ¿Te parece bien empezar el sábado?

—El sábado —respondo—. Cuenta conmigo.

39

LOS BRAZOS DE OSCAR SON AZULES Y SU CUELLO TIENE UN TINTE violeta. Las manos y el rostro, de una palidez enfermiza, parecen flotar independientes de su cuerpo. Lleva un pequeño sombrero negro encajado hasta la frente y una camisa blanca cerrada hasta el último botón. Sus pantalones negros son tan anchos que parecen una falda, y sus botas están cubiertas de polvo. Lo único que puedo distinguir de Susan son sus enormes ojos oscuros. El resto es una impresión: un vestido naranja arrugado que le llega hasta los tobillos, una bufanda suelta, el cabello desordenado. Son los ojos, los ojos de Susan, los que siempre llegan antes que ella.

Justo después de que Antonia terminara de guardar los platos del almuerzo, aparecen ambos. El sol todavía creaba dos rectángulos en la alfombra gris del salón. Espero ansiosa que Oscar se detenga para definirlo bien. Finalmente, se desploma sobre el sofá y extiende los brazos a lo largo del respaldo. Solo entonces detallo los enrevesados tatuajes que cubren sus brazos y su cuello. Intento estudiar a Susan, pero está ocupada examinando cada rincón de la habitación. Quizás también tenga tatuajes.

—Me encanta tu apartamento —me dice Oscar.

—¿Quieres beber algo?

No sé por qué me siento nerviosa.

—No gracias, estamos bien.

Ahora puedo distinguir el acento sureño de Susan.

Me acerco a las puertas francesas y me detengo frente a la pareja, de espaldas a la luz.

Ambos desprenden un olor de bosque frondoso.

—¿Cuánto hace que vives aquí? —quiere saber Oscar.

—Nací aquí —respondo.

—Debe ser agradable no tener que ser un artista hambriento como nosotros.

—Oye, déjala… —interviene Susan en tono mordaz.

—¿Empezamos? —pregunta Oscar y se levanta de repente. Se quita el sombrero y libera sus rizos.

Oscar tiene cabello abundante, pero lleva la nuca afeitada. Junto a Susan, estudia la vista que se ve desde la ventana.

—¿Podemos abrir la puerta? —me pregunta ella.

—Claro, permíteme.

Al abrir ambas alas, la habitación se llena de aire seco y la luz se hace más intensa. Con el ojo en el visor de su Leica, Oscar se acerca a mí con cautela, como si quisiera medir cuánto puede avanzar sin invadir mi espacio. Soy capaz de localizarlo por el clic constante del obturador de su cámara.

—¿Te parece bien? —le pregunto.

—Por cierto, también queremos usar las fotos de tu iPhone —responde. Siento que se me ilumina el rostro.

—¿Bajamos? —les propongo.

Mientras avanzamos por el pasillo, Oscar desliza la mano por la pared y roza con curiosidad la puerta metálica de la entrada. No comprendo bien lo que hace y mis músculos se tensan.

—Este edificio debe de tener más de cien años; ya no los construyen así —observa.

—Es de 1905, aunque los ascensores los cambiaron hace poco —explico—, pero afortunadamente conservaron los paneles de madera originales.

—Estos edificios de antes de la guerra son fabulosos —dice Susan—. Tienes mucha suerte, Leah.

Me pregunto dónde viven. En realidad, estoy llena de preguntas pero, a diferencia de ellos, no me atrevo a hacerlas. En la acera, de espaldas a la calle, comienzo a sentirme cohibida ante la cámara que me apunta y me persigue.

—¿Prefieres el bastón desplegado o cerrado?

—Lo que prefiero es que no te muevas —propone Oscar—. Voy a contar hasta tres y quiero que dejes de respirar durante unos segundos. Tengo la cámara a una velocidad muy lenta; si te mueves, te disuelves. Quiero que los coches que pasan por detrás de ti se vean borrosos.

—Como los veo yo…

—¡No te muevas! —me interrumpe Oscar—. Yo tampoco puedo verlos. Solo puedo verte a ti.

Desde la entrada principal del edificio, Susan graba un vídeo.

Inmóvil, miro al otro lado de la calle. El banco bajo el roble está vacío. Parpadeo y veo a Connor y su estela de humo, aunque su cigarrillo ha sido sustituido por un teléfono móvil. Percibo un gesto de rabia contenida en su rostro, tal vez esté discutiendo con su novia.

—¿Leah?

Oscar y Susan esperan por mí. Abro los ojos y los vuelvo a cerrar. Connor ha desaparecido.

Oscar baja la cámara, respira hondo y se seca el sudor de la frente.

—Acércate —me dice con suavidad—. Es así como quiero captar el movimiento.

Me extiende la cámara, ha seleccionado algunas fotos en la pequeña pantalla. Veo una imagen mía en la acera, con una mirada difícil de definir y confusas líneas de color que flotan sobre el asfalto.

—¿Adónde vamos ahora? —les pregunto.

—Adonde tú digas. Te seguimos. Muéstranos el camino.

Parpadeo una y otra vez. Oscar se da vuelta para buscar a Susan, que aún graba con su móvil. Levanta el pulgar con una sonrisa.

Camino hacia las escaleras que descienden al parque. Me sostengo de las paredes cubiertas de musgo y me pregunto si debí haber elegido otra ropa. En vez de un vestido y la americana de papá, llevo pantalones negros y una blusa blanca y holgada de mi madre. No me siento "yo", pero Oscar se concentra en captar la luz perfecta, no en cómo voy vestida. Ignora mis poses y se centra en los ángulos, los espacios y las sombras.

Me impresiona ver, o más bien intuir, cómo Oscar y Susan se comunican entre sí. Basta un pequeño gesto para que uno de ellos entienda lo que necesita el otro.

Salimos del parque y nos dirigimos a la entrada del majestuoso edificio de Riverside Drive y la calle 116, donde tantas veces me he dedicado a matar el tiempo. Me detengo y miro hacia la ventana de la consulta del doctor Allen, en el último piso.

Más tarde nos desviamos hacia Le Monde, y luego nos hacemos fotos a la entrada de Book Culture.

Después de las últimas fotos, noto que el ritmo de Oscar y Susan se ha hecho más lento, como si ya estuvieran cansados. Yo, sin embargo, me siento llena de energía. Tienen planes para cenar en Brooklyn, me dicen, y empiezan a guardar las cámaras.

—Te acompañaremos de vuelta.

Veo a Oscar sonreír por primera vez. Parece satisfecho.

—No hace falta —les aseguro—. Voy a hacer unas compras.

Quiero que piensen que mi vida es tan normal como la de ellos. *Sus* vidas, repito en silencio. Son dos. Se tienen el uno al otro. Yo, en cambio, estoy sola.

Oscar y Susan me dan un fuerte abrazo y los veo perderse en dirección a la estación del metro.

Una brisa primaveral me estremece, y me doy cuenta de que estoy frente al edificio en el que Alice se citó con su abogado para iniciar los trámites del divorcio. Me detengo a mirar bajo la marquesina y busco la lista de oficinas, pero solo hay una placa de bronce con un número.

—¿Necesita ayuda? —me pregunta el portero.

Después de sentirme tan a gusto con Oscar y Susan, ahora tengo la impresión de que algo no marcha bien.

—¿Busca a alguien? Permítame ayudarla, señorita —insiste el hombre.

—¿Qué calle es esta? —consigo preguntarle—. ¿Me he equivocado de calle?

—¿Qué calle busca?

El día que estuvimos juntas, Alice giró a la derecha en la esquina junto al Starbucks y entró en el primer edificio. La vi voltearse y sonreír desde allí. Hago una reconstrucción mental de sus movimientos. No, no me he equivocado. Este era el edificio.

—¿Dónde está el bufete de abogados?

—Me temo que se ha equivocado, señorita. Este es un edificio residencial. Aquí no hay oficinas, ni legales ni médicas. Está prohibido alquilar los apartamentos a cualquier tipo de negocio, por mucho que los propietarios deseen hacerlo.

—Es posible que hayan cerrado el bufete. En esta ciudad, todo puede cambiar en un segundo.

—Lo siento, señorita, trabajo aquí desde hace más de veinte años. Créame, nunca ha habido un despacho de abogados. De hecho, en este edificio los abogados no son precisamente populares, o eso he escuchado —revela con un guiño.

Aún más confusa, me volteo y comienzo a parpadear. Los autos pasan veloces y me siento mareada.

—Alice no me haría una jugarreta así —susurro.

—Perdone, ¿qué ha dicho?

No le respondo, y el portero se aleja para ayudar a un residente que entra con varias bolsas del mercado.

—¿Cómo he podido ser tan estúpida? ¿Cómo no me di cuenta antes? ¿Y qué consiguió mintiéndome? —me pregunto en voz alta—. No existió un abogado. Ella nunca hizo esa cita. Debí haberla acompañado. Debí al menos haberle preguntado el nombre del abogado que aceptó llevar su caso.

—¿Todavía preocupada por el abogado? —El portero ha vuelto—. Veamos, tal vez pueda orientarle. Estoy casi seguro de que, si baja por Ámsterdam, encontrará el bufete que busca. Y si no, encontrará otro: hay muchos en la avenida…

Dejo de escucharlo. Solo puedo estar atenta a mis pensamientos.

Alice me mintió. Y no ha sido ella la única. Todos me mienten.

En ese momento, me veo sola en el mundo, sin nadie en quién confiar. Ni en mí misma. Ni en mis sentidos. ¿Qué más he dejado de ver?

40

LA NOTICIA LLEGA TAN CONFUSA COMO TODO CUANTO ME RODEA.
Primero, que Antonia fue llevada de nuevo al hospital. Después,
que ha sufrido otro infarto. El último mensaje de voz de Alejo
dice que Antonia está en la unidad de cuidados intensivos.

Tenía que haberme preparado para lo peor cuando tuvo el
primer episodio. Un ataque suele significar que habrá otros.

¿Le di un beso a Antonia la última vez que la vi? ¿La abracé
con todas mis fuerzas? No recuerdo.

Camino a la deriva por la recepción del hospital, como un
fantasma. Nadie me ve. Escucho llanto de niños, un gemido, varios gritos. Me asfixia el olor a alcohol de los hospitales.

La enorme taza de café que Antonia usa cada mañana, el de-
lantal azul, el pañuelo rojo que lleva para recogerse el pelo, la cadena de oro con un delicado crucifijo, sus estampas y sus santos.
¿Es todo lo que recuerdo?

Si libero mi mente de todo pensamiento negativo, existe la
posibilidad de que lo sucedido pueda deshacerse, de que Antonia aún esté viva y saludable. Pero mis pensamientos siempre me
traicionan: tengo la maldita convicción de que no hay esperanza

posible. Empiezo a contar cada paso, como solía hacer de niña. Seis pasos hasta el baño, veinte pasos hasta la puerta del apartamento, como si me moviera sobre un tablero de ajedrez. Antonia nunca estaba a muchos pasos de distancia. Antonia siempre estaba allí, a mi lado, protegiéndome.

Ahora estoy, con los ojos cerrados, frente a las cenizas de Antonia. Debería dejarla descansar junto a mamá, en el panteón de la familia Thomas, cerca de papá y de Miles Davis. Pero esta visión es diferente: Alejo y yo esparcimos las cenizas en el Hudson, con la esperanza de que Antonia y sus santos crucen mares e islas hasta llegar a Cuba, donde nació. Es su último deseo, lo menos que puedo hacer por mi querida Antonia.

Alejo sale de la habitación, con la cara hundida entre las manos venosas y secas.

—¡Oh, Leah! Mi Antonia me ha abandonado —lo escucho decir—. Nos ha dejado a los dos.

Alejo parece haberse reducido. Sus rodillas tiemblan como si no pudieran soportar el peso de su cuerpo. Comienza a rezar. Las palabras salen a borbotones, sin sentido. Sin pausa entre las plegarias.

—Anoche se había quedado dormida a mi lado, tranquila. Hoy me desperté, tomé café y le llevé una taza. Seguía tumbada. Incluso creo que sonreía. ¿Puedes creer que murió feliz? Solo Dios sabe cuándo cerró los ojos para siempre. Ni siquiera sentí su cuerpo helado. ¿Qué será de mí sin ella? —se pregunta, desolado.

No tengo respuestas para Alejo. Nunca me enseñaron a consolar. A mí, nadie me consoló. Siento un nudo en la garganta, pero no lloro, aunque sería un momento apropiado para hacerlo. No he llorado por ninguno de mis muertos.

El doctor Allen. Necesito al doctor Allen. Me despido de Alejo y llamo al doctor. Es miércoles por la tarde, no es mi hora ni mi día habitual. Debo haberle sonado tan desesperada que ha despejado enseguida su agenda para verme, como si fuera una emergencia. Y lo es. Me dirijo en taxi a la consulta, mi única tabla de salvación.

Cuando me acerco a la recepción, escucho la voz de la señora Allen desde el apartamento de al lado.

—¡Estás poniendo a nuestros hijos en peligro! —grita, enfatizando cada palabra—. ¿Realmente crees que es seguro ver a cada uno de tus pacientes aquí?

—Ann, sabes muy bien que fue un accidente, que lo hizo en absoluta defensa propia.

Están peleando por mí. La señora Allen no se siente segura si estoy cerca. Soy un peligro. Soy una asesina.

—Leah ha estado conmigo durante años. Su enfermedad neurológica, combinada con un grave trastorno emocional, le ha hecho casi imposible llevar una vida normal. Está frustrada y sola. No puedo negar que ha habido episodios de violencia, pero antes de que Alice y su marido abusador aparecieran en sus vidas…

Permanezco inmóvil, en la entrada.

—Richard, esa chica mató a alguien. ¡A sangre fría! ¿Cómo puedes confiar en ella?

He perdido las pocas energías que me quedaban. Ahora es a mí a quien se le doblan las rodillas, y me invade una tristeza inmensa. Tal vez debería irme y no volver jamás. Ha transcurrido casi un año desde la muerte de Michael Turner, pero el mundo sigue viéndome como una amenaza. ¿Lo soy? Muchas veces he pensado que era yo quien estaba en peligro, hasta que decidí no estarlo. ¿Pero es el miedo una elección? Estás en peligro, o no lo estás. Ya no sé qué pensar.

De repente, un portazo hace retumbar el salón. Rezo a los espíritus de Antonia para que la señora Allen no se dé cuenta de que he estado escuchando.

Cuando entro en la consulta, la siento salir por otra puerta.

El doctor Allen está desplomado en su silla, con la mirada fija en su cuaderno y el bolígrafo preparado para tomar notas. Desde la puerta siento su respiración irregular; con cada bocanada de aire, el cuerpo del doctor parece hincharse, como los animales que respiran a través de la piel.

—Lo siento mucho. He oído lo que su mujer decía de mí. Puedo irme si quiere.

—No, claro que no. Siéntate, siéntate.

—Antonia está muerta.

—Lo siento mucho, Leah. Sé lo importante que era para ti.

No se atreve a mirarme. Me mantengo en silencio.

—Recuerdo que cuando eras pequeña tu madre solía decir que Dios te había puesto en esta tierra para ver lo que otros no podían. No eres ciega, Leah.

No, pero hay muchas cosas que no puedo ver. Sobre todo, porque todo el mundo me ha mentido sobre quién y qué soy, quiero decirle.

—No dejas de preocuparme. No creo que sea bueno que vivas sola—. El doctor se levanta y se acerca a mí.

Cada vez que lo hace, sé que va a examinarme los ojos. Ahora están empañados, al borde de las lágrimas.

Dedos tibios. Puedo sentir cada línea de las huellas dactilares del pulgar, el índice y el dedo corazón de su mano derecha. Me abre un ojo como si quisiera ver mis entrañas, más allá del iris, de la pupila; como si quisiera leer mis pensamientos.

—Sabes que siempre puedes contar conmigo. Deberíamos hacerte un escáner pronto. ¿Cuándo fue la última vez que te hiciste un chequeo?

El doctor Allen se dirige a su ordenador, busca en silencio. Me niego a someterme a otra resonancia magnética sin sentido.

—Hace dos años —le digo.

—Me gustaría ver tus fotografías un día de estos, tus historias también. No sería mala idea que empezaras a imprimirlas para que las compartas.

Por mi bien, podría fingir y abrazarlo, la vida es así de fácil. Como si mostrarle mi afecto significara darle un vuelco a mi vida. En el último año, cada miembro de mi familia, o de lo que una vez llamé mi familia, me ha abandonado. ¿Sería el doctor Allen el próximo?

—He empezado una nueva vida —trato de convencerlo.

—Me alegra oírlo.

—Tengo nuevos amigos —insisto.

Permanezco en medio de la sala, en silencio, como una de mis imágenes. De repente siento que la vista se me nubla. He olvidado dónde estoy.

—¡Leah!

Reacciono al grito del doctor Allen. Me zarandea, y tengo la sensación de que ha pasado algún tiempo haciéndolo.

—Necesitas ayuda en casa. —La voz del doctor adquiere un tono severo—. No puedes estar sola. No puedes cuidar ni de ti misma.

—¿Quiere encerrarme de nuevo?

Ahora soy yo quien grita, mientras arremeto contra los libros amontonados junto al sillón y los lanzo al aire. Sí, quiero correr hacia él y empujarlo por la ventana. Dejo los ojos abiertos, muy abiertos, sin pestañear. Localizo sobre la mesa mi expediente y rompo una a una las páginas de mi historial médico. Me dirijo a la pared que hay detrás del escritorio, tomo uno de sus diplomas enmarcados y lo arrojo contra el suelo.

La esposa del doctor Allen abre la puerta y se espanta.

—Es mejor que te vayas ahora, Leah —dice el doctor con una calma exasperante.

La mujer se refugia en un rincón, como si temiese un ataque. Se cubre el rostro con las manos.

Salgo con un portazo. El eco del golpe me persigue hasta el ascensor. El vecino del doctor me observa a través de la rendija de su puerta.

41

EL TIEMPO HA PERDIDO SU SENTIDO. HACE DÍAS QUE NO MIRO EL MÓVIL. O tal vez semanas, no estoy segura. Apenas he comido, apenas me he levantado de la cama. No he leído, no he tomado fotos, no he escrito. Estoy sola, en tinieblas. Aún siento sobre mí la mirada aterrada de la señora Allen, el peso de dieciocho años bajo los cuidados de su marido. Está harta de mí y del resto de los pacientes. Quizás también esté harta de él.

No recuerdo la última vez que hablé con alguien. Connor ha llamado a mi puerta en varias ocasiones. Percibía en el pasillo su vigilia perenne, hasta que me compadecí de su angustia y le hice saber, sin abrir la puerta, que estaba bien. Ahora que no voy a las citas con el doctor Allen, Connor es mi centinela. Me protege de las trabajadoras sociales, de los intrusos. Sé que sería capaz de pedir ayuda si cree que me estoy haciendo daño o que he desaparecido.

Hay días en que la familia de al lado no se siente; deben andar de puntillas, como cuando yo era niña. A veces escucho al niño correr de una esquina a otra del apartamento. Tienen un gato que no maúlla, pero araña el zócalo de las paredes. A veces converso con él a través de la pared del pasillo. Los gatos ven y sienten más de lo que imaginamos.

Mi teléfono vibra en las noches, pero lo ignoro. Hasta que entra una llamada de Susan.

Parece nerviosa. No esperaba que le contestara, y no sabe cómo iniciar la conversación. Sí, estoy bien, le aseguro. No tengo fuerzas para disculparme por faltar a clase. Susan suena cautelosa, mide cada palabra como si intentara no herirme ni parecer invasiva.

—¿Estás libre el sábado? —pregunta.

Por supuesto que estoy libre.

—¿Ya van a inaugurar la exposición?

—Oh, no, Leah. El espacio no estará listo hasta dentro de una semana. Pero queríamos invitarte a la galería. Un amigo nuestro tiene una exposición que desmontarán la semana que viene. Nos gustaría llevarte para que nos digas qué te parece el espacio. Se llama *The Invisible Dog*. ¿Nos vemos allí sobre las ocho? Te enviaré la dirección.

"No hay accidentes. Todo lo que ocurre en esta vida, lo causamos, lo creamos", escucho la voz de Antonia.

Soy la artífice de todo lo que me ha ocurrido. No estoy segura de cuál será mi próximo movimiento. He diseñado un laberinto sin saber dónde me llevará ni qué encontraré al final del camino. A estas alturas he perdido la fe en mí misma; vivo en un caos.

Cierro los ojos y tengo la sensación de que esta vez podría ser diferente. Me inscribí en una clase con desconocidos. Me dejé fotografiar. Permití que dos desconocidos cuenten su versión de mi historia y muestren el mundo como yo lo veo.

Está a punto de amanecer y no he podido dormir. Afuera va y viene una llovizna insistente. Las gotas caen sobre la cubierta metálica del aire acondicionado de mi habitación. No puedo dejar de contarlas, una a una.

El sábado por la tarde tomo un largo baño caliente y me alisto. Me pinto los labios de rojo y me delineo los ojos como me enseñó mi madre. Frente al espejo, trato de alejar los presentimientos que me abruman. ¿Qué busco esta noche? ¿Por qué he aceptado ir a un lugar que puede ser otro agujero negro? Estoy segura de que este será otro de los mundos cuya existencia he imaginado, al igual que el daguerrotipo o el maldito hombre de la bergamota. De cualquier modo, ya estoy convencida de que nada de lo que me rodea existe realmente. Vivo en un universo que mi propia mente ha creado.

Llevo unos *leggings* negros, una blusa negra de mangas largas y botas hasta las rodillas. Frente al espejo, al principio no me reconozco. En lugar de verme reflejada, al moverme mi imagen se disuelve en la de Alice. O mejor, la Alice que una vez imaginé. Me gusta sentir mi nuca al descubierto. Mi nuevo corte me sienta bien.

Al abrir los ojos, el taxi me espera. El tiempo transcurre a saltos precipitados. Otro pestañeo y estamos sobre un puente. Al fin diviso la entrada de *The Invisible Dog*. Todo ha transcurrido en un abrir y cerrar de ojos. De algún modo, la galería me resulta familiar.

—¡Leah! —Un grito me trae a la realidad. Es Susan—. ¡Pensábamos que no ibas a venir! ¿Qué te parece este lugar?

Entro. Debo abrir y cerrar los ojos. Regresa la sensación de haber recuperado mi vida: Soy independiente; tengo amigos.

Exageraría si dijera que puedo ver el espacio, pero puedo hacerme una idea: es un punto negro enorme e infinito. No distingo el techo ni las paredes, y en el vacío resuena un bullicio constante. La galería está llena de luz, o más bien de haces de luz que se disuelven unos contra otros. La exposición muestra videos y cajas de luces. Toda gira a mi alrededor como un carrusel descontrolado. Los olores a alcohol, menta y esencias azucaradas se mezclan con restos de levadura seca, el cuero curtido de los bolsos, sudor y poros que rezuman nicotina, perfumes a base de almizcle, rosa y cítricos.

—¿Qué te parece? —me grita al oído Oscar—. Las piezas son de un amigo nuestro. Y después de él, nos toca a nosotros.

—¿Dónde se mostrarán las fotografías? —pregunto.

—La idea es que las imágenes floten, que cuelguen del techo como si se movieran. Los videos de Susan se proyectarán en las paredes, combinados con tus fotografías de la lluvia y el humo. ¿Puedes verlo? Quiero decir… ¿te imaginas cómo podría quedar?

Oscar me toma de la mano y me conduce hacia otra habitación protegida por un portón de madera con barrotes de hierro. Hay una fila para entrar. Cada vez que el guardia de seguridad abre el portón para dejar salir a alguien, se filtra una niebla gris. A juzgar por el ruido, la sala está abarrotada: cuando salen diez personas, solo permiten entrar a dos.

—No te preocupes —me susurra Susan—. Dentro está oscuro.

Se ha dado cuenta de que estoy nerviosa. La puerta se abre con dificultad ante nosotros y entramos.

—No veo nada —exclama Oscar, y yo sonrío ante la ironía de la situación.

Empiezo a distinguir las líneas verticales de la sala. Un haz de luz atraviesa el aire vacío y se posa sobre los cuerpos, que se apartan para dejarme pasar. Tengo la sensación de que todos los ojos me observan, hasta que Oscar y Susan me rescatan y me guían a hasta el otro extremo del salón.

Aspiro con intensidad para llenar mis pulmones de todo el aire que me rodea, cierro los ojos y en ese justo momento comprendo por qué estoy aquí.

—¿Estás bien, Leah? —Susan me toma del brazo—. Estás temblando.

—¿Quieres irte? —pregunta Oscar—. Puedo entenderlo, este lugar es demasiado oscuro.

—Creo que he reconocido a alguien —les respondo y sonrío, para disipar cualquier preocupación.

—¿En esta oscuridad? ¡No es posible! —exclama Susan.

—Creo que me voy a ir a casa. Pero no se preocupen; estoy bien.

—Te acompañamos a buscar un taxi —ofrece Oscar.

—No es necesario. De verdad, estoy bien. Hablemos mañana. Llamaré a un Uber cuando salga. De todos modos, siempre me muevo mejor en la oscuridad.

Me abro paso de nuevo entre la multitud: sigo el rastro de la bergamota.

42

LOS DEDOS ME TIEMBLAN SIN CONTROL; APENAS PUEDO SUJETAR MI
bastón. Me detengo en medio de la galería, detrás de un hombre.
Observo su camisa blanca y aspiro el sudor de su nuca. Me es
muy familiar. El miedo ha regresado. El inconfundible aroma de
la bergamota está en el ambiente, pero no se concentra en una
sola persona. Siento el impulso de plantarme ante él, acercar la
nariz y olfatear cada uno de sus poros, pero justo en ese instante
alguien se interpone entre nosotros.

Estoy perdida. Al parpadear, el hombre ha desaparecido, pero
unos segundos más tarde lo diviso en la salida. Mientras lo sigo,
tropiezo con parejas que intentan orientarse en la penumbra.
Siento los ojos de mis amigos tras de mí —están preocupados,
podría perderme—, pero la oscuridad es el escudo perfecto para
escabullirme.

Enajenada por el olor, me apresuro a seguirlo y me doy cuenta de que fuera de la galería estoy desprotegida. A mi alrededor
hay hombres fumando apoyados a la pared; una chica espera un
coche; una pareja se lanza insultos. Diviso al hombre doblar la esquina a unos metros de mí. Parpadeo varias veces para no perderlo

de vista. Cuánto daría por verle la cara; quizás pueda alcanzarlo y preguntarle la hora, o cómo llegar a la estación de tren más cercana. Pero no tiene sentido: me reconocería de inmediato y podría hasta agredirme. *¿Por qué me sigue? ¿Qué quiere de mí? ¿No le basta con un muerto?*

Aun así, lo persigo a distancia, con los ojos cerrados. De vez en cuando parpadeo, para guardar las imágenes en mi memoria. Lo estudio, observo su silueta, calculo su peso.

Sé que he llevado mi obsesión demasiado lejos. Oigo la voz de Antonia que me previene: "No vayas por ahí buscando problemas, mi amor", y las advertencias del doctor Allen: "Tienes muchos dones especiales, Leah. Muy poca gente puede ver el mundo como lo ves tú". Me doy cuenta de que el hombre ha sacado el móvil del bolsillo y ha comenzado a andar más despacio. Lo sigo a través de una, dos, tres manzanas, hasta quedar desorientada. No sé dónde estoy. No tengo la menor idea de cómo volver a la galería. Si grito, nadie podrá escucharme en la calle desierta. Debe ser cerca de la medianoche, y aquí voy, sola, tras el hombre que me ha atormentado durante meses. ¿O no? Ya nada es real. No hay manera de confirmar que es él hasta que lo encuentre cara a cara y pueda tocarlo. Un simple roce sería suficiente. Sería la prueba definitiva.

El hombre se detiene ante un edificio de ladrillos al final de la calle. Guarda el teléfono y saca un juego de llaves. Vacilante, con las palmas sudorosas, comprendo que no estoy lista para enfrentarlo. ¿Y si no fuera él? A medida que pasan los segundos, me aterrorizo cada vez más y es en medio del pánico que el olor a bergamota se intensifica.

Es demasiado tarde; ya no puedo huir. Doy un paso más y me detengo en el aire antes de bajar un escalón. Estoy temblando.

Pierdo el control, siento un escalofrío. La cabeza me da vueltas y estoy tan cerca que ya debe sentir mi presencia.

Primera imagen: el hombre desciende las escaleras del *brownstone* hasta el nivel del jardín. Segunda imagen: introduce la llave en la cerradura. Tercera imagen: su rostro —hermoso, sorprendido, tal como lo había imaginado— me observa.

Sé que estoy a punto de desplomarme. Apenas respiro, muda y aterrorizada, pierdo el equilibrio y suelto mi bastón. En una arremetida desesperada, aferro el brazo del hombre.

Mis fosas nasales se dilatan para aspirar todo el aire posible. Vuelvo a mirarlo fijamente a los ojos y me derrumbo.

Es él. Lo sabía.

43

ME DESPIERTO SOBRESALTADA, CON RASTROS DE BERGAMOTA QUE me perforan la garganta. Aún a oscuras, floto sobre una nube incierta. Cuando intento cambiar de posición, me sacude un ardor en las rodillas. ¿Estoy sangrando? Quiero palparme el cuerpo en busca de heridas, pero no soy capaz de hacerlo. ¿Estoy atada? Muevo los brazos y las piernas para comprobarlo. No, no lo estoy.

Me tienen encerrada en un sótano oscuro. ¿Cuánto tiempo llevo aquí? ¿Horas, días? Intento comprender cómo he podido terminar en este lugar. Seguí al hombre que me acechaba desde la primera noche que dormí en la habitación de mi madre. Este es mi castigo. "El que busca, encuentra", vuelve a repetirme la voz de Antonia. Pero ¿a quién quería encontrar? ¿Por qué lo había seguido?

Oigo una voz lejana, poco más que un murmullo. Quienquiera que sea, no quiere que lo escuche. Si abro los ojos y me concentro, puedo entender lo que dice, aunque solo sean frases inconexas y sin sentido. Me duele la cabeza, me siento febril. ¡Despierta!, me digo. Comienzo a contar: uno, dos, tres... Necesito ayuda para recuperarme. Sí, hay alguien afuera, ahora oigo mejor. La voz me resulta familiar. Es un hombre, y parece estar respondiendo preguntas. Tengo que levantarme, comprender de dónde viene la voz, pedir ayuda, gritar, escapar. Abro los ojos, convencida de que estoy alucinando.

—¿Qué quieres que haga? —Pausa—. Aún está dormida… —Una pausa más larga—. No creo que se haya despertado todavía…

El tono de la voz: *conozco* esa voz.

La puerta del otro extremo de la habitación se abre. Debe dar a un jardín o un patio. Sí, es un patio interior. No estoy en un sótano.

—No puedo decirle que se vaya a estas horas de la noche… Parece tan indefensa —dice la voz.

Así que todavía es de noche; entonces, no he pasado mucho tiempo aquí. Pero ¿por qué me duele todo el cuerpo? Debo haber caído con violencia cuando me desmayé. Dios mío, ¿qué he hecho? ¿Cómo salgo de aquí?

No veo al hombre entrar en la habitación, pero oigo crujir las tablas del suelo. Parpadeo y lo distingo cerca de la puerta, pero me doy cuenta de que debe de tratarse de una imagen anterior, porque noto que el calor que desprende el cuerpo del desconocido está mucho más cerca. Su olor a bergamota es intenso. La voz y la silueta imprecisa del hombre llegan hasta mí.

—¿Estás bien?

Parpadeo una, dos, tres veces. No puedo creer quién está ante mí.

Me lleno los pulmones de aire, cierro los ojos y experimento una extraña sensación de alivio. Permanezco en silencio.

Mark. Parpadeo y veo su cara inclinada sobre mí, tan cerca que puedo distinguir los poros entre sus cejas, su barba incipiente, puntos rojizos en las comisuras de sus labios, su aliento trasnochado.

Mark... ¿Dónde quedó su sombrero? ¿Y sus gafas?

Me incorporo, suspiro y me siento en el sofá. Acomodo los cojines y me cubro con la manta, como si estuviera desnuda. No me atrevo a mirarlo de frente, sino que hundo los ojos en el vacío, como una ciega. Está amaneciendo. Siento vergüenza.

Mark sonríe torpemente y se sienta a mi lado en el sofá. Me alcanza mi bastón, como si pudiera necesitarlo para estar sentada. Sigo el juego y lo sostengo con ambas manos.

"Gracias", digo, mirándolo a los ojos por primera vez. Son de un verde apagado, como si guardaran algo de la noche.

Tras un silencio de algunos segundos, luego vuelve a sonreírme.

—Lo siento mucho, Mark —susurro, y bajo la mirada.

—Me asustaste, Leah —dice al fin—. Por suerte me di cuenta de que solo te habías desmayado. No sabía si llamar al 911 y hablé con un amigo. Estaba muy preocupado.

Un amigo, sí, un amigo. Inclino la cabeza, avergonzada. Mark no puede ser el hombre a quien creí haber perseguido todo este tiempo, el hombre que irrumpió en mi apartamento. Es mi Mark de Book Culture. ¿Cómo es posible que nunca hubiese notado su aroma a bergamota? Lo sé, lo sé. Cuando estoy nerviosa, cuando estoy rodeada de gente, cuando quiero aislarme, bloqueo mi sentido más fuerte. Es una barrera que me impongo para protegerme.

Mark se acaricia la cabeza lisa y afeitada, y sonríe.

—No te preocupes —dice—. Imagino que te habrás perdido. Este no es un buen barrio para andar sola de noche.

—Estaba buscando el metro —intento explicarme y espero sonar convincente.

—Bueno, pues ibas en la dirección equivocada. Y estás bastante lejos de tu casa.

—Salí de la galería. Mis amigos van a tener una exposición allí…

Sí, tengo amigos, Mark. Estoy hablando demasiado. Es mejor que me despida y me vaya.

—¿En serio? ¿Estabas en *The Invisible Dog*? Qué casualidad. Yo también fui hoy porque era el último día de la exposición. Quería ir antes, pero he estado ocupado con el trabajo.

"Las casualidades no existen", le escucho decir a Antonia.

—¿Y qué ha pasado con Book Culture?

—Oh… —Su tono es culpable, como si se sintiera mal por haber desaparecido—. Es que… terminé la escuela. Ahora trabajo para un sitio web y soy actor…

—¿Estás en una obra?

—No, por el momento.

Es actor. Abro y cierro los ojos, y aparecen algunas fotografías en blanco y negro en las estanterías, y un poster con letras rojas: *They Shoot Horses, Don't They?* En las imágenes, Mark tiene el pelo denso y rizado.

—¿Quieres beber algo? ¿Agua? ¿Café?

Me niego con un gesto lento de la mano, pero de todos modos él se levanta y sale de la habitación. Sola, trato de explorar en derredor. Periódicos, programas de teatro y libros se amontonan por todas partes, hay fotos esparcidas por el suelo. Las paredes están llenas de estanterías. Un verdadero hogar, pienso. Así es como vive la gente normal, la gente que puede ver el movimiento. Yo soy la única que se siente protegida en el vacío.

Necesito un punto central para entender la disposición de la habitación y orientarme. Somnolienta, sacudo la cabeza y me doy cuenta de que mi desmayo y la caída son la razón para sentirme tan atolondrada. También comprendo que a este hombre que me propuse seguir a la salida de la galería, nunca le he temido. Las dudas me desconciertan: debería sentir miedo. El miedo, como la fiebre, es una forma perfecta de autodefensa.

Mark me trae un vaso de agua. Hago como que bebo y me incorporo.

—Tengo que irme a casa —le digo. De pie, apoyada en el bastón, busco una salida—. ¿Puedo antes usar tu baño?

Me tiende la mano y me guía hasta una puerta. Enciendo la luz y me miro en el espejo del pequeño botiquín. Con el resplandor, mi piel se torna amarillenta y sombras oscuras se extienden debajo de mis ojos hasta mis mejillas. Es una habitación muy pequeña, todo está al alcance de la mano. Abro el botiquín y el olor a bergamota inunda el espacio. En un anaquel hay un frasco ámbar. El mismo frasco ámbar de mi padre.

Saco el móvil y pido un Uber. Algo me dice que debo huir. Oigo la respiración de Mark al otro lado de la puerta. Quizás le preocupa que vuelva a desmayarme. O me está espiando.

Utilizo mi bastón para abrir la puerta.

—¿Te llamo un taxi?

Exhalo con alivio.

—Ya he pedido un Uber, gracias. Deber estar aquí en tres minutos.

Me encamino a la puerta principal, que Mark abre a mi paso.

—No sé cómo agradecértelo —me escucho decir, nerviosa—. Debes permitirme que te lleve a cenar un día de estos.

—Trabajo por las noches, pero quizás el próximo sábado…
—Se interrumpe, desaparece y regresa con un papel doblado. Me lo entrega con una sonrisa—. Aquí tienes mi número. Gracias por la invitación, Leah. Llámame si lo dices en serio.

Parece una orden. No consigo distinguir sus gestos ni la expresión de su rostro. Mark no deja de moverse, como si no quisiera dejarme ver lo que realmente piensa.

Escucho que un auto se detiene frente a nosotros.

—¿Leah? —pregunta el conductor.

Me apresuro a entrar en el Uber para acortar la despedida.

—Adiós, Mark —es lo único que logro decir mientras cierro la puerta.

Desdoblo el papel. Su nombre y su número están escritos en tinta azul brillante.

44

CADA NOCHE SIENTO LA TENTACIÓN DE LLAMAR A MARK. ABRO Y CIE-
rro el papel una y otra vez; lo leo tantas veces que ya me he
aprendido su número de memoria. Y desde la noche de la galería,
no he dejado de soñar con él. El sábado por la tarde, por fin lo
llamo.

—Hola, soy Leah. ¿Te acuerdas de mí?

—Eres la única Leah que conozco. ¿Te sientes mejor?

Quiero decirle que nunca estuve enferma. Recuerdo su tono
de voz, sus ojos serenos, sus gestos tranquilizadores. Y ahora, también su olor. El olor que siempre me ha acompañado.

—Sí, gracias. Pensé que podríamos ir juntos esta noche a la
exposición de mis amigos —le digo sin rodeos, e inmediatamente
me arrepiento; no quiero parecer demasiado ansiosa—. Pero antes podríamos cenar. Te debo una.

—No me debes nada, Leah. Pero sí, quedemos para cenar antes, y luego a la galería. ¿Te gusta la comida tailandesa? Vayamos
a Lemongrass.

—Genial.

—¿A las siete?

—A las siete será —respondo, como si me dedicara todo el tiempo a invitar a desconocidos. Pero Mark no es un extraño para mí. Mark es mío.

Me hundo en la bañera cubierta de espuma y doy rienda suelta a mi imaginación. Tengo que olvidarme de la bergamota, perder el miedo. El hombre con olor a bergamota no existe, no tiene rostro; Mark, sí.

El agua me llega a las mejillas y, durante unos minutos, floto mientras sueño despierta. Me veo deambulando por la ciudad con Mark, y luego sentados bajo un árbol frondoso, tomados de la mano. Mi cabeza apoyada en su hombro, mi bastón… Mi bastón no tiene lugar en esa imagen. En lo adelante, podría vivir con los ojos cerrados; me siento segura. Con la mano sobre la pelvis me hundo en la bañera, me acaricio. Mark me sonríe de una forma que me hace estremecer. Estoy a punto de gritar, pero en ese momento el agua me cubre la cara y me incorporo, jadeando. Debo darme prisa; tardaré al menos una hora en cruzar todo Manhattan y llegar a Brooklyn.

Me pongo unos jeans y un jersey holgado y busco un par de pendientes de mi madre. Poso frente al espejo. *Mark, Mark, Mark*, me repito, mientras intento encontrar la sonrisa perfecta.

Salgo del Uber en Brooklyn y ya Mark me espera delante de su edificio, con las manos en los bolsillos. Parece llevar la misma ropa de hace una semana: pantalones negros y camiseta; hoy lleva también una chaqueta verde olivo. Me abraza.

Noto su mano en mi espalda, como si me acariciara. ¿Es una muestra de afecto? ¿O solo lástima?

Empezamos a andar, y me pregunto si voy a necesitar mi bastón, pero prefiero cerrar los ojos y apoyarme en su brazo. Ahora tengo un guía; no hay razón para preocuparme por los obstáculos, las imágenes estáticas, los ruidos, los saltos de la luz.

Cuando abro de nuevo los ojos, estamos en una mesa al fondo de un restaurante abarrotado. Las voces se mezclan con el ruido de los cubiertos y las copas. Me desorienta el olor de pescado a la plancha, cebolla frita y levadura. Descubro que estoy bebiendo vino tinto, aunque no recuerdo haberlo pedido. Tengo que concentrarme, dejar de prestar atención a todo lo que ocurre a mi alrededor: la chica a mi espalda se queja con su amiga del novio que acaba de abandonarla. Otra, comenta desesperada que sus padres ya no la ayudan con el alquiler. La pareja de la mesa de al lado mira con calma sus teléfonos.

—¿Todo bien, Leah? Este sitio es un poco ruidoso.

La señora de enfrente ha devuelto su comida varias veces: "Demasiado cruda, demasiado cocinada, demasiado picante". El camarero se queja detrás de la puerta batiente de la cocina. "Cálmate", le dicen sus colegas, que ríen a carcajadas. "Yo me encargo", se ofrece a ayudar una chica: "Esa mujer solo quiere comer gratis".

—¿Leah?

"¿Quién va a servir a la chica ciega? ¿Tú o yo?", escucho decir desde la cocina.

Mark me toma la mano y la acaricia para llamar mi atención.

—Lo siento, en lugares así necesito un tiempo para acostumbrarme a todas las voces.

—Lo comprendo. Si no te gusta, no tenemos que quedarnos aquí.

—No, estoy bien, es solo que…

—¿Quieres que te lea el menú? —pregunta, dispuesto a recomendarme sus platos favoritos.

—Dudo que haya suficiente luz aquí para que puedas leerlo. Sin embargo, yo sí puedo. De hecho, en esta penumbra me siento más cómoda.

Llega el camarero y yo ordeno una ensalada de salmón.

—Lo mismo para mí —dice Mark, sin prestar mucha atención.

Silencio. Mark no se atreve a mirarme a los ojos.

—He pensado en ti toda la semana, pero no me has dejado tu número de teléfono. Creí que no me llamarías.

—En realidad, dudé mucho antes de llamarte. No sabía qué ibas a pensar de mí…

—Pues bien, tengo que confesar que no todos los días una mujer hermosa se desmaya a tus pies… ¡y justo en la puerta de tu casa! —y ríe por primera vez.

—Había sido un día largo; me perdí y estaba asustada. Lo siento.

Una mujer hermosa, ha dicho "una mujer hermosa".

—No tienes por qué pedir disculpas. Gracias a eso, te encontré.

Me ha encontrado. Intenta decirme que ha estado buscándome.

Hoy Mark emana una fragancia diferente. El olor a bergamota ha desaparecido. Y con él, mi miedo.

—¿Naciste así? —pregunta ahora, como si no me conociera, como si nunca hubiésemos hablado, y yo le sigo la corriente.

Sacudo enérgicamente la cabeza.

—Así que antes podías… Siempre me ha intrigado entender cómo ves.

Llegan nuestras ensaladas.

—Perdona que te haga tantas preguntas. Solo quiero conocerte mejor.

—Cuando era pequeña, veía sin problemas —respondo entre un bocado y otro—. Luego tuve un accidente. Una estantería de cristal me cayó encima.

—Debe haber sido muy duro para ti.

—Lo fue, y también para mis padres. Pero ellos ya no están conmigo. Vivo sola.

Termino mi plato, apoyo la mano sobre el estómago y sonrío.

—Estaba delicioso.

Cuando Mark pide la cuenta, su teléfono comienza a vibrar.

—Discúlpame un momento. Tengo que atender esta llamada.

Se pone de pie y se aleja de mi campo visual.

Por mucho que parpadeo, todo el tiempo hay alguien entrando en el restaurante, o un camarero se acerca sosteniendo en alto una bandeja cargada. El intenso olor a salsa de tomate con albahaca se desvanece, pero el camarero continúa en el mismo sitio, como una barrera que me separa de Mark. ¿Por qué sentí miedo cuando se alejó? Recibió una llamada que no podía esperar. Podría haberla contestado en la mesa, pero evitó hacerlo. No quería que lo escuchara.

Basta, me repruebo. Tengo que disfrutar, sacudirme las sospechas y los malos pensamientos.

—¿Vamos? —Su voz está cerca—. Me he encargado de la cuenta, podemos irnos, a menos que quieras algo más.

—¡Oh, pero yo te invité! No deberías haberlo hecho.

—Vamos, vamos, o llegaremos tarde a la galería.

De nuevo tomados del brazo, salimos a la calle.

Mark y yo.

45

AL LLEGAR, MARK CHOCA LOS PUÑOS CON EL PORTERO, QUE ABRE LA galería para nosotros. Sobre la puerta, un cartel en negro aparece dividido por dos líneas en naranja. En la parte superior, el título de la exposición: "El silencio en sus ojos". Debajo, los nombres de los artistas: Oscar Green y Susan Nelson.

La galería está abarrotada. Mark me acompaña a un lugar tranquilo y, al abrir los ojos, me encuentro ante una enorme proyección en blanco y negro de mi rostro, con los ojos de un azul marchito que se abren y se cierran lentamente. No esperaba que mi imagen ocupara un lugar tan prominente en la exposición. Me ruboricé. No quiero que Mark piense que estoy presumiendo. A medida que la imagen se disuelve, aparece otra, creando una secuencia interminable. Estoy delante del Mont Cenis. El color se filtra poco a poco en la foto y mis ojos adquieren un azul intenso.

—¿Qué te parece? —le escucho decir a Susan detrás de mi hombro.

—No hemos dormido, hemos estado muy ocupados con el montaje —añade Oscar, sonriendo.

No sé qué decir.

—Nunca imaginé que las imágenes fueran así de grandes. Esperaba pequeñas fotografías enmarcadas en las paredes…

—¡Oh, no, nunca debiste esperar algo tan aburrido de nosotros, Leah! —se ríe Oscar—. ¿Pero te gustan?

—¡Claro que sí; me encantan!

—¿De dónde se conocen? —me pregunta en voz baja Susan, curiosa al verme del brazo de Mark.

—Lo conocí el sábado pasado. Aunque, en realidad, nos conocimos en Book Culture hace ya un tiempo.

Me vuelvo hacia Mark, que no cesa de moverse. No puedo ver su expresión, lo que está pensando. Su rostro es una sombra.

Él está en su territorio, pienso. Aquí la impostora soy yo. Mi mirada, impresa, cuelga de enormes cartones. La palabra *silencio* se repite entre mis ojos en una de las imágenes en movimiento. De repente, siento que esos ojos no son los míos. No me reconozco.

Mark percibe que estoy nerviosa y me pasa el brazo por los hombros. Me susurra con discreción:

—Podemos irnos cuando quieras. Hay demasiada gente aquí. Sé que odias las multitudes, y creo que yo empiezo a sentir la misma fobia.

—¿Por qué no vamos a tu casa? —pregunto, armada de valor, y de inmediato añado, para ocultar mi vergüenza—: Si quieres, claro.

No me alcanza el tiempo para distinguir la reacción en el rostro de Mark, pero unos segundos después me toma de la mano y salimos de la galería sin despedirnos de nadie. Detrás de nosotros, las luces estroboscópicas se entrecruzan en las paredes. Los *flashes* recurrentes muestran mi rostro proyectado en el espacio, como si flotara. Por momentos, mis ojos pasan de un blanco brillante y vacío a una oscuridad total.

Somos los únicos que salen. La fila de gente que espera para entrar bordea el edificio. Caminamos despacio por las calles oscuras, sin saber qué decir. Considero llamar un Uber, pero todo está sucediendo muy deprisa. Me repito a mí misma que siempre me he sentido segura con Mark, que el otro hombre con olor a bergamota que acechaba en la oscuridad de mi dormitorio no era más que un espectro creado por mi imaginación. Mark no es mi enemigo: lo he estado esperando toda mi vida. Mientras estrecho su mano, dudo incluso que Alice y Michael hayan existido alguna vez. El olor a bergamota se ha esfumado de mi mente.

—Me siento muy bien a tu lado —me dice.

—Yo también.

—Es como si yo tampoco pudiera ver con claridad, y caminar a tu lado sin rumbo, sin saber adónde nos dirigimos, me hace bien. Estoy exactamente donde quiero estar.

A medida que nos acercamos a su edificio, mi corazón empieza a latir con fuerza. Respiro nerviosa, intentando acallarlo. Percibo que a Mark le sucede algo similar.

Mientras bajamos las escaleras para abrir la puerta, sonríe y se inclina hacia mí.

—No me digas que vas a desmayarte otra vez —bromea—. No te preocupes, yo también estoy nervioso.

Me toma de la mano una vez más y traspasamos el umbral en la oscuridad. En silencio, nos detenemos en medio del salón. Respiro el olor a tinta seca, a hollín, a troncos quemados. Los registro, pero los olvido al instante, cuando advierto el calor que desprende el cuerpo de Mark. Estamos tan cerca que lo escucho contener la respiración, y entonces siento el áspero contacto de su mejilla sin afeitar con la mía. Dejo que me abrace y le devuelvo el abrazo.

Me tiemblan las piernas, pero no temo desmayarme. Él me sostendrá.

El primer beso es suave y, además, no es el primero: He vivido todos los besos sobre los que he leído en mis libros, las caricias y los abrazos de desconocidos. Al principio sentimos los labios secos, pero es una sensación placentera. A medida que se humedecen, me dejo llevar poco a poco. Presiento que este beso determinará mi futuro.

Ahora estamos desnudos. Fuera todas las máscaras: esta soy yo. Un mar de agujas comienza a entrar en cada uno de mis poros. Un nuevo tipo de dolor me hace gritar. El hormigueo en mi espalda es puro éxtasis. En un grito silencioso que me aísla, me dejo embriagar por el olor dulzón de la saliva. Mi cuerpo se funde con el de un hombre a quien conozco vagamente, al que observaba en silencio e imaginaba mi amigo, un hombre que ha perturbado mis sueños. En lo adelante, Mark va a ser mi amigo, mi verdadero amigo. Siento que la tonalidad de mis ojos silenciosos ahora es de un azul acuoso. Son lágrimas.

46

CREO QUE ESTOY ENAMORADA. CON MARK VOY A SER FELIZ, Y CON ÉL voy a tener un hijo, me repito. Sí, una sola noche con Mark ha bastado para confirmarlo.

Ahora Mark tiene un rostro, uno distinto, uno que no tiene nada que ver con el de mis delirios ni con el de las visitas a Book Culture. El hombre que se escondía bajo un sombrero y una barba oscura ya tiene un perfil. Lo demás, como aquel terrible olor a bergamota de las pesadillas, ha quedado atrás.

Puedo imaginármelo niño, con sus padres, saltando bajo la lluvia. Puedo verlo actuando en el escenario, asustado ante los ojos inquisidores de la platea.

Leo una y otra vez cada uno de los mensajes de texto de Mark, aunque preferiría oír su voz, recibir una llamada telefónica. Los primeros solo hacían referencia a la exposición, a las imágenes de una chica perdida entre las luces de la ciudad. A medida que pasan los días, los mensajes terminan con frases más personales: *Me muero por que llegue el sábado, no puedo dejar de pensar en ti, te echo de menos.*

Y cada mensaje me deja sin aliento.

Cuando por fin llega el sábado, me visto con esmero y pido un taxi a Brooklyn. Al llegar, golpeo dos veces la puerta con suavidad y abro el picaporte, como me había indicado Mark. Es nuestra contraseña. Me espera. No hace falta que salgamos, no tenemos que comer ni salir a beber; simplemente quiere estar conmigo; y cuanto antes, mejor, me ha escrito. Al entrar, reconozco la sensación de paz. No hay ruido en su apartamento; no se sienten pasos cercanos ni fragmentos de conversaciones ajenas. Es como si los vecinos se hubieran marchado para dejarnos toda la manzana solo a nosotros, como si las ambulancias y los bomberos se hubiesen declarado en huelga.

Mark está tumbado en el sofá con una almohada sobre la cara. En la mesa, hay vasos y una botella de vino. Los libros que antes estaban por todas partes, las pilas de periódicos y latas de cerveza vacías, han desaparecido. Tampoco hay ropa tirada en los rincones, ni zapatos bajo los sillones. La única luz proviene de una lámpara situada junto a la puerta que da al jardín. Mark está dormido o finge estarlo. Cruzo la habitación hacia él. Me pregunto cuál sería la mejor manera de despertarlo y empiezo a temblar cuando escucho un ruido sordo. Algo en la habitación se ha caído, o tal vez... Parpadeo y veo un libro en el suelo, a los pies de la cama. El miedo atrae al miedo.

—¿Qué pasa? —pregunta, se incorpora sobresaltado y me toma de las manos—. ¿Llevas mucho tiempo aquí?

Ojalá no se hubiera despertado así. Esperaba darle un beso, como el del sábado pasado, sentirlo moverse. Quiero desnudarlo despacio, explorar su cuerpo, descubrir cada sombra.

—Me he pasado el día trabajando para que vieras el apartamento mejor —confiesa con una sonrisa, todavía medio dormido.

Dejo caer mi bolso en el sofá. En cuestión de segundos, comienza a devorarme. Con los ojos cerrados, siento los labios de Mark recorriendo mis pechos, mi vientre, mis piernas, mientras sujeta mi cuerpo con fuerza, como para impedir que escape. No quiero escapar.

Después, ambos permanecemos tumbados, en silencio. Mark se vuelve hacia mí, me toma la mano derecha y me la oprime.

Comienza a hablarme del teatro, de sus estudios, de su trabajo en la web.

—Trabajo de lunes a viernes en una empresa digital, y algunos fines de semana en el teatro. Pero estoy cansado de la vida de actor.

—Mi padre también era actor. —No recuerdo si se lo dije antes o imaginé que se lo había dicho.

—¿Y tuvo éxito?

—Era muy guapo y muy observador. Un hombre encantador. Mi madre decía que con una sola mirada bastaba para rendirte en sus brazos. Cuando hablaba, todo el mundo tenía que escucharlo. Conquistaba con las palabras. Yo me dormía con las historias y los personajes que se inventaba. Ya no recuerdo su voz. Murió de una sobredosis.

En la imagen congelada de Mark, de unos segundos antes, sonreía. Al parpadear, noto que tiene los labios fruncidos. No veo sus ojos.

47

Un portazo, paredes temblorosas, pasos que retumban. Miro el reloj. Son las dos de la madrugada y estoy sola en mi apartamento. Sin encender las luces, salgo del dormitorio y corro al salón. Vuelvo a sentir los pasos detrás de mí, casi sobre mí; esta vez, sin embargo, estoy dispuesta a enfrentarme a él, sea quien sea, aunque no sea más que una sombra creada en mi mente. Tengo que batallar también contra mis fantasías. Ya dejé atrás las noches de temblar escondida bajo el edredón, ahogada por el olor a bergamota, permitiendo que una mano desconocida me asfixiara.

Siento que el puño del hombre se descarga sobre mi cabeza, me tira del pelo y me arrastra hasta el cuarto. No dejo escapar ni un gemido: nada puede hacerme daño. Quiero conocer la cara de mi enemigo de una vez y por todas. Con un guante de cuero, la mano me cubre la boca para impedirme gritar. En lugar de buscar oxígeno para sobrevivir, mi nariz se concentra en definir a mi agresor, que esconde el rostro tras un pasamontaña. No muy lejos de mí, percibo otros pasos: son lentos y delicados. Distingo en la puerta a una mujer descalza que lleva un vestido rojo.

Mantengo los ojos bien abiertos mientras el hombre me inmoviliza. Su aliento es denso, como el de un anciano.

La mujer levanta un cuchillo con la mano derecha.

Alice, perdóname, quiero decir, aunque no estoy segura de por qué pido perdón. *Alice*, repito en silencio. Abro y cierro los ojos, y ahora tengo a Alice a mi lado, que llora con el cuchillo sobre las piernas. Podría estirar los dedos sin que el hombre del pasamontaña me viera, y en un instante agarrar el cuchillo y clavárselo en el cuello. Es la oportunidad que he estado esperando todo este tiempo. La hoja de metal por fin me libraría de él. Veinticuatro golpes y estaría muerto.

Abro los ojos y desde lo alto puedo ver a Alice junto a un cadáver. Sin pestañear, apuñalo el cuello de Alice, al tiempo que lanzo un grito largo y agudo.

Con los ojos aún abiertos me descubro en la cama, en mi apartamento, sin Mark. Estoy bajo mi edredón blanco, cubierta de sudor, en la más absoluta oscuridad. Mis pesadillas han regresado y, con ellas, el olor terrible de la bergamota.

Antes de dormirme, Mark y yo nos hemos estado enviando mensajes de texto; su propuesta todavía flota en el aire. Hasta hoy, no me había sugerido que nos viéramos más de una vez a la semana. Pero este viernes lo hizo.

Ven y quédate conmigo…, leí una y mil veces.

Parpadeo y Mark está a mi lado. Dejé mi apartamento y, en él, todas mis pesadillas. Me fui a Brooklyn sin pensarlo dos veces. Entro a su casa y siento como si siempre hubiera vivido allí. No tengo miedo. Tengo la seguridad de haber alejado para siempre las sombras que me han estado atormentado.

"Ya me sé tus pecas de memoria, y sabes qué, cada día descubro una nueva. A partir de hoy, todas las que conquiste me pertenecen", dice Mark, trazando una línea a lo largo de mi nariz, y de ahí a mis mejillas, como si quisiera esparcir las pecas por todo mi rostro. Con los ojos cerrados, me dejo llevar por nuevas sensaciones ante las que aún no sé cómo reaccionar, fascinada por la voz de Mark, que me susurra al oído frases que nunca nadie me había dicho. Se me llenan los ojos de lágrimas, y no quiero que me vea llorar.

48

EL SÁBADO SIGUIENTE, MARK ME ESPERA EN LA ACERA. HA APREN-
dido: se mantiene inmóvil para que yo pueda distinguirlo.

—Mark... —comienzo a saludarlo, pero no me deja terminar.

—¡No puedo seguir esperando a que lleguen los fines de semana! —dice, y me da un beso—. Es demasiado tiempo.

—Lo sé, para mí también. ¿Qué podemos hacer? Haré lo
que tú digas.

Entramos en su apartamento tomados del brazo. Al entrar,
el mundo que suelo navegar en la oscuridad se ilumina de repente.

—Mark, quiero vender mi apartamento. Busquemos una casa
para los dos —le digo sin rodeos.

—¿Es eso lo que realmente quieres, Leah? —responde. Parece
vacilar.

—¿Y qué es lo que tú quieres?

—Vivir contigo, por supuesto.

—Podrías tener espacio para tu estudio. Quizás podrías volver
a actuar, ¿quién sabe?

Mark me atrae hacia él y me abraza. Me susurra al oído:

—Hay tiempo de sobra para todo. Lo que quiero ahora es que vengas aquí, que te quedes conmigo. No soporto que te vayas cuando termina cada fin de semana.

Mark no es consciente del efecto que tienen sus palabras. Es hora de despedirme de todo. La casa de mi infancia, el parque de Morningside, incluso mi akinetopsia. ¿Para qué necesito ver el movimiento? En realidad, quiero que todo, incluido el tiempo, se detenga.

En la cama, lo desnudo. Él se sorprende, pero entra en el juego. Parpadeo una y otra vez para poder contemplar cada milímetro de su cuerpo. Es la primera vez que lo veo desnudo, que lo tengo ante mí con los ojos bien abiertos. Poco a poco, las manos de Mark se funden en mi rostro; cuando llegan a mi vientre, sus labios están aún a mi alcance. Pienso en ello como una única caricia. Una caricia vasta y eterna.

Pasamos las noches en la cama, con la laptop entre los dos para consultar páginas inmobiliarias en la web. Encontramos el anuncio de una pequeña mansión en Dobbs Ferry, un pintoresco pueblo al norte de la ciudad. Es una casa colonial restaurada de piedra y madera, con un jardín encantador. Mark sueña con una casa con vista al río, un lugar al que pueda invitar a sus amigos y yo pueda terminar la novela que intento escribir: *Una chica normal*. Pero lo cierto es que no he escrito ni una palabra desde que salí del hospital.

El fin de semana siguiente, Mark alquila un auto, un auto rojo. Nos alejamos de la ciudad, dejamos atrás la isla y, mientras guía, se acerca a mí y me toma la mano.

Nos dirigimos hacia el norte. Ya no me asusta la carretera. Bajo la ventanilla, el aire fresco me tranquiliza.

Llegamos a Cricket Lane al mediodía. El agente inmobiliario aún no ha llegado. Mark se acerca a la casa y curiosea a través de las ventanas.

—¡Es enorme! —dice.

Me apoyo en la puerta, que se abre. Ambos sonreímos.

—¿Entramos? —propone Mark.

Me toma de la mano con decisión y cruzamos el umbral. Con la mirada fija en el gran salón, presiento que viviremos en esta casa. Imagino el comedor lleno de amigos. Los niños que suben y bajan las escaleras. El pan que se cuece en el horno. La música. "Blue in Green". De repente, veo en mí el rostro de mamá y me estremezco.

—Deberíamos adoptar un perro —le digo.

Subimos al segundo piso. Cuento cada paso. Quiero memorizar el camino, los obstáculos. Entramos en un dormitorio lleno de sol. Desde la ventana se ve el río. Mantengo los ojos abiertos. Quiero retener esa escena.

—Deberíamos tener un hijo —dice Mark.

—Aquí voy a terminar mi novela —respondo.

Cierro los ojos. Ya no necesito el movimiento. El movimiento soy yo.

49

HACE HORAS QUE ESTOY DESPIERTA. TENGO LA SENSACIÓN DE QUE nunca me iré a vivir con Mark. ¿Cuántas noches he pasado con él? ¿Por qué hemos ido a ver una casa en las afueras? Todo ha sucedido demasiado rápido, pienso, y mi cuerpo se sobresalta. No es por miedo, es el dormitorio, que está frío, intento convencerme.

Estudio a Mark mientras duerme y lo acaricio suavemente para no despertarlo. Me levanto de la cama y voy al armario del pasillo por una sudadera. Otra vez viene a mí la voz de Antonia: "Te estás precipitando. No te vayas a vivir con él".

Antonia, Antonia… es como si estuviera siempre ahí, velando, protegiéndome. Algunos días, Mark me resulta familiar; otros, es como si me acostara con un extraño. *Antonia, lo quiero*, repito en silencio.

A veces, abro y cierro libros de la estantería para matar el tiempo. ¿Qué busco? Mark me ha demostrado que me quiere, y por primera vez siento que tengo un verdadero amigo. *¡Basta, Leah!*

En el suelo del armario distingo una bolsa blanca de la que asoma una franja de tela roja, pero no le doy importancia. El rojo… Regreso a la sala, enciendo una lámpara, me tumbo en el sofá con mi libro y me acurruco en los cojines. Por alguna razón, no consigo dejar de pensar en la tela roja. Regreso al armario para examinar la bolsa.

"¿Qué haces, Leah? ¿No has superado ya todas tus dudas? ¡Se van a vivir juntos!". Las voces de mi madre, Antonia y el doctor Allen insisten en detenerme, pero estoy decidida. Sé que no podré dormir hasta disipar todas mis dudas. Estoy despierta, tengo los ojos bien abiertos. Esta no es otra de mis absurdas pesadillas.

La luz de la lámpara hace que el rojo se torne un naranja incómodo. Es un vestido de mujer. Me lo acerco al rostro para intentar descubrir algún olor, pero el miedo me bloquea las fosas nasales. El corazón se me acelera.

"Es el vestido de Alice", susurro. Esta vez no estoy soñando. Tengo en mis manos la prueba de que el vestido rojo no fue una alucinación. No hay rastro del jabón de lavanda, ninguna fragancia que lo relacione con Alice. Busco un cabello, algo que pueda darme una pista. Tengo que despertar a Mark, enfrentarlo. ¿Qué hace este vestido aquí? Si grito, lo despertaré. Solo tengo que aullar para volver a la realidad. Pero ¿cuál es la realidad?

Cierro los ojos y puedo ver a Alice en esta habitación, sonriendo. Los abro y estoy sola.

Al cerrarlos de nuevo, vuelvo a sentirme observada.

Alice estuvo aquí. ¿A quién pertenece este apartamento? ¿Y Michael? Con los ojos cerrados, puedo verlos a los tres, riendo a carcajadas ante mí.

Quiero llorar… ¿Qué hago con el vestido?

Estrujo la tela con rabia y siento algo sólido en uno de los bolsillos. Por fin, una prueba, pienso. ¿Acaso necesito una más? Mark me ha engañado. Alice me ha engañado. Mark y Alice.

Busco con horror y encuentro un pequeño pedazo de cartón. Lo palpo con los ojos cerrados, no tengo necesidad de abrirlos para saber de qué se trata. Angustiada, percibo cómo se desvanece el nuevo mundo que he creado a mi alrededor: es el daguerrotipo de la niña ciega.

50

HA TRANSCURRIDO MÁS DE UNA SEMANA. CADA NOCHE, ANTES DE acostarme, compruebo que el vestido rojo continúa escondido detrás de las cajas del armario. Cada mañana, despierto con la esperanza de que Mark me revele su secreto. Poco a poco, el olor a bergamota ha comenzado a resurgir. Era el olor que me había llevado hasta él, pero también es el que asocio con la muerte y el miedo, no con el Mark que creí haber llegado a conocer y con quien me he propuesto crear una familia.

Durante el día, evito todo contacto con él, salvo un abrazo o un beso. Cada uno acepta con facilidad el silencio del otro. En tan poco tiempo, hemos llegado a ser como un viejo matrimonio que ya tiene rutinas.

El sábado por la noche he dejado de pensar en la traición. Más bien me culpo por haber caído en otra trampa, por no haber tenido el valor de confrontarlo.

Evito abrazarlo cuando nos metemos juntos en la cama, con el presentimiento de que quizás sea la última vez. El cansancio de tantas noches de desvelo me ha vencido y no tardo en dormirme.

Horas más tarde, me despierta la vibración del móvil. Sé que no es el mío, porque lo dejé apagado. Finjo estar dormida. Quizás debería despertar a Mark, pedirle que conteste al teléfono para ver quién lo llama a esa hora de la noche. Tal vez la llamada pondría fin a mis dudas. Con los ojos cerrados, sigo sus movimientos. Sí, se levanta. Ahora está sentado en el borde de la cama. Se da la vuelta para asegurarse de que duermo y entonces responde.

—Dame un segundo —susurra, y se levanta con cautela.

Sale de la habitación y cierra la puerta tras de sí. Es evidente que no quiere que lo escuche. Lo he notado inquieto y distante todo el día, atento a los mensajes de texto.

Con los ojos cerrados, me concentro para seguir el sonido de sus movimientos: está en el jardín.

—He estado ocupado. Simplemente no he tenido tiempo —le escucho decir—. No, no creo que tengamos que hablar. ¿Para qué? No tengo la menor idea de lo que quieres. —Esta vez la pausa es más larga. ¿Ha colgado? No, siento que aún el móvil está encendido, que Mark está impaciente. Percibo incluso su respiración—. ¿Vas a venir aquí? ¿Estás loca?

Es una mujer. ¿Quién? Necesito saberlo, pero Mark no menciona ningún nombre. Su voz se escucha a un tiempo enfadada y ansiosa.

—De acuerdo, pero no aquí. Te veré en el andén del metro en media hora, y podemos decidir allí. Sí, cerca de la parte delantera del tren. Y por favor, no más mensajes —dice con furia controlada, y pone fin a la llamada.

¿El andén del metro? Tardaría diez o quince minutos en llegar a pie. Cierra la puerta trasera. Escucho el sonido de su respiración mientras permanece dubitativo en el pasillo, con la mano en el pomo de la puerta. Cuando por fin entra, finjo dormir.

Abre el clóset, busca sus zapatos y una chaqueta. Se acerca a mí. Puedo sentir su calor, su aliento. Me besa con delicadeza en la mejilla, me cubre con el edredón y se sienta en el borde de la cama. No quiere irse, no quiere abandonarme. Me besa una vez más, esta vez en la frente. Se detiene en la puerta y me mira por última vez. Cabizbajo, evita hacer el menor ruido, abre la puerta del apartamento y sale a la calle.

En cuanto escucho que la puerta se cierra, trazo un mapa mental de cómo llegar a la estación de tren, decidida a enfrentarme a mi enemigo, sea quien sea. Tendré que girar a la derecha y caminar tres manzanas. En la esquina, debo doblar a la izquierda.

Repaso la trayectoria, me pongo con rapidez el vestido rojo de Alice, alcanzo mi bolso y huyo del apartamento que he compartido con Mark, guiada una vez más por el olor a bergamota.

En la acera, golpeo con torpeza mi bastón para orientarme. Tengo que cerrar los ojos para que mis sentidos se mantengan bien despiertos.

El olor a bergamota me llega cada vez más agudo, más ácido, más intenso. Según mis cálculos, ya Mark debe haber llegado a la estación de Hoyt-Schermerhorn.

Cae una ligera llovizna que me desorienta. Un coche de policía me sigue y se detiene. Oigo el portazo y los pasos que se apresuran en mi dirección. Me detengo.

—¿Necesita ayuda, señorita? —me pregunta un oficial de voz ronca. Quizás me ha visto tropezar.

—¿Está perdida? —insiste, esta vez en un tono más suave.

No tengo tiempo. Pero sé que, si no le respondo, no dejará en paz a la pobre niña ciega.

—Voy a la estación del metro, gracias —le digo, dando golpecitos con mi bastón—. Está en la esquina, me doy cuenta.

—No creo que sea buena idea andar por aquí a estas horas de la noche. La acompaño, puedo ayudarla a bajar a la estación.

—Puedo hacerlo sola, no se preocupe.

Escucho que el oficial vuelve a su auto y pone en marcha el motor. Conduce a mi paso hasta que llego a la estación. Lo saludo con la mano y entro.

Deslizo mi tarjeta por la ranura del torniquete. Bajo las escaleras en silencio, escucho voces en el andén.

Abro los ojos. Mark está aquí con una mujer. Primera imagen: los dos, frente a frente. Segunda imagen: las manos de la mujer sobre el rostro de él. Tercera imagen: él retrocede y la detiene con un gesto.

—Ella confió en ti —son las primeras palabras de Mark que distingo.

Ella soy yo.

Mark habla en voz baja, pero con energía, como para evitar una escena. Aunque no hay nadie más aquí que nosotros tres.

—¿En qué nos hemos convertido?

Es la voz de Alice.

Mi pesadilla ha regresado.

51

Escondida en el rellano de la escalera, puedo escuchar con más nitidez.

—Te quise desde que nos conocimos en aquel grupo de teatro horrible en el que soñabas con ser actriz. Después me dejaste por Michael y su dinero, pero no fue suficiente. Entonces decidiste que me amabas otra vez, pero también lo querías todo. Y mira lo que has desatado.

—Oh, así que ahora es mi culpa, ¿verdad, Mark?

Él es Mark. Siempre ha sido Mark, mi Mark.

—El día que me mudé al Mont Cenis, fuiste tú quien reconoció el edificio. Sabías que mi vecina era ciega, conocías su historia. Eras su amigo. Y fuiste tú quien quitó el zócalo del pasillo en mi apartamento para que mi voz se filtrara, para que ella oyera todo. ¿Es que ya lo olvidaste? Fuiste tú quien lo hizo posible, no yo. Todo, para que pudiéramos estar juntos.

—Mi única intención era salvarte de Michael —se excusa Mark.

—Michael podría haberme matado… —dice Alice.

—Pero terminamos matando a Michael —concluye Mark.

—Fue Leah quien mató a Michael, eso no era parte del plan…

Silencio. *Entonces, yo soy la única culpable.*

—¿Y ahora qué? ¿Por qué te quedas callado?

Silencio.

—Solo necesitábamos un testigo ciego —continúa Alice—. Michael no iba a sospechar de una chica que no podía ver ni valerse por sí misma. Nunca imaginó que sería ella la testigo de sus abusos.

Quiero alejar a Mark de Alice, de la historia que ella está contando. Ahora puedo ver al verdadero Mark, sin su sombrero, sin su barba. Su olor a bergamota en mi habitación, en el pasillo, en el ascensor.

—Pero Michael empezó a ir tras ella —continúa Mark—. Tú viste el daguerrotipo espeluznante que le dejó en el buzón. Debe haber sido él quien la acosaba en Instagram. Nunca pensé que todo terminaría con tu marido muerto.

Su voz… Pobre Mark.

—¡Yo tampoco! —grita Alice—. La intención era que Leah fuese testigo de un caso de violencia doméstica. Y apareció con ese maldito cuchillo.

Imagino que Alice tiembla, con sus preciosos ojos fijos en el piso de la estación. Pobre Alice…

Así es: soy yo la culpable. Soy la asesina. No siento dolor, ni odio, ni culpa. Se acabó. Finalmente sé toda la verdad. Todo fue su juego de amantes, en el que yo no fui más que un peón. Me doy la vuelta para irme, desaparecer para siempre. Entonces escucho de nuevo a Mark.

—Hiciste que Michael volviera a beber, Alice. Dijiste que era abusivo, pero nunca te había puesto un dedo encima.

—¡Era abusivo, Mark! —La voz de Alice se quiebra de desesperación—. Casi nos mata a Leah y a mí aquel día, cuando regresábamos de Woodstock. Si hubiera sabido de ti, habría acabado contigo. Eso también lo sabes. ¿Cómo iba a alejarme de él? ¿Volver a Springfield? ¿Suicidarme? Sabes que estuve a punto de hacerlo.

Me sostengo de la baranda húmeda, sin atreverme a bajar los últimos escalones y enfrentarme a Alice y Mark en el andén.

—Mark, es demasiado tarde. No podemos cambiar el pasado. Tienes que deshacerte de ella. Conozco a Leah. Esto no va a terminar bien.

En realidad, "esto" terminará como se supone que debe terminar. De la única manera que siempre supe que terminaría. Como la señora Orman; su cara todavía ruborizada por la última pelea con su marido, hace ya diez años. Las lágrimas en sus mejillas. Pobre señora Orman, no podía verla sufrir más. Yo tenía solo dieciocho años. ¿Cómo permitir que continuara viviendo en tal agonía? Con los ojos cerrados, le di lo que me pedía: un suave empujón por la ventana.

Le conté a mamá, al doctor Allen, a Antonia, a la señora Elman y a Olivia lo que había hecho, ¿por qué no iba a hacerlo?

Yo había estado junto a la señora Orman en su momento más oscuro, y la había ayudado a escapar del abuso de su marido. No obstante, según ellos, mi sincera ayuda fue la señal de un colapso mental. Hasta el momento de eliminar a Michael Turner, decidí mantener en secreto todos mis otros actos de caridad. En el caso de su muerte, no tuve otro remedio que seguir órdenes.

—Alice, Leah y yo queremos hacer una vida juntos —le oigo decir a Mark.

—No puedes engañarme, Mark. Lo estás haciendo por su dinero. Sé sincero, también por eso volviste conmigo, por lo que pudiéramos conseguir de mi marido.

—No, Alice. Yo la amo. Esta es la oportunidad de enmendar todo el mal que hemos hecho. Cuando apareció en mi apartamento…

Mark me ama. Comienzo a temblar y se me llenan los ojos de lágrimas. Ya no puedo distinguir lo que es real de lo que no lo es. En mis historias, Mark y yo estamos juntos, pero lo cierto es que he vivido sola toda mi vida. Sin importar quién estuviera a mi lado, yo me sentía sola. En el Mont Cenis con mi padre, con mi madre o con Antonia, siempre he estado sola. Estoy convencida. Tan convencida como cuando coloqué la almohada sobre el rostro de mi madre. El aire de su habitación estaba cargado de sudor seco, sábanas húmedas, orina. La culpa se había alimentado de ella durante años. El cáncer, durante meses. Después de todo lo que hizo por mí, no podía soportar verla sufrir. Pobre mamá… Necesitaba mi ayuda. Noté que sonreía cuando me acerqué a ella. Sin pestañear, para poder guardar esa última imagen; en cierto modo, feliz de saber que la estaba salvando. Un último aliento y el fin de su sufrimiento.

—Tienes que deshacerte de ella —repite Alice.

—Es inútil, Alice —insiste Mark—. Olvídate de mí.

El silbido del tren ahoga sus voces. Me estremezco como si la locomotora estuviese por atropellarme.

—Yo te quería —continúa Mark—. Tardé en darme cuenta de que solo me utilizabas. Y manipulaste aún más a Leah. Es imperdonable. Todo lo que hiciste fue por dinero. Y luego te recuperaste y desapareciste.

Ellos, por dinero. Yo, por piedad. Por la necesidad de proteger a quienes sufren. Es todo lo que me guía. Como cuando cené por última vez con Olivia y la señora Elman. Extraje del bolsillo de mi chaqueta uno de los pequeños frascos de vidrio de mi botiquín:

una de las pociones sagradas de Antonia. Gotas para calmar la ansiedad, gotas para la energía, gotas para la buena suerte, gotas para hacer bajar o subir la presión.

Una gota, otra, una más. Vacié tres goteros llenos en el pañuelo de encaje. Estaba segura de que la señora Elman se lo llevaría a la boca y la nariz en cuanto percibiera la seductora combinación de manzanilla, menta, cardamomo y canela. Me dolió verla marchar. Pero ya era hora: estaba vieja. Fue una forma de morir tranquila y sin dolor.

Primero el té, preparado por mí, y luego el pañuelo. Una dulce despedida.

Cuando llegas a los noventa y arrastras los pies, cuando necesitas ayuda para levantarte y sentarte, para tumbarte, para bañarte, para dormir, incluso para comer, ¿qué sentido tiene la vida? Olivia ya no podía soportar esa carga. Pobre señora Elman. Olivia también sufrió mucho al final. Lamento no haber estado allí para ayudarla. Pobre Olivia.

—Sabías que tenía que dejar la ciudad, si no el país —se defiende Alice—. Eso también era parte de nuestro plan. Después debía volver por ti, y es lo que estoy haciendo. ¿No recuerdas nada, Mark? ¿Qué te ha pasado? Es como si estuvieras en otro mundo.

Alice estira la mano para acariciarle el rostro de nuevo, pero Mark da un paso atrás, alejándose de ella. Con los dientes apretados, repite:

—Aléjate de mí.

—Tienes que dejarla, Mark. No puedes seguir viéndola. ¿No lo entiendes? ¿No ves el caos que estás desatando?

Antonia nunca volvió a ser la misma después del primer infarto. La presión alta, las piernas inflamadas, los ojos amarillentos, casi sin poder caminar. Pobre Antonia... Una, dos, tres semillas del Boston Ivy molidas y revueltas en su taza de té hicieron bajar su presión arterial hasta hacerla desaparecer. También su dolor desapareció para siempre.

—Esta es mi oportunidad de empezar de nuevo. De rehacer mi vida con Leah. Tengo derecho a hacerlo.

—Te sientes culpable, Mark. Lo que sientes es pena por ella.

Suplicante, Alice intenta aferrar el brazo de Mark, pero él da un paso a la derecha para esquivarla.

—No, Alice. Yo la amo. Y no voy a volver contigo. Mi vida está con ella. —El tono de su voz se suaviza—. Ya vivimos juntos.

—¡Oh, Mark!

¿Vivimos juntos? Por el momento, solo dormimos juntos. Él me desea y yo lo deseo a él. Pronto viviremos juntos, Mark y yo. Tendremos una casa en las afueras de la ciudad. En los suburbios, cerca del río.

Como hipnotizado, él mira las vías del tren.

—¡Mark, escucha! —grita Alice de nuevo—. ¿Estás viviendo con ella?

—Sí, Alice. Leah y yo vivimos juntos.

Sí, y adoptaremos un perro, plantaremos flores en el jardín, pintaremos la casa en tonos pasteles.

—Mark, ¿dónde está Leah ahora? ¿Dónde la has dejado? —clama Alice, todo su cuerpo tiembla.

—En casa, no te preocupes, estaba profundamente dormida cuando me fui. No creo que despierte, pero debo volver. Es tarde. No quiero que esté sola.

Atónita, me apoyo en la pared junto a la escalera.

—Mark, cuando hablamos… —comienza la frase Alice, pero el ruido del tren que se aproxima la obliga a repetir la pregunta—: ¿Dónde estaba Leah cuando contestaste mi llamada?

—Te lo dije, dormida, en nuestra cama.

—¿Y tú, dónde estabas tú? ¿Desde dónde hablaste conmigo, Mark?

—Desde el jardín, con la puerta cerrada. Es imposible que me haya oído.

Alice se lleva la mano a la boca, horrorizada.

—¡Mark! —grita, histérica—. Leah puede escuchar voces desde muy lejos. Leah te ha oído. Leah lo oye *todo*.

Cuando mamá y yo llegamos a casa la noche de mi octavo cumpleaños, escuchamos "Blue in Green". Ahora puedo verlo todo tan claramente. La noche anterior había vertido en el vaso de mi padre una poción que le había preparado para que se sintiera menos triste; había visto a Antonia preparar la mezcla antes. Pero no funcionó. Estaba febril y furioso. Enfadado con mamá por querer abandonarlo. Odiándose a sí mismo por fracasar en todo. Tanto, que en un momento se atrevió a lanzar un puño para golpearla pero, en su lugar, me golpeó a mí. Fue un accidente. Me había interpuesto entre ellos para impedir que se pelearan.

—No volverá a ocurrir, te lo prometo —dijo mamá, mientras nos abrazábamos y llorábamos, incapaces de conciliar el sueño.

Esa noche nos encerramos en la habitación. Lo escuchamos dar un portazo. ¿Adónde había ido papá? Pobre papá…

—Mañana es tu cumpleaños, Leah, y tú y yo lo celebraremos solas.

—¿Y qué pasará con papá? —pregunté, asustada.

—Papá está enfermo —me respondió, y sentí que hablaba con dificultad—. Papá necesita ayuda.

El día de mi cumpleaños fuimos al teatro. Ahora comprendo por qué no recuerdo nada de *El Rey León*: pasé toda la noche pensando en papá. Tenía miedo. Sabía que cuando volviéramos, a altas horas de la noche, podría golpearnos.

De regreso, mamá esperó el elevador mientras que yo me lancé a saltos por las escaleras. Al abrir la puerta, el largo pasillo estaba a oscuras. Entré en silencio, evitando hacer el menor ruido. En la penumbra, pude ver un tenue hilo de luz ámbar que salía por debajo de la puerta del baño.

Me acerqué para intentar escuchar, pero solo pude distinguir la respiración agitada de papá. Apoyé la mano en el picaporte y abrí la puerta con cuidado. Primero, distinguí sus pies descalzos en el suelo. Con la puerta abierta de par en par, encontré a mi padre con una jeringuilla enterrada en el brazo izquierdo.

Como una bestia, se levantó y gritó: "¡Fuera de aquí! ¡Fuera!". La jeringuilla cayó al suelo y la sangre comenzó a fluir de su brazo.

Estaba estática; no podía reaccionar. Cerré los ojos, empecé a temblar y sentí en el cuello la mano manchada de sangre de mi padre. Me aferraba con fuerza, no podía respirar, pero no hice ningún esfuerzo para liberarme. Permanecí allí, inmóvil. Poco a poco, sentí que su mano se relajaba hasta no poder sostenerme, hasta convertirse en una caricia. La sustancia que se había inyectado estaba haciendo efecto y su corazón latía como si estuviera a punto de ceder. Cuando me liberó, caí sobre el anaquel de cristal, que se hizo añicos. El estallido del frasco ámbar al caer al suelo y hacerse añicos me hizo estremecer. Sentí que mi piel estaba a punto de quebrarse, como si yo también me hubiese convertido en vidrio. El olor a bergamota estaba por todas partes; la sangre era suya y era mía.

En su angustia, papá se ovilló sobre las losas del baño. Le vi temblar y llorar, pero no tenía energía para hablar. ¿Qué se había inyectado en el brazo? ¿Cuántas gotas había tomado? ¿Cuánto whisky bebió de la botella? Sobredosis accidental, dijeron.

¿Sobredosis? Cada persona elige su destino. Papá eligió el suyo.

Pobre papá… Abrí los ojos y estaba frente a mí. Vi en su mano derecha un trozo de cristal largo y afilado. Entonces comprendí lo que quería hacer. Vi el extremo afilado del cristal acercarse a su brazo izquierdo, que aún chorreaba sangre. *Quiere abrirse la herida, desangrarse de una vez por todas*, pensé.

Me acerqué a él. Me senté a su lado. Sus labios intentaban moverse, temblorosos.

—Ayúdame —balbuceó.

Había perdido toda su fuerza. Era incapaz de apretar el trozo de vidrio afilado contra su propio brazo.

Tomé la mano de papá que sujetaba el cristal para guiarla a su cuello, la punta alargada manchada de sangre dirigida a su garganta. Lo ayudé. Me había suplicado que lo hiciera. Pobre papá… Intenté con todas mis fuerzas que el cristal lo atravesara. Un golpe más, un empujón. En ese último instante, con las fuerzas que le quedaban, me ayudó a conseguir la estocada final.

Todo sucedió en unos pocos minutos. La sangre de papá comenzó a cubrirme. El olor a óxido y bergamota era cada vez más intenso. Sentí que se abría la puerta del apartamento.

—¡Leah! —gritó mi madre.

El siguiente grito lo escuché en el interior del baño. Al verme echada sobre mi padre, percibí el terror en los ojos de mamá. Intentó levantarme, pero entonces era yo la que estaba sin fuerzas.

De una sacudida, mi madre tiró de mí y resbalé en las malditas losas. Perdí el equilibrio y caí. Sentí mi cabeza golpear el borde del inodoro y ya no volví a despertar.

¿Estaba muerta? Cuando abrí los ojos en el hospital, el mundo se había detenido para mí. Solo mi mente se movía.

Por todos los medios posibles, Antonia intentó borrar mi memoria, evitar que sintiera dolor. Mamá dio su vida por mí. El doctor Allen hizo todo cuanto pudo para ayudarme a entender mi enfermedad y vivir con ella. Pero nunca encontré la salida. Lo que necesito ahora es una cura. O el olvido.

El tren se acerca a la estación. Bajo las escaleras y me detengo en el último escalón. Veo que Alice se voltea hacia mí. Reconoce el vestido rojo. Mark está a espaldas de mí. Doy un paso adelante y casi tropiezo. Me sostengo de la baranda y parpadeo.

Primera imagen: Alice, de pie en la línea amarilla del borde del andén, me mira con los ojos muy abiertos. Segunda imagen: Alice inclinada, aferrada al brazo de Mark, con expresión de espanto en el rostro mientras su cuerpo se desploma hacia los raíles. Mark se voltea, me ve y fija sus ojos en mi vientre. Pobre Alice, pobre Mark... Al instante, corrí hacia ellos, estiré los brazos para alcanzarlos, pero perdieron el equilibrio y cayeron al vacío. Tercera imagen: Alice y Mark. Sus cuerpos congelados en el aire frente al tren que está por impactarlos.

Vuelvo a parpadear varias veces. El maquinista hace sonar el silbato. Permanezco en mi lugar, junto a las escaleras, aún con las manos sobre el vientre. Estoy embarazada, lo sé. Voy a ser madre de una niña. Tendrá el pelo rubio y llevará vestidos de encaje.

El olor a hierro y óxido se esparce por la estación. El sonido del metal contra el metal me derriba. Al levantar la vista, distingo con claridad a varias personas que corren hacia mí.

El conductor sale horrorizado del vagón.

—¡Dios mío! —grita—. ¡Ha sido un accidente! ¡No pude parar, salieron de la nada!

En el andén comienzan a aparecer pasajeros alarmados, corren como fantasmas. Los gritos se multiplican en un eco de desesperación. Se apresuran al pasar por mi lado. Poco a poco, el olor a óxido y hierro comienza a desvanecerse.

Dejo caer mi bastón y, sin parpadear, observo con absoluta fascinación cómo rueda hasta la línea amarilla que marca la zona de peligro. Haciendo equilibrio durante un segundo en el borde de la plataforma, el bastón cae al abismo y desaparece.

Puedo ver el movimiento. Mis ojos están muy abiertos.

Agradecimientos

EL SILENCIO EN SUS OJOS ES UNA NOVELA QUE QUERÍA ESCRIBIR desde hace muchos años. La primera persona con quien compartí la idea fue Johanna Castillo, que entonces era mi editora en Atria Books, de Simon & Schuster, y es ahora mi agente literaria. Cuando los escritores intentamos trabajar en un libro que se aleja del estilo o del tema por los cuales somos conocidos, pocas veces recibimos mucho ánimo. Empecé a trabajar en esta novela en secreto. Entonces llegó la pandemia, y el confinamiento me dio tiempo para terminar *El silencio en sus ojos*. Cuando Johanna leyó el primer borrador del manuscrito, quedó encantada.

El primer agradecimiento es para ella, por confiar en mis ideas y vislumbrar su potencial.

A Sarah Branham, que leyó pacientemente mi manuscrito, me hizo numerosas recomendaciones y pulió la excelente traducción de Nick Caistor y Faye Williams.

A Cecilia Molinari, mi amiga, que me saca de apuros cuando necesito traducir varias páginas al inglés en cuestión de horas.

A Libby McGuire, Jonathan Karp y, en especial, a Daniella Wexler, que adquirió la novela para Atria Books.

A Peter Borland, mi editor, por su ojo preciso, por su cuidadoso trabajo con mis textos. Ya no me concibo trabajando con otro editor que no sea Peter.

A todo el equipo de Penguin Random House, mi gratitud. En Miami, Silvia Matute, Rita Jaramillo, Michelle Griffing, Indira Pupo y Maylin Lehmann; en Colombia, Carlos Lugo, Sebastián Estrada, Natalia Jerez, Margarita Restrepo y Jairo Clavijo; en México, David García Escamilla, Andrea Salcedo, Soraya Bello y Miriam Baca, y en España, Juan Díaz, Carmen Romero y Ana María Caballero.

A Esther María, por su precisa revisión del español.

Cuando me involucré casi obsesivamente con la historia de Leah y su akinetopsia, mi familia y mis amigos tuvieron que soportar que les contara una y otra vez las tribulaciones de una mujer que no podía percibir el movimiento. Gracias a Mirta Ojito, Laura Bryant, Romy Verité, Ovidio Rodríguez, Sahily Correa, Yisel Duque, Verónica Cervera, Joaquín Badajoz y Néstor Díaz de Villegas que, con sus comentarios y lecturas, me guiaron en este camino solitario.

A mi madre, mi primera lectora.

A Gonzalo, Emma, Anna y Lucas, que espero lean esta novela algún día. Anna, por cierto, fue la inspiración para los ojos de Leah.